ÇIRAK, GÜNAHKÂR VE SİLİNİŞ'İN YAZARI

TESS GERRITSEN

NEW YORK TIMES BESTSELLER

ASLA ARKANA BAKMA

Çeviri: Özlem Gültekin

MARTI

MARTI YAYINLARI: 250
BESTSELLER: 112

ASLA ARKANA BAKMA

TESS GERRITSEN

ORİJİNAL ADI: NEVER SAY DIE
YAYIN YÖNETMENİ: ŞAHİN GÜÇ
ÇEVİREN: ÖZLEM GÜLTEKİN
EDİTÖR: ROSE MARY SAMANOĞLU
DİZGİ: ELİF AYDIN YAVUZ
KAPAK: YASİN ÖKSÜZ
REDAKSİYON: KEREM YILDIZ
BASKI: ECEM BASIN YAYIN
0212 886 20 10 - 05
ecembasinyayin@hotmail.com
BASKI SERTİFİKA NO: 16266

1. Baskı NİSAN 2012
ISBN: 978-605-348-005-1
YAYINEVİ SERTİFİKA NO:12330

MARTI

MARTI YAYINCILIK
Bir Pozitif Turizm Dış Tic. Ltd. Şti. Markasıdır.
Maltepe Mh. Davutpaşa Cd.Yılanlı Ayazma Sk.
No:8 TOPKAPI/ZEYTİNBURNU/İSTANBUL
Tel: 0 212 483 27 37 - 483 43 13 - 483 13 30
Fax: 0 212 483 27 38
www.martiyayinlari.com info@martiyayinlari.com

ÇIRAK, GÜNAHKÂR VE SİLİNİŞ'İN YAZARI

TESS GERRITSEN

NEW YORK TIMES BESTSELLER

ASLA ARKANA BAKMA

Çeviri: Özlem Gültekin

MARTI

Adam ve Joshua'ya, küçük afacanlarıma...

Giriş

1970

Laos – Kuzey Vietnam sınırı

Muong Sam'in otuz kilometre dışında, ilk mermilerin gökyüzünü yarıp geçtiğini gördüler.

Pilot William "Vahşi Bill" Maitland, gövdenin arkasından bir yerden aldıkları yarayla birlikte, DeHavilland Twin Otter'in bir kısrak gibi sıçradığını hissetti. İçgüdüsel olarak irtifanın beraberinde getireceği güvenliği tercih edip hemen yükselişe geçti. Sisli dağlar altlarından kayıp giderken, yeni bir mermi tufanı, arkalarında çizgiler bırakarak yanlarından geçti; kokpiti uçaksavarla tarıyorlardı.

Maitland yardımcı pilotuna, "Lanet olsun Kozy, sen uğursuz bir adamsın," diye homurdandı. "Ne zaman seninle uçsak ağzımda kurşun tadı beliriyor sanki."

Kozlowski, koca bir çikleti ağzına atıp sesli bir şekilde çiğnemeye devam etti. Paramparça olan ön camı işaret ederek, "Endişelenecek bir şey yok," diye ağır ağır söylendi. "Seni en az beş santim ıskaladı."

"Üç desek?"

"Arada büyük fark var."

"İki santim, *inanılmaz derecede* büyük bir fark yaratabilir."

Kozy güldü ve pencereden dışarı baktı. "Evet, karım da aynısını söylüyor."

Kokpitin kapısı hızla ardına kadar açıldı. Kargocu Valdez, omuzları paraşüt çantası yüzünden çökmüş bir halde kafasını içeri uzattı. "Burada lanet olası..." Diğer bir mermi daireler çizerek yanlarından geçince donup kaldı.

Kozlowski, "Buradaki sivrisinekler muazzam büyüklükte," dedi ve ellerini kocaman açarak tarif etti.

Valdez, "O da neydi?" diye sordu. "AK-47 mi?"

Maitland, "Daha çok .57-milimetreye benziyor," dedi.

"Bize .57'lere dair hiçbir şey anlatmadılar. Her neyse, siz nasıl bir bilgi aldınız?"

Kozlowski omuz silkti. "Bunlar sadece senin vergi adı altında ödediğin dolarlarla alınabilecek türden şeyler."

Maitland, "Kargomuz nasıl korunuyor?" diye sordu. "Kıçındaki pantolon hâlâ kuru mu?"

Valdez öne doğru uzandı ve itiraf etti: "Adamım, garip bir yolcumuz var."

Kozlowski, "Ee, ne var bunda?" dedi.

"Demek istiyorum ki, *gerçekten* garip. Her tarafta mermiler vızıldıyor ama o gözünü bir kez olsun kırpmadı. Bir nilüfer yaprağı üzerinde suda yüzüyormuş gibi öylece oturuyor. Boynundaki madalyonu görmelisiniz, en az bir kilo çekiyor olmalı."

Kozlowski, "Hadi ama," dedi.

"Söylüyorum sana Kozy, adamın düz ve küçük boynundan bir kiloluk altın sallanıyor. Kim o?"

Maitland, "Bir Lao, üst düzey," dedi.

"Size sadece bu kadarı mı söylendi?"

"Ben sadece teslimatçıyım. Bundan daha fazlasını bilmeme gerek yok." Maitland, Dehavilland'ı iki yüz kırk beş metre irtifaya sabitledi. Açık kokpit kapısından dışarı bakınca, teçhizat sandıkları arasında uysal uysal oturan yalnız yolcularını fark etti. Loş kabinde, Lao'nun yüzü vernikli bir maun gibi yanmaktaydı. Gözleri kapalıydı, dudakları da kımıldıyordu. Maitland, *dua mı ediyor* diye merak etti. Evet, bu adam kesinlikle en ilginç kargolarından biriydi.

Maitland daha önce de garip yolcular taşımıştı. Air America'da çalıştığı şu on yıl içinde, Alman kurt köpeklerini, generalleri, şebekleri ve kız arkadaşlarını taşımış, onları gitmeleri gereken her yere götürmüştü. Eğer cehennemin bir iniş pisti olsaydı, onları oraya götüreceğini büyük bir memnuniyetle söylerdi; tabii biletleri olduğu sürece. Her şey, her zaman, her yere; Air America'nın kuralıydı.

Kozlowski, gür ormanların üzerinden akan sise bakarak, "Song Ma River," dedi. "Bitki örtüsü çok kalın. Eğer ellerinde daha fazla .57'lik varsa, inmekte oldukça zorlanacağız."

Maitland, her iki taraflarında uzanan kadifemsi yeşil yamaçlara bakarak, "Her halükârda iniş zor olacak zaten," dedi.

Vadi dardı; hızlı ve alçaktan ilerlemeliydi. Bu çok kısa bir iniş pistiydi, ormandaki bir iğne çiziği gibiydi. Ayrıca rapor edilmemiş bir pusu olasılığı da mevcuttu. Ama verilen emir, kim olduğu bilinmeyen üst düzey Lao'nun orada, Kuzey Vietnam sınırının dibinde teslim edilmesiydi. Geri dönülüp iade edilmesi yönünde hiçbir bilgi verilmemişti; bu Maitland'a sanki unutuluşa yapılan tek yönlü bir seyahat gibi geldi.

Omzunun üzerinden arkasındaki Valdez'e, "Bir dakika içinde alçalıyoruz," diye seslendi. "Yolcuyu hazırlayın. Yere koşarak inmek zorunda kalacak."

"Sandığın da kendisiyle birlikte geleceğini söylüyor."

"Ne? Bana sandık hakkında bir şey söyleyen olmadı."

"Son dakikada yüklediler. Nam Tha'dan teçhizatları aldıktan hemen sonra. Oldukça ağır bir sandık. Yardıma ihtiyacım olabilir."

Kozlowski uysal bir tavırla emniyet kemerini çözdü. İç çekerek, "Pekâlâ," dedi. "Ama şunu unutma, bana sandık taşımak için para vermiyorlar."

Maitland güldü. "Ne için para alıyorsun?"

Kozlowski tembel tembel, "Ah, birçok şey var," dedi. Valdez'in yanından geçip kafasını eğerek kokpit kapısından çıktı. "Yemek yiyorum. Uyuyorum. Pis fıkralar anlatıyorum..."

Ağzından çıkan son kelimeler Maitland'ın kulak zarlarını parçalayan sağır edici bir patlamayla yarıda kesildi. Patlama Kozlowski'nin –ya da Kozlowski'den geriye her ne kaldıysa onun– gerisin geri kokpite uçmasına sebep oldu. Kontrol paneli kana bulandı, altimetre kadranı tamamen kırmızı sıvıyla kaplandı. Maitland'ın aşağıya büyük bir hızla indiklerini anlayabilmesi için altimetreye ihtiyacı yoktu zaten.

Valdez yardımcı pilottan artakalanlara bakarak, "Kozy!" diye haykırdı. "*Kozy!*"

Ağzından dökülen kelimeler, rüzgârın uluyan kargaşası içinde neredeyse kaybolmuştu. DeHavilland titredi, aynen havada kalmaya çalışan yaralı bir kuş gibiydi. Maitland kumandalarla boğuşurken, hidroliklerin tamamen boşaldığını fark etti. Umabileceği en iyi şey, ormana karınüstü inebilmekti.

Hasarı anlamak için arkaya baktı ve anafor gibi dönen enkaz bulutu arasından Laolu yolcunun kanlara bulanmış haldeki sandıklara doğru savrulan cesedini gördü. Aynı zamanda garip bir şekilde burulmuş çeliklerin arasından parlayan güneş ışığını fark etti ve kargo kapısının bulunması gereken yerden kısa bir an için mavi gökyüzüne ve bulutlara baktı. Neler oluyordu? Patlama uçağın *içinde* mi gerçekleşmişti?

Valdez'e, "Paraşütle atla!" diye haykırdı.

Kargocu cevap vermedi; hâlâ dehşet içinde Kozlowski'ye bakıyordu.

Maitland onu dürttü. Kargocu kokpitten dışarı doğru tökezledi, kırık sandık ve parçalanmış metal keşmekeşinin içine girdi. Açık kargo kapısında durakladı. Rüzgârın çığlıkları arasından, "Maitland?" diye haykırdı.

Bakışları kenetlendi ve daha o saniye içinde anladılar.

İkisi de anladı. Bu birbirlerini canlı görecekleri son andı.

Maitland, "Ben de atlayacağım!" diye bağırdı. *Hadi, git!*

Valdez birkaç adım geri attı. Ardından kendini kargo kapısından aşağı fırlattı.

Maitland, Valdez'in paraşütünün açılıp açılmadığını görmek için bakmadı; endişelenmesi gereken başka şeyler vardı.

Uçağın motoru öksürüyordu, dalışa geçmişti.

Kolan takımı salıverme tertibatına uzandığında dahi, artık şansının kalmadığının farkındaydı. Paraşütüyle uğraşmak için ne zamanı kalmıştı ne de irtifası uygundu. Aslında paraşüt takmanın bir faydasının olacağına zaten hiç inanmamıştı. Bunu insanın sırtına kayışla bağlaması, bir pilot olarak becerisine güvenmediğini itiraf etmesi gibi bir şeydi ve Maitland –ve diğer herkes– kendisinin en iyisi olduğunu biliyordu.

Sakin bir şekilde kolan takımını tekrar bağladı ve komuta kollarını kavradı. Parçalanmış kokpit camından ağaçlarla kaplı zemini seyretti; gür, yeşil ve kalp burkucu derecede güzeldi, onu karşılamaya hazır şekilde uzanıp gidiyordu. Her nasılsa bu işin böyle sonlanacağının hep farkındaydı: Rüzgâr delik deşik olmuş uçakta ıslıklar çalıyor, hızla yere yaklaşıyor, elleri kumanda kollarını sıkıca kavrıyordu. Bu kez sıyıramayacaktı...

Faniliğinin farkına aniden varması şaşırtıcıydı. Kafasında parmak ısırtan bir düşünce vardı. *Öleceğim.*

Ve DeHavilland ağaç tepelerine çarpıp parçalanırken hissettiği şey kesinlikle şaşkınlıktı.

Vientiane, Laos

Saat 19.00'da, Air America 5078 numaralı uçuşun ortadan kaybolduğu raporu geldi.

ABD Kara Kuvvetleri harekât odasında, Albay Joseph Kistner ile Merkezi ve Savunma İstihbaratı'ndan arkadaşları bu haberi şaşkınlıkla ve sessizlik içinde karşıladı. Oldukça büyük bir dikkatle düşünülmüş, ABD çıkarları açısından bu son derece hayati harekât başarısızlıkla mı sonuçlanmıştı?

Albay Kistner hemen bir onay talep etti.

Air America'daki komuta, detayları sağladı. Nam Tha'ya saat 15.00'da inmesi beklenen 5078 numaralı uçuş ulaşmamıştı. Farz edilen rotada yapılan araştırmada –karanlık basıncaya kadar yürütülmüştü– kazaya dair en ufak bir ipucu bulunmamıştı. Sınıra yakın bölgede uçaksavar ateşi raporlanmış, Muong Sam'ın hemen dışında .57-milimetre silah mevzilenmesi not edilmişti. Tüm bunları daha da kötü hale getiren şey, bölgenin dağlarla kaplı olması, hava durumunun önceden tahmin edilemeyişi ve alternatif iniş yeri sayısının sınırlı olmasıydı.

5078 numaralı uçuşu yapan uçağın düşürüldüğü tahmini mantıklıydı.

Masanın etrafında toplanan adamların suratlarına amansız bir kabulleniş yerleşti. En parlak umutları, ölüme mahkûm edilen bir uçağın içinde biraz evvel yok olup gitmişti. Kistner'e baktılar ve kararını vermesini beklediler.

"Gün ağarır ağarmaz araştırmanıza geri dönün," dedi.

CIA görevlisi, "Bu, ölenlerin ardından hayattaki insanları da ateşe atmak olacaktır," dedi. "Hadi ama beyler, mürettebatın öldüğünü hepimiz biliyoruz."

Kistner, *acımasız piç*, diye düşündü; ancak her zamanki gibi haklıydı. Albay kâğıtlarını toparlayıp ayağa kalktı. "Aradığımız şey insan değil," dedi. "Enkaz. Yerinin belirlenmesini istiyorum."

"Ne için?"

Kistner evrak çantasını sertçe kapattı. "Eriteceğiz."

CIA görevlisi, başını hemfikir olduğunu belirtir şekilde salladı. Hiç kimse bu konu hakkında yorum yapmadı. Harekât başarısızlıkla sonuçlanmıştı. Yapılacak başka şey yoktu.

Kanıtı ortadan kaldırmak dışında.

BİRİNCİ BÖLÜM

Günümüz
Bangkok, Tayland

General Joe Kistner terlememişti. Bu, pamuklu iç çamaşırını, sonra kolsuz bluzunu geçip kırışık fitilli eteğine çıkacak kadar terleyen Willy Jane Maitland'ı inanılmaz derecede hayrete düşüren bir durumdu. Oysa Kistner, bu sıcakta şıpır şıpır terleyecek türden bir adama benziyordu. Yanağından kan damlayan bir yapısı, buldoklarınkini andırır bir çenesi vardı. Burnu, örümcek ağını andırır kırmızı damarlarla kaplıydı. Boynu o kadar kalındı ki, gömlek yakasını neredeyse patlatacak gibi duruyordu. *Keskin ve az konuşan, kuvvetli bir yaşlı asker*, diye düşündü. *Gözleri hariç. Bunlar endişeli ve kaçamak bakıyor.*

İnsanın içini ürperten o soluk mavi gözler şimdi verandadan ileriye bakıyordu. Uzaktaki ormanlık Tayland yamaçları akşam sıcaklığında buharlaşıyor gibiydi. "Gereksiz bir işe girişiyorsunuz, Bayan Maitland," dedi. "Olayın üzerinden yirmi yıl geçti. Babanızın öldüğüne ikna olmalısınız artık."

"Annem bunu hiçbir zaman kabullenmedi. Onun gömecek bir cesede ihtiyacı var, General."

Kistner iç çekti. "Elbette. Eşler hep böyledir, daima sorun çıkarırlar. O kadar çok dul kadın var ki. Hepsi de..."

"*O* unutmadı."

"Size ne söyleyebilirim, emin değilim. Ya da ne söylemeliyim." Ona doğru döndü ve açık mavi renk gözlerini yüzüne odakladı. "Gerçekten Bayan Maitland, merakınızı tatmin etmeniz dışında bu ne işe yarayacak?"

Bu sözler Willy'yi rahatsız etti. Söylenenler amacını önemsiz gösteriyordu ve Willy'ye kendisini önemsiz hissettirecek, bu sözlerden çok daha fazla gücendiği birtakım şeyler daha vardı. Özellikle de şişkin, yaslı başlı bir savaş çığırtkanının ağzından döküldüklerinde. Rütbe onu etkilememişti, özellikle de son birkaç aydır karşılaştığı onca askeri madalyalarla dolu gömleklilerin ardından. Hepsi de ona iyi niyetlerini iletmiş, durumunu anladıklarını, ancak yardımcı olamayacaklarını söylemiş, sorularını üstünkörü yanıtlayarak bu işten sıyrılmışlardı. Ama Willy engellenilebilecek bir kadın değildi. Sorularına yanıt verilene ya da kıçına tekmeyi yiyene kadar sessizlikleri karşısında inadını sürdürecekti.

Son zamanlarda, görünüşe bakılırsa, oldukça çok sayıda makam tarafından def edilmişti.

Kistner, "Bu Zayiat Karar Komitesi'nin konusu," dedi. "Bu iş için uygun kanal..."

"Bana yardım edemeyeceklerini söylediler."

"Ben de edemem."

"İkimiz de bunu yapabileceğinizi biliyoruz."

Sessizlik oldu. Kistner, yumuşak sesle, "Öyle mi?" diye sordu.

Willy öne doğru eğildi, avantaj elde etme niyetindeydi. "Ben ev ödevimi yaptım, General. Mektuplar yazdım, onlarca insanla konuştum – şu son görevle uzaktan yakından alakası olan herkesle. Ve ne zaman Laos'tan ya da Air America'dan veya Uçuş 5078'den bahsetsem, sürekli sizin isminiz çıktı önüme."

Kistner hafifçe gülümsedi. "Hatırlanmak ne kadar da hoş."

"Vientiane'de askeri ataşe olduğunuzu duydum, babamın son uçuş emrini verenin sizin makamınız olduğunu ve bu son görev emrini de bizzat sizin verdiğinizi."

"*Bu* dedikoduyu nereden duydunuz?"

"Air America'daki bağlantılarımdan. Babamın eski arkadaşlarından. Onlar bana göre oldukça güvenilir kaynaklar."

Kistner başta karşılık vermedi. Willy'yi, bir savaş planını incelercesine büyük bir dikkatle inceledi. "Böyle bir emir vermiş olabilirim," diye kabullendi.

"Yani hatırlamadığınızı mı söylüyorsunuz?"

"Yani bunu sizinle tartışma özgürlüğüne sahip olmadığımı söylüyorum. Bu gizli bir bilgi, Laos'ta olanlar çok hassas bir konuyla ilgili."

"Burada askeri sırları tartışmıyoruz. Savaş biteli on beş yılı geçti!"

Kistner bu sert çıkış karşısında şaşırarak sessizleşti. Cüssesi göz önünde bulundurulduğunda bu çıkış daha da şaşırtıcı bir hal almaktaydı. Toplamda bir metre elli beş santim boyundaki Willy Maitland, yeri geldiğinde bir metre seksen santimlik herhangi bir bahriyeli kadar kavgacı olabiliyor, kavga etmekten korkmuyordu. Daha verandaya çıktığı anda omuzları dikleşmiş, çenesi büyük bir inatla kilitlenmişti. Kistner onun göz ardı edilebilecek bir kadın olmadığını biliyordu. Willy ona şu eski Eisenhower kestanelerini anımsatmıştı, "Önemli olan köpeğin büyüklüğü değil, köpeğin içindeki cesaretin büyüklüğü." Japonya, Kore ve Nam'da yapılan üç savaş, Kistner'e düşmanı hiçbir zaman küçümsememeyi öğretmişti.

Tabii, Vahşi Bill Maitland'ın kızını da küçümsemeyecekti.

Bakışlarını geniş verandadan parlak yeşil dağlara çevirdi. Dökme demir kafeste, bir papağan küstah bir itirazla haykırdı.

Sonunda Kistner konuşmaya başladı. "Uçuş 5078 Vientiane'den üç kişilik mürettebatla kalktı; babanız bir kargocu ve bir kopilot. Uçuşun bir noktasında, Kuzey Vietnam bölgesine yöneldiler, biz onların burada düşman ateşiyle düşürüldüklerini düşünüyoruz. Sadece kargocu Luis Valdez kurtulmayı başardı. Hemen o dakika Kuzey Vietnamlılar tarafından esir alındı. Babanız ise bulunamadı."

"Bu onun öldüğü anlamına gelmiyor. Valdez hayatta kalmayı başardı..."

"Ben olsam onun durumunu 'hayatta kalmak' şeklinde nitelendirmezdim."

Sustular. Bu, medeniyete dönüşüyle birlikte mahvolan, beş yıl boyunca savaş esirliğine katlanan bir adam için yaşanan anlık bir sessizlikti. Luis Valdez bir cumartesi günü evine geri dönmüş, pazar günü de kendini vurmuştu.

Willy, "Birini atladınız General," dedi. "Uçakta bir de yolcunun olduğunu duydum..."

Kistner, hemen, "Ah, evet," dedi. "Unutmuştum."

"O kimdi?"

Kistner omuz silkti. "Bir Lao. Adı önemli değil."

"İstihbaratla mı çalışıyordu?"

"Bu bilgi, Bayan Maitland, gizlidir." Bakışlarını uzaklara yöneltti, bu Willy'ye Lao konusunun tamamen sınırların dışında olduğunu anlatan bir hareketti. "Uçak düştükten sonra," diye devam etti, "araştırmaya giriştik. Ama yer ateşi felaket derecede yoğundu. Kazadan kurtulmuş biri olsa bile, düşman ellerine düşeceği kesindi."

"Siz de onları orada öylece bıraktınız."

"Biz hayatı önemseriz, Bayan Maitland. Buna kurtarma operasyonu deniliyor; ölenlerin peşinden canlı insanları atıp kurban etmeye."

Evet, Willy mantığı anlayabiliyordu. Bu adam askeri taktisyendi, ondan duyarlılık beklenemezdi. Şimdi bile sandalyesinde sopa gibi dimdik oturuyordu, gözleri villasını çevreleyen yeşil yamaçları sanki mütemadiyen düşman arayışındaymışçasına sükûnet içinde tarıyordu.

"Kaza bölgesini tespit edemedik," diye devam etti. "Ama bu orman her şeyi yutabilir. Vadileri kaplayan tüm bu sis ve duman. Ağaçlar çok yoğun, toprak kesinlikle güneş görmüyor. Bunu kısa bir süre sonra siz de anlayacaksınız. Saygon'a ne zaman gidiyorsunuz?"

"Yarın sabah."

"Vietnamlılar konuyu tartışmayı kabul etti mi?"

"Onlara gelme nedenimle ilgili bir şey söylemedim. Vize alamayacağımdan korktum."

"Akıllıca bir hareket. Tartışmalardan pek hoşlanmıyorlar. Onlara ne *dediniz*?"

"Sıradan bir turist olduğumu." Başını arkaya atıp güldü. "İhtişamlı bir özel turdayım, iki haftada altı şehir gezeceğim."

"İşte, Asya'da yapılması gereken şey de bu. Olaylara karşı gelmez, etraflarında dans edersiniz." Saatine baktı, bu görüşmenin sonuna gelindiğinin açık bir işaretiydi.

Ayağa kalktılar. El sıkışırlarken, adamın onu tartıp biçen son bir bakış attığını hissetti. Kistner sıkı tokalaşıyordu, bu Willy'nin onun gibi yaşlı bir savaş köpeğinden tam olarak bekleyeceği şeydi.

Başını sallayıp dışarı çıkmasını işaret ederek, "Bol şans Bayan Maitland," dedi. "Umarım aradığınız şeyi bulursunuz."

Tekrar dağlara bakmak için döndü. O an, Willy küçük ter damlalarının adamın alnında birer elmas gibi parladığını fark etti.

General Kistner, hizmetkârın eşlik ettiği kadının eve doğru ilerleyişini seyretti. Endişelenmişti. Vahşi Bill Maitland'ı oldukça net anımsadı, kızı da ona inanılmaz derecede benziyordu. Sorun olacaktı.

Çay masasına gitti ve gümüş çanı çaldı. Şıngırtı geniş veranda boyunca yayıldı, saniyeler içinde Kistner'in sekreteri belirdi.

Kistner, "Bay Barnard geldi mi?" diye sordu.

Adam, "Yarım saattir bekliyor," diye yanıtladı.

"Ya Bayan Maitland'ın şoförü?"

"Onu, aynen sizin emrettiğiniz üzere, gönderdim."

"Güzel." Kistner başını salladı. "Güzel."

"Bay Barnard'ı içeri alayım mı?"

"Hayır. Ona randevularımı iptal ettiğimi söyle. Yarınkileri de öyle."

Sekreter kaşlarını çattı. "Oldukça öfkelenecektir."

Kistner, arkasını dönüp ofisten dışarı çıkarken, "Evet, tahmin edebiliyorum," dedi. "Ama sorun değil."

Temiz beyaz ceketli bir Tay hizmetkâr yankı yapan, katedrali andıran bir koridor boyunca kabul salonuna kadar

Willy'ye eşlik etti. Orada durup ona nazik bir şekilde ama sorgulayan gözlerle baktı. "Bir araba çağırmamı ister misiniz?" diye sordu.

"Hayır, teşekkürler. Şoförüm beni geri götürecek."

Hizmetkâr şaşırmış göründü. "Ama şoförünüz bir süre önce ayrıldı."

"Yapamaz!" Öfkeyle camdan dışarı baktı. "Beklemesi gerektiğini..."

"Belki de ağaçların arkasına, gölgeye park etmiştir. Gidip bir bakacağım."

Willy hizmetkârın merdivenlerden aşağı incelikle süzülüşünü ve yola çıkışını çift kanatlı pencereden seyretti. Arazi geniş ve yemyeşildi; bir araba ağaçların arasında kolayca saklanabilirdi. Ağaçlarla çevrili araba yolunun hemen ötesinde, bir bahçıvan yasemin dalı kesti. Çakıl kaplı bir patika çimenli arazinin ortasından ağaçların gölgesine, çiçekler ve taş bankların yer aldığı bir bahçeye uzanıyordu. Ve uzaktaki Bangkok'un tepesine ince mavi bir sis çökmüş gibiydi.

Bir erkeğin boğaz temizleme sesi dikkatini çekti. Döndü ve kabul salonunun uzak köşesinde dikilen adamı ilk kez fark etti. Adam, başını onun varlığının rastlantısal farkındalığıyla yana doğru eğdi. Willy adamın yüzünde hafif bir gülümseme yakaladı;adamın bronz alnına bir tutam kahverengi saç düşmüştü. Ardından adam dikkatini duvardaki antika kanaviçeye yöneltti.

Garip. Güvelerin yediği bir kanaviçeyle ilgilenecek birine benzemiyordu. Haki gömleğinin sırtı terden sırılsıklamdı, kolları da dirseklerine kadar özensizce kıvrılmıştı. Pantolonu, sanki bir haftadır bununla yatıyormuş gibi görünüyordu. Üzerinde ABD Ordusu Kimlik Tespit Laboratuarı yazan bir evrak çantası hemen yanında yerde duruyordu, ama Willy'ye bir ordu mensubu gibi görünmemişti. Duruşunda disipline edilmiş hiçbir şey göze çarpmıyordu. General Kistner'in kabul salonunda ağaç olmaktansa evindeki barda aylak aylak oturmayı tercih eder gibi görünüyordu.

"Bayan Maitland?"

Hizmetkâr geri dönmüştü, başını özür dilercesine sallıyordu. "Bir yanlış anlama olmalı. Bahçıvan, şoförünüzün şehre döndüğünü söylüyor."

"Ah, hayır." Hayal kırıklığı içinde pencereden dışarı baktı. "Bangkok'a nasıl geri döneceğim?"

"Belki General Kistner'in şoförü sizi götürebilir? Bir teslimat için gitmişti ama birazdan gelir. Dilerseniz, siz de bu arada bahçeyi görebilirsiniz."

"Evet. Evet, sanırım bu çok iyi olur."

Hizmetkâr gururla gülümseyerek kapıyı açtı. "Bu çok meşhur bir bahçedir. General Kistner orkide koleksiyonuyla ünlüdür; patikanın sonunda, sazan göletinin yanında göreceksiniz."

Willy dışarı, akşamüzerinin buhar banyosuna adım atıp çakıl patikadan yürümeye başladı. Bahçıvanın makasının *klik klik* sesleri haricinde etrafta hiç ses yoktu. Ağaçlara doğru yöneldi. Ancak çimenlik alanın tam ortasına geldiğinde aniden durdu ve dönüp eve baktı.

İlk gördüğü şey mermer dış cepheden yansıyan güneş ışığıydı. Ardından binanın ilk katına odaklandı ve pencerelerden tekinde dikilen bir adam gördü. Belki de hizmetkârdı? Dönerek patikada ilerlemeye devam etti. Ancak attığı her adımın biri tarafından takip edildiğinin tamamen farkındaydı.

Guy Barnard çift kanatlı pencerenin önünde dikilerek kadının çimenlik alanı geçip bahçeye gidişini seyretti. Güneş ışığının kısa, bal rengi saçlarında dans etmesi hoşuna gitti. Aynı zamanda hareket ediş tarzından, yürürken tay gibi salınışından da hoşlanmıştı. Bakışları yavaşça aşağı kaydı, kolsuz bluza ve maalesef ana hatları gizleyen eteğine baktı. İnce bir bel, hoş kalçalar, çekici baldırlar, çekici ayak bilekleri, çekici...

Bu rahatsız edici düşünce zincirini gönülsüzce kesti. Dikkatinin dağılması için iyi bir zaman değildi. Yine de, gittikçe küçülen figüre beğeni dolu son bir bakış attı. Pekâlâ, çok cılızdı. Ama bacakları muhteşemdi, kesinlikle çok güzellerdi.

Mermer zeminde ayak sesleri işitildi. Guy döndü ve Kistner'in sekreterini gördü, bu sakalsız suratlı, gülümsemeyen bir Tay'dı.

Sekreter, "Bay Barnard?" dedi. "Gecikme için özür dilerim, ama acil bir durum oluştu."

"Görüşebilecek miyiz?"

Sekreter sıkıntılı bir şekilde kımıldandı. "Korkarım ki..."

"Saat üçten beri bekliyorum."

"Evet, anlıyorum. Ama bir sorun çıktı. Görünüşe bakılırsa General Kistner sizinle planlandığı gibi görüşemeyecek."

"Bu toplantıyı benim talep etmediğimi size anımsatabilir miyim? Bunu General Kistner istedi."

"Evet, fakat..."

"Oldukça yoğun olan programımı bu iş için ayarladım..." Abartma özgürlüğünü kullanıyordu "Bunca yolu kat ederek buraya geldim ve..."

"Anlıyorum, fakat..."

"En azından bu randevuda neden bu kadar ısrar ettiğini söyleyin."

"Bunu kendisine sormanız gerekecek."

O ana kadar öfkesini kontrol altında tutan Guy dikleşti. Pek uzun boylu bir adam olmasa da, sekreterden tam bir kafa boyu kadar uzundu. "General normalde bu şekilde mi iş yapar?"

Sekreter sadece omuz silkti. "Üzgünüm, Bay Barnard. Bu değişiklik tamamen beklenmedikti..." Gözleri bir an için kaydı ve pencerenin ötesindeki bir şeye odaklandı.

Guy adamın bakışlarını takip etti ve nereye baktığını gördü; bal rengi saçlı kadına.

Sekreter ayaklarını sürüdü, yapması gereken başka işlerinin olduğunun bir göstergesiydi bu. "Sizi temin ederim ki Bay Barnard," dedi. "Birkaç gün içerisinde ararsanız, size başka bir randevu ayarlarız."

Guy evrak çantasını kapıp kapıya yöneldi. "Birkaç güne kadar," dedi. "Saygon'da olacağım."

Giriş merdivenlerinden inerken bezginlik içinde, *tüm öğleden sonram boşa harcandı*, diye düşündü. Boş yola ulaştığında tekrar küfretti. Arabası yüz metre öteye, bir cennet ağacının gölgesine park edilmişti. Şoför görünürlerde yoktu. Puapong'u tanıdığı kadarıyla, muhtemelen bahçıvanın kızıyla flört etmekteydi.

Guy uysal bir şekilde arabaya doğru yorgun argın ilerledi. Güneş ortalığı kavuruyor, ısı dalgaları çakıl yoldan etrafa yansıyordu. Arabaya olan mesafenin yarısını kat etmişti ki, başını kaldırıp bahçeye şöyle bir baktı ve bal rengi saçlı kadını fark etti; taş bir bankta oturuyordu. Keyifsiz görünüyordu. Bu hiç de garip bir durum değildi; şehre geri dönüş oldukça uzun bir yolculuktu ve arabasının ne zaman hazır olacağını da Tanrı bilirdi.

Ona doğru yürümeye başlayarak, *her neyse*, diye düşündü. Onunla arkadaşlık edebilirdi.

Kadın derin düşünceler içindeymiş gibi görünüyordu; gidip tam yanında dikilene kadar başını kaldırıp ona bakmadı.

Guy, "Selam," dedi.

Kadın başını kaldırdı, gözlerini kısarak ona baktı. "Merhaba." Verdiği karşılık tarafsızdı; ne arkadaşça ne de düşmanca.

"Şehre gidecek bir arabaya ihtiyacınız olduğunu duydum."

"Bir aracım var, teşekkürler."

"Uzun süre beklemek zorunda kalabilirsiniz. Ben her halükârda dönmek zorundayım zaten." Kadın karşılık vermedi, dolayısıyla Guy, "Gerçekten sorun değil," diye ekledi.

Kadın ona sorgulayıcı bir bakış attı. Gri gözleri vardı, doğrudan bakıyordu, cesurdu; sanki bedenini delip geçiyordu. Ürkek bir menekşe değildi. Tekrar dönüp eve bakarak, "Kistner'in şoförü beni bırakacak..." dedi.

"Ben buradayım. O daha gelmedi."

Kadın tekrar aynı bakışı attı, bu sessiz üçüncü derece bir bakıştı. Onun sorun yaratmayacağına karar vermiş olmalıydı ki ayağa kalktı. "Teşekkürler, minnettar kalırım."

Çakıl yoldan arabaya doğru yürüdüler. Araca yaklaştıklarında, Guy arka kapının ardına kadar açık durduğunu ve bir çift kirli, kahverengi ayağın dışarı uzandığını fark etti. Şoför arka koltuğa bir ceset gibi yayılmıştı.

Kadın, hareketsiz bedene bakarak olduğu yerde durdu. "Aman Tanrım. Yoksa o..."

Arabadan halinden memnun bir horlama yankılandı.

Guy, "Hayır, değil," dedi. "Hey. Puapong!" Arabanın tavanını yumrukladı.

Bu hareketin karşılığında adamdan yükselen homurtu, gök gürültüsünü bastırabilirdi.

"Selam uyuyan güzel!" Guy arabayı tekrar yumrukladı. "Uyanacak mısın, yoksa öpmemi mi bekliyorsun?"

Bir ses, "Ne? Ne?" diye homurdandı. Puagong kıpırdandı ve kan çanağına dönmüş gözlerinden birini açtı. "Selam patron, ne kadar çabuk döndün?"

Guy hoş bir tavırla, "İyi bir uyku çektin mi bari?" diye sordu.

"Fena değildi."

Guy, zarif bir tavırla arka koltuğu bir an önce boşaltmasını işaret etti. "Bak, bir baş belası olmaktan nefret ediyorum, ama izin verir misin? Bu hanımefendiye onu şehre götürebileceğimi söyledim."

Puapong sürünerek dışarı çıktı, şoför koltuğuna doğru ayağını sürüyerek uykulu bir şekilde ilerledi ve direksiyonun başına gömüldü. Başını birkaç kez salladı, ardından arabanın anahtarlarını bulmak için eğilip eliyle yerleri yokladı.

Kadın gittikçe daha kararsız görünmeye başlamıştı. Alçak sesle, "Arabayı kullanabileceğinden emin misiniz?" diye mırıldandı.

Guy, "Bu adam," dedi, "bir kedinin reflekslerine sahip. Ayıkken."

"*Ayıkken* mi?"

"Puapong! Ayık mısın?"

Şoför, gururu incinmiş bir halde, "Öyle görünmüyor muyum?" diye sordu.

Guy, "Yanıtı işittiniz," dedi.

Kadın iç çekti. "Bu bana kendimi *çok* daha iyi hissettirdi." Dönüp eve özlemle baktı. Tay hizmetkârı basamaklarda durmuş, el sallamaktaydı.

Guy kadına eliyle içeri girmesini işaret etti. "Uzun bir

yolculuk yapacağız."

Araba rüzgârlı dağ yolunda ilerlerken kadın sessizdi. İkisi de arka koltukta, birbirlerinden olsa olsa iki adım uzakta oturuyor olsalar da, kadın kilometrelerce uzaktaymış gibiydi. Gözlerini manzaraya dikmişti.

Guy, "Generalle oldukça uzun bir süre kaldınız," dedi.

Kadın başını sallayarak onayladı. "Çok sorum vardı."

"Muhabir misiniz?"

"Ne?" Kadın ona baktı. "Ah, hayır. Sadece... eski bir ailevi mesele."

Guy kadının konuyu biraz daha detaylandırmasını bekledi ama o tekrar pencereye döndü.

Guy, "Oldukça önemli bir ailevi mesele olmalı," dedi.

"Neden öyle düşünüyorsunuz?"

"Sizden ayrıldıktan hemen sonra, randevularının tümünü iptal etti. Benimki de dahil."

"Onu görmek için içeri girmediniz mi?"

"Sekreteri dahi geçemedim. Ayrıca *beni* görmek isteyen Kistner'di."

Kadın bir an için kaşlarını çattı, şaşırdığı açıktı. Ardından omuz silkti. "Bunun benimle bir ilgisinin olmadığından eminim."

Guy da ani bir öfkeyle, ama *ben öyle olduğundan en az senin kadar eminim,* diye düşündü. Tanrım, neden bu kadın onu bu kadar sabırsızlaştırıyordu? Kımıldamıyordu ama Guy'da o güzel kafanın içinde fırtınaların koptuğu yönünde net bir his vardı. Hemen göze çarpmasa da kadının güzel *ol-*

duğuna karar verdi. Makyaj yapmayacak kadar akıllıydı; bu sadece onun şu komşu kızı suratını basitleştirmeye yarardı. Daha önce hayatında hiç komşu kızı türünden kadınlara ilgi duymamıştı. Belki sokağın ilerisindeki ya da yolun karşısındaki kız. Ama bu farklıydı. Duman rengi gözleri, kare bir çenesi ve hafif çillerle kaplı küçük bir boksör burnu vardı. Ayrıca, uygun şartlar altında öpülebilecek dudaklara da sahipti.

Otomatikman, "Pekâlâ, Bangkok'ta ne kadar kalacaksınız?" diye sordu.

"İki gündür buradayım. Yarın ayrılıyorum."

Guy, *lanet olsun,* diye düşündü.

"Saygon'a."

Guy'ın çenesi şaşkınlık içinde açıldı. "Saygon'a mı?"

"Ya da Ho Chi Minh City'ye. Tabii orasını günümüzde ne olarak adlandırıyorlarsa oraya."

Guy, yumuşak bir sesle, "İşte bu büyük bir rastlantı," dedi.

"Rastlantı olan ne?"

"İki gün içinde, *ben de* Saygon'a gitmek için buradan ayrılıyorum."

"Öyle mi?" Kadın koltukta duran, üzerinde ABD Ordusu Kimlik Tespit Laboratuvarı yazan evrak çantasına baktı. "Hükümet işleri mi?"

Guy başını salladı. "Ya siz?"

Kadın bakışlarını doğrudan ileriye çevirdi. "Aile meselesi."

Guy, kadının ailesinin ne tür boktan bir belaya bulaştığını merak ederek, "Doğru ya," dedi. "Daha önce hiç Saygon'a gitmiş miydiniz?"

"Bir kez. Ama o zamanlar sadece on yaşındaydım."

"Babanız askeri görevde miydi?"

"Öyle de denebilir." Kadının bakışları ilerdeki uzak bir noktadan bir an olsun ayrılmadı. "Şehri pek fazla hatırlamıyorum. Toz, sıcak ve araba doluydu. Trafiği bir felaketti. Bir de kadınları çok güzeldi..."

"O günden bu yana çok değişti. Arabaların büyük çoğunluğu yok oldu."

"Ya güzel kadınlar?"

Guy güldü. "Ah, onlar hâlâ orada, sıcak ve tozla birlikte. Ama diğer her şey değişti." Kısa bir an için sessiz kaldı. Sonra, sanki yeni aklına düşmüşçesine, "Eğer işin içinden çıkamazsanız, size etrafı gezdirebilirim."

Kadın tereddüt etti, davetinin aklına yattığı kesindi. Guy, *hadi, hadi, kabul et,* diye düşündü. Sonra Puagong'un bakışlarını yakaladı, dikiz aynasından sırıtıyor ve ona hınzır bir şekilde göz kırpıyordu.

Guy, kadının bunu fark etmediğini umdu.

Ama Willy Puagong'un göz kırpışlarının, sırıtışının farkına varmış ve bunun ne anlama geldiğini kesinlikle anlamıştı. Bıkkınlık içerisinde, *işte yine başlıyoruz,* diye düşündü. *Şimdi bana akşam yemeğine çıkmak isteyip istemediğimi soracak ve ben hayır yapamam diyeceğim, sonra bir içkiye ne dersiniz diye soracak ve ben de o lanet derecede iyi görünümlü bir adam olduğu için pes edip kabul edeceğim...*

Guy, "Bakın, bu gece için bir planım yok," dedi. "Akşam yemeğine ne dersiniz?"

Kadın bu bezdirici senaryoyu kimin yazdığını ve insanın bundan nasıl kurtulabileceğini merak ederek, "Yapamam," dedi.

"O zaman bir içkiye ne dersiniz?" Adam ona hafifçe gülümsedi ve Willy kendini çok yüksek bir uçurumun kenarında sallanıyormuş gibi hissetti. İşin çılgınca yanı, onun aslında gerçek manada yakışıklı bir adam *olmayışıydı*. Burnu, sanki bir şekilde yerinden çıkarıldıktan sonra üstünkörü yerleştirilmiş gibi eğikti. Saçlarının bir berbere ya da en azından taranmaya ihtiyacı vardı. Her ne kadar geçen yıllar derin gülme izlerinin köşelerden kırıştırdığı gözlerinin etrafı dışında neredeyse hiçbir iz bırakmamışsa da, adamın otuzlu yaşlarının sonlarında olduğunu tahmin etti. Hayır, bundan çok daha iyi görünümlü erkeklerle karşılaşmıştı. Yabancı bir otelde tek bir gecelik el tacizinden öte şeyler öneren erkeklerle.

Peki, bu adam neden bunu yapıyor?

Guy tekrar, "Bir kadeh içki?" diye sordu.

Willy, "Teşekkürler," dedi. "Ama hayır, sağ olun."

Adamın ısrarcı davranmaması Willy'yi rahatlattı. Guy başını salladı, arkasına yaslandı ve pencereden dışarı baktı. Parmaklarıyla evrak çantasına vuruyordu. Bu uyumsuz ritim Willy'yi çıldırttı. Aynen onun kendisine yaptığı gibi onu dikkate almamaya çalıştı ama bu imkânsızdı. O kadar kendinden emindi ki fark edilmemesi mümkün değildi.

Oriental Hotel'in önüne geldiklerinde Willy kendini aramümkün değil," olmuştu. Ardından Guy'a aradıkları adam, geçmişi, savaşta yaptıkları hakkında bildikleri her şeyi kelimesi kelimesine aktarmışlardı. Bu onu yok edebilecek merhametsiz bir sırdı, bir korku duvarının ve kendinden nefret etme hissinin gerisinde saklı tutacağı bir sır. Her şeyin ortaya çıkması durumunda nelerin olabileceğini ona tüm detaylarıyla anlatmışlardı. Toplumun düşmanca bakışı. Dava. Hapishane hücresi.

Onu köşeye sıkıştırmışlardı. O da çeki alıp tekrar irtibat kurmalarını beklemeye başlamıştı.

Honolulu'dan ayrılmadan bir gün evvel, bu dosya Washington'dan özel kuryeyle gelmişti. Daha içine bakmadan almış, evrak çantasına atmıştı.

Şimdi bunu, olası kimlikleri listeleyen sayfada duraklayarak ilk kez okudu. Burada harekâtta kaybolanlar, uzantılı dosyalarından hatırladığı birkaç isim mevcuttu. Bu liste ona yasadışı göründü. Bu adamlar harekâtta ortadan kaybolmuş ve büyük olasılıkla ölmüşlerdi; onların vatan haini olarak damgalanmaları hatıralarına yapılmış bir hakaretti.

Teker teker, vatan haini olduklarından şüphelenilen dilsiz pilot isimlerinin üzerinden geçti. Listenin yarısına gelmişti ki birden durdu. "William T. Maitland, pilot, Air America." Hemen yanına bir yıldız atılmış, alta bir dipnot düşülmüştü: "Bkz. Dosya # M-70-4163, Savunma İstihbaratı. (Gizli.)"

Bu adı nerede duyduğunu anımsamaya çalışarak, *William T. Maitland,* diye düşündü. Maitland. Maitland.

Sonra aklına Kistner'in villasındaki kadın geldi, şu muhteşem bacaklı ufak tefek sarışın. Ailevi bir mesele yüzünden orada olduğunu söylemişti. General Joe Kistner'le, Savunma İstihbaratı'yla bağlantıları su götürmez o adamla görüşmüştü.

Sonra görüşürüz. Willy Maitland.

Bu tesadüf olamayacak kadar fazlaydı. Ama yine de...

İlk sayfaya geri döndü ve Papaz Tuck'a dair dosyayı baştan sona tekrar okudu. Araştırma durumu bölümünün üzerinden iki kez geçti. Sonra yataktan kalktı ve seçeneklerini gözden geçirerek odayı arşınlamaya başladı. Hiçbirinden hoşlanmadı.

İnsanları kullanmaktan hoşlanmazdı, fakat bu kez çıkarlar muazzamdı ve hepsi de son derece şahsiydi. *Acaba kaç kişinin savaşa dair küçük, kendilerine has sırları vardır?* diye merak etti. *Üzerlerinde konuşamayacağımız sırlar? Bizi yok edecek sırlar?*

Dosyayı kapattı. Dosyadaki bilgiler yeterli değildi; kadının yardımına ihtiyacı olacaktı.

Peki ben onu kullanabilecek kadar soğukkanlı mıyım?

İhtiyacın sesi, *Peki, o olmadan bu işin altından kalkabilir miyim?* diye fısıldadı.

Bu alınması gereken önemli bir karardı. Ama başka şansı da yoktu.

Saat akşamın beşi olmuştu. Bong Bong Kulüp henüz

tam kapasite çalışmaya başlamamıştı. Sahnede vücutları yağlanmış, ışıl ışıl parlayan üç kadın, üçlü yılan yumağı gibi beraberce kıvrılıyorlardı. Müzik eski stereo hoparlörden bangır bangır çalıyordu; zifiri karanlığı titreten durmak bilmez, ilkel bir melodiydi.

Siang en sevdiği köşe masadan olan biteni, içkilerini yudumlayan adamları, bahşiş peşinde koşan garsonları seyretti. Sonra sahneye, ortadaki kıza odaklandı. O özeldi. Geniş bir kalçası, etli baldırları, pembe bir dili vardı. Gözlerindeki ilgi uyandıran şeyin ne olduğunu kestiremedi, ama onda *şu bilindik bakış* vardı. Tangasına yedi numara iliştirilmişti. Daha sonra bu yedi numarayı soruşturması gerekecekti.

"İyi akşamlar, Bay Siang."

Siang başını kaldırınca karanlıklar arasında dikilen adamı gördü. Bundan, adamın cüssesinden etkilenmediği tek bir an olmamıştı. Şimdi bile, ilk karşılaşmalarından yirmi yıl sonra Siang bu devin yanında çocuk gibi hissetmekten alıkoyamıyordu kendini.

Adam bir bira sipariş edip masaya oturdu. Bir süre sahneyi seyretti. "Yeni bir şey var mı?" diye sordu.

"Ortadaki yeni."

"Ah, evet, çok hoş. Tam senin tipin, öyle değil mi?"

"Öyle mi, değil mi, anlamam gerekecek." Siang viskisinden bir yudum aldı, gözlerini bir an olsun sahneden ayırmamıştı. "Bana verilecek bir işin olduğunu söyledin."

"Küçük bir konu."

"Umarım bu ödülün de küçük olacağı anlamına gelmiyordur."

Adam hafifçe güldü. "Hayır, hayır. Bugüne kadar cimrilik ettiğimi gördün mü hiç?"

"Adamın adı ne?"

"Bir kadın." Adam masaya bir fotoğraf koydu. "Adı Willy Maitland. Otuz iki yaşında. Bir metre elli beş santim boyunda, kısa kesimli koyu sarı saçları var, gözleri gri. Oriental Hotel'de kalıyor."

"Amerikalı mı?"

"Evet."

Siang durakladı. "Sıra dışı bir talep."

"Ortada... acil bir durum var."

Siang, Ah. Fiyat yükseldi demektir, diye düşündü. "Neden?" diye sordu.

"Yarın sabah Saygon'a gitmek için yola çıkacak. Bu da işi bu gece halletmen gerektiği anlamına geliyor."

Siang başını salladı ve tekrar sahneye baktı. Ortadaki kızın, yedi numaranın, doğrudan kendisine baktığını görünce hoşnut oldu. "Bu süre yeterli olacaktır," dedi.

Willy Maitland nehrin kıyısında dikiliyor, aşağıya doğru döne döne ilerleyen suya bakıyordu.

Guy onu yemek yenilen terasın karşısından fark etti. Tırabzanlara yaslanmış, kısa kesimli saçları rüzgârla dalgalanan küçük bir beden. Omuzlarının kambur duruşundan, bakışlarının azimli odaklanışından yalnız kalmak istediği izlenimine vardı. Barda durdu, bir bira aldı; Oranjeboom, yıllardır tatmadığı iyi bir Hollanda markası. Kısa süre onu seyrederek, buz gibi şişenin yanağında yarattığı hazzın tadını çıkartarak orada dikildi.

Hâlâ yerinden kımıldamamıştı. Nehre bakmaya devam ediyordu, sanki çamurlu derinliklerde gördüğü bir şeyle hipnotize olmuştu. Boş masa ve sandalyelerin etrafından dolanarak terasın karşısına, ona doğru ilerledi ve yanında durdu. Saçlarının günbatımının kızıl ve altın renkli ışıltılarını yansıtıyor gibi görünmesine hayret etti.

"Güzel manzara," dedi.

Kadın ona baktı. Tamamen ilgisiz bir bakıştı. Sonra bakışlarını tekrar çevirdi.

Guy birasını tırabzana koydu. "Gelip sizi kontrol etmemin iyi olacağını düşündüm. Beraber içmek konusundaki fikrinizi değiştirip değiştirmediğinizi merak ettim."

Willy büyük bir inatla suya bakmaya devam etti.

"Yabancı bir şehirde bulunmanın nasıl bir şey olduğunu biliyorum. Hayal kırıklıklarınızı paylaşacağınız kimse yoktur. Ben de sizin kendinizi biraz..."

Willy, "İzninizle," dedi ve yürüyüp uzaklaştı.

Guy, *etkimi kaybetmeye başlıyor olmalıyım*, diye düşündü. Birasını kapıp onu takip etti. Willy, onu alenen görmezden gelerek, arada sırada saçlarını yüzünden geriye doğru iteleyip teras boyunca dolaştı. Yürüyüş tarzında hoş bir salınım vardı, ama biraz fazla oynak olduğu için zarif olarak adlandırılamazdı.

Guy, ona ayak uydurarak, "Bence birlikte bir yemek yemeliyiz," dedi. "Belki biraz da sohbet ederiz."

"Ne hakkında?"

"Ah, havadan sudan başlayabilir, sonra politikaya geçeriz. Din. Benim ailem, sizin aileniz."

"Sanırım tüm bunlar başka şeylerin önünün açılması için yapılacak, değil mi?"

"Yani, evet."

"İzin verin tahmin edeyim. Mesela bu odanıza yapacağınız bir davet olabilir mi?"

Guy incinmiş bir ses tonuyla, "Yapmaya çalıştığım şeyin bu olduğunu mu düşünüyorsunuz?" diye sordu. "Sizinle yatmak mı?"

Willy, "Öyle değil mi?" dedi. Sonra döndü ve tekrar uzaklaştı.

Guy bu kez peşine düşmedi. Bunun işe yarayacağını sanmıyordu. Tırabzana yaslanarak, birasını yudumladı ve kadının lokantanın olduğu terasa çıkan merdivenleri tırmanışını seyretti. Bir masaya oturdu ve mönünün arkasına saklandı. Saat çay içmek için çok geç, öğlen yemeği için de çok erkendi. Yakın masalardan birinde oturan bir düzine gürültücü İtalyan haricinde teras boştu. Guy bir süre oralarda oyalandı, bir sonraki yaklaşımının nasıl olması gerektiğini düşünerek birasını bitirdi. İşe yarayabilecek bir şeyler bulup bulamayacağını merak ediyordu. Bu kadın kırılması zor bir ceviz, ancak omuz hizasına gelen bir kadın için şaşırtıcı derecede sertti. Dişli bir fare.

Bir biraya daha ihtiyacı vardı ve tabii yeni bir stratejiye. Bir dakikaya kadar bulacaktı.

Basamaklara yöneldi, bara gitti. Lokantanın bulunduğu terası geçerken arkaya dönüp kadına bir göz atmadan edemedi. Birkaç saniyelik dikkatsizlik, neredeyse ters yönden gelen iyi giyimli bir Tay'la çarpışmasına sebep olacaktı. Guy otomatikman mırıldanarak özür diledi. Diğer adam karşılık vermedi; hemen yanından ilerledi, gözleri ilerdeki bir şeye odaklanmıştı.

Guy bir iki adım atmıştı ki birdenbire kafasında alarm zilleri çaldı. Bu sadece bir içgüdü, bir askerin olağanüstü sezgisiydi. Bu biraz önce yanından geçen adamın gözleriyle alakalıydı.

Bu ölümcül sakinliğe daha evvel bir Vietnamlının gözlerinde de şahit olmuştu. Guy popüler Da Nang isimli gece kulübünden ayrılırken, ikisinin bakışları kısa bir an için birbirine kilitlenmişti. Şimdi bile, aradan yıllar geçmiş olmasına rağmen, Guy adamın gözlerine bakarken hissettiği ürpertiyi hâlâ anımsıyordu. İki dakika sonra, Guy sokakta dikilerek arkadaşlarını beklerken, bir bomba binayı alaşağı etmişti. Tam on yedi Amerikalı öldürülmüştü.

Şimdi gittikçe şiddetlenen bir alarm hissiyle, Tay'ın duruşunu ve etrafını kolaçan edişini seyretti. Adam sanki aradığı şeyin yerini belirlemeye çalışıyormuş gibiydi, terasa doğru ilerledi. Sadece iki masa doluydu. Birinde İtalyanlar, diğerinde Willy Maitland oturuyordu. Tay terasın kenarında durdu ve cebine uzandı.

Guy refleksle birkaç adım attı. Gözleri henüz tehlikeyi göremeden, bedeni tepki vermişti. Adamın elinde bir şey ışıldadı, bu günbatımının kızıllığını yansıtan bir nesneydi. Ancak o zaman Guy, içgüdülerinin verdiği uyarının gerçekleşmek üzere olduğunu mantıksal bir şekilde fark etti.

"Willy! Dikkatli ol!" diye haykırdı.

Ardından katile doğru atıldı.

İKİNCİ BÖLÜM

Adamın çığlığıyla birlikte Willy elindeki mönüyü indirdi ve döndü. Şaşkınlık içinde bağıranın o çılgın Amerikalı olduğunu gördü, kokteyl salonunun karşısına doğru fırlarken etrafındaki sandalyeleri de deviriyordu. Bu delinin derdi neydi?

Onun bir garsonun yanından hızla geçişini ve iyi giyimli bir Tay'ın üzerine atılışını inanmaz gözlerle seyretti. İki beden birbirine çarptı. Aynı anda, havadan bir şeyin ıslık çalarak ilerlediğini işitti, kolunda beklenmedik bir acı hissetti. İki adam hemen ayağının dibinde yere düşerken Willy sendeleyerek ayağa kalktı.

Yan masadaki İtalyanlar da sandalyelerinden fırlamışlardı, elleriyle işaret edip bağırıyorlardı. Yerdeki bedenler yuvarlandı, masalar devrildi, şekerlikler taş zemine çarparak parçalandı. Willy büyük bir şaşkınlık içindeydi. Neler oluyordu? Bu geri zekâlı neden bir Tay işadamıyla kavga ediyordu?

İki adam da sendeleyerek ayağa kalktı. Tay yüksekten bir tekme savurdu, ayak tabanı doğrudan diğer adamın karnına indi. Amerikalı kıvrılıp kaldı, inledi ve düşmemek için sırtını teras duvarına yasladı.

Tay ortadan kayboldu.

İtalyanlar oldukça telaşlıydı.

Willy yere düşen sandalyelerin ve etrafa saçılan kırık cam parçalarının arasından güçlükle ilerledi, adamın yanına gelip çömeldi. Guy'ın yanağında golf topu büyüklüğünde bir şişkinlik belirmişti. Yırtılan dudağından süzülen kan korkunçtu. Willy, "Sen iyi misin?" diye haykırdı.

Guy yanağına dokunup yüzünü buruşturdu. "Bundan daha kötü göründüğüm günler de oldu."

Willy çevresine, etrafa saçılan eşyalara baktı. "Şu kargaşaya bir bak! Umarım tüm bu olanlara getirilecek iyi bir açıklaman... Sen ne yapıyorsun?" diye bağırdı, Guy aniden onu kolundan yakalamıştı. "Çek şu ellerini üzerimden!"

"Kolun kanıyor!"

"Ne?" Adamın bakışlarını takip etti ve elbisesinin kolunda korkunç bir kırmızılığın olduğunu fark etti. Döşeme taşlarına kan damlamıştı.

Verdiği tepki anlık ve içgüdüseldi. Başı döndü, sallandı, olduğu yere, hemen Guy'ın yanına yığılıp kaldı. Yumuşak bir sis perdesinin gerisinden, kafasının dizlerine doğru yaslandığını hissetti, elbise kolunun hızla yırtılıp açıldığını işitti. Bir el nazikçe kolunu inceledi.

Guy, "Sakin ol," diye mırıldandı. "Kötü bir yara değil. Birkaç dikiş lazım o kadar. Sadece ağır ağır soluklan."

Willy, "Çek şu ellerini üzerimden," diye geveledi. Ancak daha kafasını kaldırır kaldırmaz tüm teras sanki etrafında yüzmeye başladı. Etrafına toplananlar dalgalı bir manzara yaratıyordu. İtalyanlar sürekli konuşuyor ve kafalarını sallıyorlardı. Garsonlar, ağızlarını dehşet içinde açmış seyrediyor, Amerikalı da ona endişe dolu gözlerle bakıyordu. Her ne kadar sersemlemiş olsa da, Willy bu gözlerin sıcak ve dengeli olduğunu fark etti.

Kusursuz bir takım elbisesi ve korkmuş bir yüz ifadesi olan efemine bir İngiliz beyefendisi otel müdürü de yanlarında belirmişti. Garsonlar suçlarcasına Guy'ı işaret ettiler. Müdür, eşyalardaki hasarın boyutunu anlamaya çalışırken hiç durmadan başını sallayarak dilini şaklattı.

"Bu berbat bir durum," diye mırıldandı. "Bu tür bir davranış kesinlikle hoş görülemez. *Benim* terasımda olmaz. Siz misafir misiniz, değil misiniz?" Garsonlardan birine döndü. "Polisi çağır, bu adamın tutuklanmasını istiyorum."

Guy, "Hepiniz körsünüz herhalde?" diye haykırdı. "O adamın bu kadını öldürmek istediğini hiçbiriniz görmediniz mi?"

"Ne? Ne? Kimin?"

Guy kırık tabak çanak arasında el yordamıyla bıçağı arayıp buldu. Ölümcül görünümlü silahı havaya kaldırarak, "Hiç de sizin çatal bıçak takımınızın olağan bir parçasına benzemiyor," dedi. Kabzası abanozdu, sedef kakmalıydı ve jilet kadar keskindi. "Bu bıçak, atılacak şekilde tasarlanmış."

İngiliz, "Oh, saçmalık," dedi.

"Onun koluna bir bak!"

Müdür gözlerini Willy'nin elbisesinin kandan sırılsıklam olan koluna kaydırdı. Dehşete düşerek geriye doğru bir adım attı. "Ulu Tanrım. Ben... ben hemen bir doktor çağıracağım."

Guy, Willy'yi yerden kaldırarak, "Önemli değil," dedi. "Onu doğruca hastaneye götürürsem bu iş daha hızlı halledilmiş olur."

Willy kendini Guy'ın kollarına teslim etti. Adamın kokusu ona garip derecede güven verici geldi, bu ter ve tıraş losyonuyla karışık tam bir erkek kokusuydu. Onu teras boyunca taşırken, Willy şaşkına uğramış garsonların ve meraklı otel misafirlerinin dalgalanan görüntülerini seyretti.

"Bu çok utanç verici," diye şikâyet etti. "Ben iyiyim. Beni yere indir."

"Bayılacaksın."

"Ben hayatımda hiç bayılmadım!"

"İlk baygınlığın için iyi bir zamanlama değil." Guy onu bekleyen taksiye attı, Willy yaralı bir hayvan gibi arka koltuğa kıvrıldı.

Acil servis doktoru anestezi vermek istemedi. Willy de çığlık atmak istemiyordu. Kıvrık sütür iğnesi koluna art arda batarken dişlerini sıktı ve çılgın Amerikalının elini tutmasını diledi. Eğer sert kadını oynamayıp adamı dışarı çıkartmasaydı, şu an elini tutuyor olurdu. Acı karşısında gözyaşlarının akmaması için savaştığı şu an bile, elini bir erkeğin tutmasına ne kadar ihtiyaç duyduğunu kendine dahi itiraf etmeyi reddetti. Yine de böyle bir şey hoş olurdu. Muhteşem olurdu.

Ve onun adını hâlâ bilmiyorum.

Sadist eğilimleri olduğundan şüphelendiği doktor son dikişi de attı, ipek ipliği bağladı ve kopardı. Neşeyle, "Gördün mü?" dedi. "O kadar da kötü değildi."

Willy kendini adamın ağzına sert bir yumruk çakmayı ve, *Gördün mü? Bu da o kadar kötü değildi*, demeyi ister halde buldu.

Doktor yarayı sargı bezi ve bantla sarmaladı, ardından ona neşeli bir şekilde vurdu – tabii ki yaralı koluna – ve bekleme odasına gönderdi.

O hâlâ oradaydı, resepsiyonun etrafında dolaşıyordu. Onca beresi ve kesiğiyle bir dilenciyi andırıyordu. Ona sıcak ve endişeli bir tavırla baktı. "Kolun nasıl?" diye sordu.

Willy dikkatlice omzuna dokundu. "Bu ülkede anesteziye inanılmıyor mu?"

Guy, "Sadece pısırıklarda," yorumunu yaptı. "Ki senin öyle olmadığın açık."

Gece çok sıcaktı. Görünürde taksi yoktu; bu yüzden bir *tuk-tuk* kiraladılar. Bu dişleri olmayan bir Tay tarafından kullanılan motosiklet gücünde, üç tekerli bir çekçekti.

Willy, motorun homurtusunu bastıracak şekilde bağırarak, "Bana adını söylemedin," dedi.

"Bununla ilgilendiğini sanmıyordum."

"Dizlerimin üzerine çöküp tanışmak için yalvarmak benim fikrim miydi?"

Guy sırıtarak elini uzattı. "Guy Barnard. Şimdi, Willy'nin neyin kısaltması olduğunu öğrenebilecek miyim?"

Willy başını salladı. "Wilone."

"Sıra dışı. Hoş."

"Wilhelmina'nın kısaltması, bu bir kız evladın alabileceği William Maitland Jr.'a en yakın isim."

Guy yorum yapmadı ama Willy onun gözlerinde garip bir ışıltının oynaştığını fark etti, bakışlarına ani bir ilgi yerleşmişti. Kendi kendine bunun sebebini merak etti. *Tuk-tuk* yavaş yavaş bir *klong*'un üzerinden geçti, kanalın durgun suyu sokak lambalarının ışığı altında parıldıyordu.

Guy, sıradan bir tavırla, "Maitland," dedi. "Bu sanki savaştan anımsadığım bir isim. Vahşi Bill Maitland adında bir pilot vardı. Air America için uçardı. Seninle akrabalığı var mı?"

Willy gözlerini uzaklara çevirdi. "Babamdı."

"Şaka yapıyorsun! Sen Vahşi Bill Maitland'ın kızı mısın?"

"Onunla ilgili hikâyeleri duydun, öyle değil mi?"

"Duymayan var mı ki? O yaşayan bir efsaneydi. Aynen Earthquake Magoon gibiydi."

Willy, "Benim için de aynen öyleydi," diye mırıldandı. "Tam bir efsane."

Sohbetlerinde bir duraklama oldu, Willy sarf ettiği son sözlerdeki öfkenin Guy Barnard'ın dikkatini çekip çekmediğini merak etti. Çektiyse bile belli etmemişti.

Guy, "Senin şu yaşlı adamla bizzat tanışmadım," dedi. "Ama onu bir kez gördüm, Da Nang iniş pistinde. Yer ekibinde çalışıyordum."

"Air America'da mı?"

"Hayır. Army Air Cav'da." Özensiz bir selam çaktı. "Birinci Sınıf Er Barnard. Bilirsin işte, dünyadaki gerçek pisliklerden."

"Görüyorum ki terfi etmişsin."

"Evet." Güldü. "Her neyse, senin şu yaşlı adam bir C-46 indirdi, motoru duman saçıyordu, yakıtı tükenmişti, gövdesi ise o kadar büyük bir hasar almıştı ki neredeyse bir tarafından bakıldığında diğer yanı görülebiliyordu. Uçağı piste indirdi. Sonra dışarı çıktı, mermi deliklerini kontrol etti. Yerinde başka bir pilot olsa, dizlerinin üzerine çöküp yeri öperdi. Ama senin baban, o sadece omuz silkti, yakındaki bir ağaca yaslanıp kısa bir uyku çekti." Guy başını salladı. "Senin şu yaşlı adam başka bir şeydi."

"Herkes öyle söylüyor." Willy rüzgârın suratına doğru itelediği saçlarını geri attı ve Guy'ın babası hakkında konuşmayı kesmesini diledi. Hatırlayabildiği kadarıyla, bu hep böyleydi. Vientiane'de, çocukluk yıllarında, verilen her bir akşam yemeğinde, her kokteylde pilotlar sürekli farklı farklı Vahşi Bill hikâyeleri anlatırlardı. Onun cesaretine, soğukkanlılığına, çılgın espri anlayışına kadeh kaldırırlardı, ta ki Willy artık çığlık atacak hale gelene kadar. Tüm bu hikâyeler, kendisiyle anne ve babasının hayatında ne kadar önemsiz olduklarını vurgulamaya yarardı.

Belki de Guy'ın anlattıkları onu bu yüzden öfkelendirmeye başlamıştı.

Ama onun, babasının hakkında konuşmasının ötesinde bir şeyler vardı. Guy ona babasını garip, kolayca ifade edilemez bir şekilde anımsatmaktaydı.

Tuk-tuk birdenbire yoldaki bir tümseğe çarptı veWilly'yi Guy' ın omzuna doğru fırlattı. Ağrı sanki kolunu delip geçti ve tüm bedeni bir anda kasıldı.

Guy ona baktı, tetikteydi. "İyi misin?"

"Ben..." Willy dudağını ısırdı, gözyaşlarıyla savaşıyordu. "Bu gerçekten canımı yakmaya başlıyor."

Guy bağırarak sürücüye yavaşlamasını söyledi. Sonra Willy'nin elini yakaladı ve sıkıca yapıştı. "Biraz daha dayan. Neredeyse geldik..."

Otele yolculuk oldukça uzundu.

Yukarıda, Willy'nin odasında, Guy onu yatağına oturttu ve yüzüne düşen saçları nazikçe geriye doğru iteledi. "Ağrı kesicin var mı?"

"Orada... orada, banyoda, Aspirin olacak." Willy ayağa kalkmaya çalıştı. "Ben alabilirim."

"Hayır. Sen olduğun yerde kal." Guy banyoya gitti, bir bardak su ve Aspirin kutusuyla geri döndü. Onca ağrısına rağmen Guy'ın kendisini seyrettiğinin, hapları yutarken onu incelediğinin farkındaydı. Yine de onun yakınlığını garip derecede güven verici buldu. Guy dönüp odanın karşısına ilerleyince, aralarında oluşan ani mesafe terk edilmiş gibi hissetmesine neden oldu.

Adamın küçük buzdolabını didik didik aramasını seyretti. "Ne arıyorsun?"

"Buldum." Bir şişe viski kokteyliyle geri döndü, kapağını açtı, Willy'nin eline tutuşturdu. "Sıvı anestezi. Bu eski moda bir devadır ama işe yarar."

"Ben viski sevmem."

"Sevmek zorunda değilsin. Doğası gereği, ilacın tadının iyi olması gerekmez."

Willy bir yudum almayı başardı, viski boğazını baştan aşağı yaktı. "Teşekkürler," diye mırıldandı.

Guy bir çember oluşturacak şekilde yürümeye başladı; lüks eşyaları, pahalı manzarayı inceliyordu. Kayar cam kapılar balkona açılıyordu. Hemen aşağıdan akan Chaophya Nehri'nden, suları kesip geçen deniz motorlarının gürültüleri yükseliyordu. Komodine doğru yürüdü, beleş meyve sepetinden bir rambutan alıp dikenli kabuğunu soydu. Meyveyi dalgın dalgın çiğnerken, "Hoş bir oda," dedi. "Benim batakhanemden iyi olduğu kesin, Liberty Hotel'den. Bu arada, ne iş yapıyorsun?"

Willy viskiden bir yudum daha aldı ve öksürdü. "Ben pilotum."

"Şu yaşlı adam gibi mi?"

"Pek sayılmaz. Ben maaş çeki karşılığında uçarım, heyecan uğruna değil. İyi para kazandığımı söyleyemem. Kargo uçuşlarında para yok."

"Bu otelde kaldığına göre gelirin kötü olmamalı."

"Bunun parasını ben ödemiyorum."

Guy'ın kaşları havalandı. "Kim ödüyor?"

"Annem."

"Ne kadar da cömert."

Ses tonundaki alaycılık Willy'yi rahatsız etti. Onu bu şekilde aşağılama hakkını nereden buluyordu? O, şu hurdası çıkartılmış berduş, karşısında durmuş *onun* meyvesini yiyor, *onun* manzarasının tadını çıkartıyordu. *Tuk-tuk* seyahati saçlarının dört bir yana dağılmasına sebep olmuştu ve darbe alan gözü şişip tamamen kapanmıştı. Neden bu ahmağı odasında misafir ediyordu ki?

Guy onu meraklı gözlerle seyrediyordu. "Peki annecik başka nelerin ödemesini yapıyor?" diye sordu.

Willy onun gözlerinin içine sert sert baktı. "Kendi cenaze masraflarını," dedi ve o pis sırıtışın anında yok olduğunu görmekten memnun oldu.

"Ne demek istiyorsun? Annen öldü mü?"

"Hayır, ama ölüyor." Willy pencereden dışarıya, nehir kıyısı boyunca uzanan sokak lambalarının ışıklarına baktı. Bir an için hepsi salınan siste dans eden ateşböceklerini çağrıştırdı. "Tanrım," diyerek iç çekti, parmaklarını saçları arasından bitkin bir şekilde kaydırdı. "Benim burada ne işim var?"

"Sanırım bu bir tatil değil."

"Doğru anladın."

"O zaman ne?"

"Yabani kaz avı." Willy viskinin geriye kalanını da yuvarladı ve küçük şişeyi komodine bıraktı. "Bu annemin son dileği. İnsanlar ölüm döşeğindekilerin dileklerini her zaman yerine getirmek zorundadır." Guy'a baktı. "Öyle değil mi?"

Guy bir sandalyeye çöktü, gözlerini ona kilitlemişti. "Daha evvel bana bir aile meselesinden dolayı burada olduğunu söylemiştin. Bunun babanla bir alakası var mı?"

Willy başını sallayarak onayladı.

"Ve bugün Kistner'i de bu sebeple ziyaret ettin, öyle mi?"

"Babama olanlar konusunda bizi bilgilendirebileceğini umuyorduk... umuyordum."

"Neden Kistner'e gittin? Zayiat kararı onun işi değil ki."

"Ama Askeri İstihbarat öyle. 1970'te Kistner, Laos'a atanmıştı. Babamı son uçuşuna atayan oydu ve uçak düştükten sonra araştırmayı o yönetti. Tabii eğer bir araştırma yapıldıysa."

"Peki, Kistner sana yeni bir şey anlattı mı?"

"Sadece duymayı beklediklerimi. Yirmi yıl sonra konuyu takip etmenin hiçbir anlamının olmadığını, babamın öldüğünü, ondan geriye kalanları bulmanın hiçbir yolunun olmadığını söyledi."

"Bunları duymak zor olmalı. Bunca yolu bir hiç için gelmiş olduğunu bilmek de öyle."

"Bu annem açısından zor olacak."

"Senin açından olmadı mı?"

"Pek sayılmaz." Yataktan kalkıp balkona doğru yürüdü, aşağıya, suya baktı. "Görüyorsun ya, babam umurumda bile değil."

Gece nehrin kokusuyla ağırlaşmıştı. Guy'ın kendisini seyrettiğinin farkındaydı; gözlerini sırtında hissedebiliyor, yüzünde beliren şaşkın ifadeyi tahmin edebiliyordu. Tabii ki şoka uğrayacaktı; biraz evvel dile getirdiği şey korkunçtu. Ama aynı zamanda da doğru.

Willy onun kendisine yaklaştığını işitmekten çok hissetti. Hemen yanına kadar geldi ve tırabzanlara yaslandı. Nehir boyunca uzanan sokak lambalarının ışıkları yüzünü gölgelendiriyordu.

Willy aşağıya, ışıl ışıl suya baktı. "Bir efsanenin kızı olmak nasıldır, bilemezsin. Tüm hayatım boyunca insanlar bana onun ne kadar cesur olduğunu, kahramanlıklarını anlatıp durdu. Tanrım, övgüyü seviyor olmalı."

"Çoğu erkek bundan hoşlanır."

"Ve çok sayıda kadın da bu yüzden acı çeker."

"Annen acı çekti mi?"

Willy kafasını kaldırıp gökyüzüne baktı. "Annem..." Başını salladı ve güldü. "İzninle sana annemden bahsedeyim. O gece kulübü şarkıcısıydı. New York'taki en iyi kulüplerin hepsinde sahne aldı. Albümüne şöyle bir göz attım, eleştirmenlerden birinin şöyle yazdığını anımsıyorum, 'Sesi her dinleyiciyi ağına düşürecek kadar büyüleyici.' Kariyerinin zirvesindeydi. Sonra evlendi. Yıldızlıktan bir erkeğin hayatındaki dipnota dönüştü. Birkaç yıl Vientiane'de yaşadık. Annemin ne kadar güvenilir ve çalışkan olduğunu anımsıyorum. Evine geri dönmeyi o kadar umutsuzca istiyordu ki. Ama bunun yerine, dükkân raflarını temizliyordu. El bombalarına gülüp geçiyordu. Övgüyü babam alıyordu. Ama beni büyüten annemdi." Willy Guy'a baktı. "İşte, dünya bu şekilde işliyor. Öyle değil mi?"

Guy karşılık vermedi.

Willy bakışlarını tekrar nehre çevirdi. "Babamın Air America'yla kontratı bittikten sonra, bir süre San Francisco'da kalmayı denedik. Kendisi günlük uçuşların yapıldığı bir havayolunda çalıştı. Annemle ben ise, sadece havan topları ve el bombalarının savrulmadığı bir şehirde yaşamanın tadını çıkarttık. Fakat..." İç çekti. "Bunun sonu bir türlü gelmedi. Babam sıkıldı. Sanırım eski, bol heyecanlı günlerini özlemişti. Ve övgüyü. Bu yüzden geri döndü."

"Boşandılar mı?"

"Babam böyle bir şeyi hiç istemedi. İstese bile annem kabul etmezdi zaten. Ona âşıktı." Willy'nin sesi alçaldı. "Hâlâ da seviyor."

"Yani Laos'a tek başına gitti, öyle mi?"

"İki yıllık bir göreve gitti. Tahminimce tehlikeli uyuşturucu müptelalarının yanında olmayı kendisi tercih etti. Hepsi aynıydı, şu A.A. pilotları – hepsi de gönüllüydü, askere çağrılanlar değil – hepsi de ölümün suratına karşı gülüyordu. Sanırım uçmak onlara enerji katan, kendilerini canlı hissetmelerini sağlayan tek şeydi. Babam için bu nihai coşku olmalıydı. Ölmek."

"Şimdi sen buradasın, tüm bunlardan yirmi yıl sonra."

"Doğru. Buradayım."

"Umurunda bile olmayan bir adamın peşindesin. Neden?"

"Bu soruyu soran ben değilim. Annem. O hayatı boyunca kimseden hiçbir şey istememiştir; ne benden ne de başkalarından. Ama bu bilmesi gereken bir şeydi."

"Son arzu."

Willy başını sallayarak onayladı. "İşte, kanserin tek iyi yanı da bu. İnsanın yarım kalan işleri, yanıtlanmamış soruları bir sonuca ulaştırmaya vakti oluyor. Babam da başlı başına yanıtlanmamış bir soru."

"Kistner sana resmi kararını iletti, babanın öldüğünü söyledi. Bu her şeyi yanıtlamıyor mu?"

"Bize söylenen onca yalanın ardından, hayır."

"Size kim yalan söyledi?"

Willy güldü. "Kim söylemedi ki? İnan bana, çok fazla turladık. Birleşik Zayiat Karar Komitesi'yle konuştuk. Savunma İstihbarat'la. CIA'le. Hepsi de aynı şeyi söyledi: Bu işin peşini bırakın."

"Belki de haklıdırlar."

"Belki de gerçeği saklıyorlar."

"Hangi gerçeği?"

"Babamın uçak kazasından canlı kurtulduğunu."

"Kanıtın ne?"

Willy, bu soruyu cevaplamasının ne kadar uygun olacağını merak ederek bir süre Guy'ı inceledi. Ona bunca şeyi neden anlattığını da merak ediyordu. Reflekslerinin iyi, espri anlayışının gelişmiş olması dışında bu adam hakkında hiçbir şey bilmiyordu. Gözlerinin kahverengi ve gülüşünün kesinlikle çarpık olduğunu da biliyordu; kendine has bir şekilde, onun bugüne kadar karşılaştığı en çekici erkek olduğunu-da.

Bu son düşünce, bulutsuz bir yaz gününde yıldırım düşmesi kadar sarsıcıydı. Ama Guy *çekiciydi.* Ama Willy' nin bu çekiciliğin kaynağıyla ilgili gösterebileceği hiçbir şey yoktu. *Ya da belki de şu lanet olası viskidir,* diye düşündü. İşte bu yüzden içi ısınmıştı, bu yüzden dizlerini sanki bükülmek üzerelermiş gibi hissediyordu.

Çelik tırabzanları kavradı. "Annem ve benim, bizden birtakım sırların saklandığına dair *ipuçlarımız* var."

"Somut bir şeyler mi?"

"Sen bir görgü tanığını somut olarak nitelendirir miydin?"

"Görgü tanığına bağlı."

"Laolu bir köylü."

"Babanı mı görmüş?"

"Hayır, işte asıl nokta da bu, görmedi."

"Kafam karıştı."

Willy, "Uçak düştükten sonra," diye açıkladı. "Babamın yakın arkadaşları enkaza ilişkin kanıt getirecek herkese ikişer kilo altın verileceğini söyleyen el ilanları bastırdı. Bu ilanlar sınır boyunca ve Pathet Lao bölgesinin her yanına dağıtıldı. Birkaç hafta sonra bir köylü ödülünü istemek için ormandan çıkıp geldi. Uçak enkazını bulduğunu, uçağın tam Vietnam sınırının içine çakıldığını söyledi. Uçağı kuyruk numarasına kadar betimledi ve uçakta sadece iki ceset olduğuna da yemin etti; biri kargo bölgesinde, diğeri kokpitte. Uçak mürettebatı *üçtü.*"

"Müfettişler ne dedi?"

"Bir açıklama gelmedi. Sadece gizlilik dereceli bir rapor, 'bir arkadaştan' notuyla posta kutumuza tıkıştırıldıktan sonra bu olaydan haberimiz oldu. Sanırım babamın Air America' daki eski arkadaşlarından biri örtbas etme olayını haber aldı ve ailenin bunu öğrenmesi gerektiğine karar verdi."

Guy, gölgeler arasındaki bir kedi gibi kıpırdamadan dikiliyordu. Konuşmaya başladığında, Willy adamın ses tonundan konuyla çok ama çok ilgilendiğini rahatça söyleyebilirdi.

"Peki, annen bunun üzerine ne yaptı?" diye sordu.

"Tabii ki bu konunun peşine düştü. Kesinlikle pes etmedi. CIA'i izledi. Air America'yı. Onlardan bir şey çıkmadı. Ama sesini kesmesini söyleyen kimliği belirsiz kişilerden birkaç telefon aldı."

"Ya kesmezse?"

"Kesmezse babam hakkında bilmek istemeyeceği şeyler öğrenecekti. Can sıkıcı, utanç verici şeyler."

"Başka kadınlar mı? Ne?"

İşte Willy'yi öfkelendiren de işin bu kısmıydı. Bu konu hakkında konuşmakta bile zorlanıyordu. "Söyledikleri şey..." Nefesini bıraktı. "Onun diğer taraf için çalıştığını söylediler, bir vatan haini olduğunu."

Bir sessizlik yaşandı. Guy, yumuşak sesle, "Ve sen buna inanmıyorsun," dedi.

Willy çenesini kaldırdı. "Lanet olsun, hayır, ben buna

inanmıyorum! Tek bir kelimesine bile. Bu sadece onların bizi korkutma yöntemleri. Olayları eşeleyip doğruları ortaya çıkartmamızı engellemeye çalışıyorlar. Arkamızdan çevirdikleri tek iş bu değildi. Biz soru sormaya devam ettikçe, babamın geciken ödemesini durdurdular, ki bu o günün parasıyla on binlerce dolardı. Her neyse, bir süre bilgi almak için çabaladık. Sonra savaş bitti ve nihayet yanıtları alacağımızı düşündük. Savaş esirlerinin geri dönüşünü seyrettik. Bunu, yani o kalabalığı televizyonda görmek annem açısından çok zordu. Nixon'ın, cesur erkeklerimizin sonunda evlerine geri döndüklerine dair yaptığı o konuşmayı dinlemek. Çünkü onun kocası gelmemişti. Bu kalabalığın arasında, evine döndüğünü işittiğimiz tek bir adam bizi çok şaşırtmıştı – babamın uçağındaki mürettebattan biri."

Guy şaşkınlık içinde doğruldu. "Yani kazadan *canlı kurtulan* biri vardı, öyle mi?"

"Luis Valdez, kargocu. Uçak düşerken paraşütüyle atlamış. Daha yere iner inmez esir alınmış. Takip eden beş senesini Kuzey Vietnam'daki bir esir kampında geçirmiş."

"Bu kayıp cesedi açıklamıyor mu? Eğer Valdez atladıysa..."

"Dahası var. Valdez dödüğünün ertesi günü bizi aradı. Telefonu ben açtım. Adamın korktuğunu sesinden anlayabiliyordum. Hiç kimseyle konuşmaması yönünde İstihbarat tarafından uyarılmıştı. Ancak olan bitenden bizi haberdar etmesinin boyun borcu olduğunu düşünüyordu. Bize uçakta başka bir yolcunun daha olduğunu söyledi. Bu uçak düşmeden önce ölen bir Lao'ydu. Ve kokpitte bulunan ceset de büyük olasılıkla yardımcı pilot Kozlowski'ydi. Bu da hâlâ ortada kayıp bir ceset olduğu anlamına geliyor."

"Baban."

Willy başını sallayarak onayladı. "Bu bilgiyle CIA'e gittik ve ne oldu biliyor musun? Uçakta başka bir yolcu olduğunu inkâr ettiler; ne Lao ne de başka biri. Uçağın sadece uçak parçası taşıdığını ifade ettiler."

"Air America ne dedi?"

"Yolcu kaydı olmadığını bildirdi."

"Ama Valdez'in görgü tanıklığı var."

Willy başını iki yana salladı. "Bizi aradığının ertesi günü, bizi görmeye geleceği gün, kendi kafasına sıktı. İntihar. Ya da polis bunu böyle kayda geçti."

Adamın uzun sessizliğinden şoka girdiğini anlayabiliyordu. Guy, "Ne kadar da hoş," diye mırıldandı.

"Hayatımda ilk defa annemin korktuğuna şahit oldum. Kendisi için değil, benim için. Olabileceklerden, yapabileceklerinden korkmuştu. Dolayısıyla olayın kapanmasına göz yumdu. Ta ki..." Willy sustu.

"Başka bir şey mi oldu?"

Willy başını salladı. "Valdez öldükten yaklaşık bir sene sonra –sanırım 1976 civarlarıydı– annemin banka hesabında komik bir şeyler oldu. Fazladan bir on beş bin dolar belirdi. Bankanın ona yapabildiği tek açıklama bunun Bangkok'ta yapılan birikim olduğuydu. Bir yıl sonra, bu durum tekrarladı, bu kez yatan yaklaşık on bin dolardı."

"Yüksek meblağ. Bunun nereden geldiğini hiçbir zaman öğrenemedi, öyle mi?"

"Hayır. Bunca senedir araştırıp anlamaya çalışıyor. Babamın arkadaşlarından birinin ya da bizzat kendisinin..." Willy başını iki yana salladı ve iç geçirdi. "Her neyse, birkaç ay evvel kanser olduğunu öğrendi. Ve doğruyu öğrenmek birdenbire çok büyük bir önem kazandı. Bu yolculuğa bizzat çıkamayacak kadar hasta; dolayısıyla bunu yapmamı benden istedi. Ve ben de, onun yirmi yıl önce tosladığı duvara tosluyorum."

"Belki de doğru insana gitmemişsindir."

"Doğru *insanlar* kim?"

Guy ona doğru döndü. Alçak sesle, "Benim bağlantılarım var," dedi. "Senin için bulabilirim."

Elleri tırabzanda birbirine sürtündü; Willy güzel bir şokun hızla tüm koluna yayıldığını hissetti. Hemen elini geri çekti.

"Ne tür bağlantılar bunlar?"

"Çalışma arkadaşları."

"Sen *tam olarak* ne iş yapıyorsun?"

"Ölü sayıları. Asker künyeleri. Ben Ordu Kimlik Tespit Laboratuvarı'nda çalışıyorum."

"Anlıyorum. Yani ordudasın."

Guy güldü ve tırabzana yanlamasına yaslandı. "Asla. Nam'dan sonra paçayı sıyırdım. Üniversiteye gittim, taş ve kemik konusunda master yaptım. Yani Güneydoğu Asya odaklı antropoloji üzerine. Her neyse, bir süre müzede çalıştım, sonra ordunun daha iyi maaş verdiğini keşfettim. Sivil personelim anlayacağın. Hâlâ kemik ayırıyorum, sadece bunların isimleri, rütbeleri ve seri numaraları var."

"Vietnam'a da bu yüzden mi gidiyorsun?"

Guy başıyla onayladı. "Saygon ve Hanoi'de toplanması gereken yeni bir dizi kalıntı var."

Kalıntı. Bir zamanlar insan olan şeyi isimlendirmek için kullanılabilecek en soğuk kelime.

Guy, "Birkaç tanıdığım var," dedi. "Sana yardımcı olabilirim."

"Neden?"

"Merakımı uyandırdın."

"Sebep bu mu? Yani merak mı?"

Guy'ın bunu takip eden adımı Willy'yi şaşırttı. Adam uzanıp yüzüne dökülen kısa saçlarını geriye doğru iteledi. Parmaklarının teması sanki tüm boynunu sızlatmıştı. Willy, bu beklenmedik samimi temasa tepki gösteremeyerek, donup kaldı.

Guy, "Belki de sadece iyi bir adamımdır," diye fısıldadı.

Willy, *Ah, lanet olsun, beni öpecek,* diye düşündü. *Beni öpecek ve ben de bunu yapmasına izin vereceğim, bunun ardından olacaklar ise...*

Adamın elini vurup iteledi ve paniklemiş bir halde geriye doğru bir adım attı. "Ben iyi adamların varlığına inanmam."

"Erkeklerden korkuyor musun?"

"Erkeklerden korkmuyorum. Ama onlara güvenmiyorum da."

Guy sesinde aleni bir neşeyle, "Buna rağmen," dedi. "Odana girmeme izin verdin."

"Belki seni yollamanın zamanı gelmiştir." Willy odanın karşısına azametle yürüdü ve kapıyı ardına kadar açtı. "Yoksa bana zorluk mu çıkartacaksın?"

"Ben mi?" Willy onun ardından kapıya kadar geldiğini görerek şaşırdı. "Ben hiçbir zaman zor değilimdir."

"Eminim."

"Ayrıca, bu gece etrafta aylak aylak dolaşamam. Yapmam gereken daha önemli işler var."

"Öyle mi?"

"Öyle." Kapının kilidine göz attı. "Gördüğüm kadarıyla dayanıklı bir kilidin var, kullanmayı ihmal etme. Ve tavsiyeme uy; bu gece dışarı, şehre çıkma."

"Lanet olsun! Bu da tam gündemimin bir sonraki aşamasıydı."

"Bana ihtiyaç duyman durumunda..." döndü ve eşikten ona sırıttı "Liberty Hotel'de kalıyorum. İstediğin zaman ara."

Willy, *nefesini boşa harcama,* demek için hazırlanıyordu ki söyleyemeden Guy oradan uzaklaştı.

Willy kapatılan kapıya bakıyordu.

ÜÇÜNCÜ BÖLÜM

Tobias Wolff tekerlekli sandalyesini likör dolabından çevirdi ve eski arkadaşıyla yüz yüze geldi. "Senin yerinde olsaydım Guy, bu işe kesinlikle bulaşmazdım."

Birbirlerini en son beş sene önce görmüşlerdi. Toby her zamanki kadar kaslı görünüyordu – en azından belden yukarısı. Tekerlekli sandalyeye bağımlı geçen on beş yıl omuz ve kollarının gelişmesine sebep olmuştu. Buna rağmen, yılların getirdiği kaçınılmaz yıpranma da aşikârdı. Toby artık ellisine yaklaşmıştı ve bunu da gösteriyordu. Beethoven tarzı çalı gibi saçları neredeyse tümden beyazlamıştı. Yüzü tombuldu ve tropik sıcakta terliyordu. Ama koyu renkli gözleri her zamanki kadar keskindi.

Guy'a bir bardak viski uzatarak, "Eski bir arkadaşın tavsiyesine uy," dedi. "Hayatta tesadüf diye bir şey yoktur, bunlar sadece planlanmış karşılaşmalardır."

Guy, "Planlı ya da değil," dedi, "Willy Maitland benim

bekledigim şans olabilir."

"Beladan başka bir şey de olmayabilir ama."

"Kaybedecek neyim var ki?"

"Hayatına ne dersin?"

"Haydi ama Toby! Bana dürüst bir yanıt verebileceğine güvendiğim tek kişi sensin."

"Bu uzun zaman önceydi. Benim davayla doğrudan bir bağlantım yoktu."

"Ama olay zamanı Vientiane'deydin. Maitland dosyasına dair bir şeyler hatırlıyor olmalısın."

"Sadece gelip geçerken işittiklerimi hatırlıyorum, hiçbiri de onaylanmış değil. Lanet olsun, orası aynen Vahşi Batı gibi bir yerdi. Havada uçuşan dedikodular sivrisineklerden fazlaydı."

"Ama senin şu gizli operasyon elemanların kadar kalabalık değil."

Toby omuz silkti. "Yapacak bir işimiz vardı, yaptık."

"Maitland davasını kimin yönettiğini hatırlıyor musun?"

"Mike Micklewait olmalı. Şu köylüyü – ödül için gelen adamı – sorguya çeken dava memurunun o olduğunu biliyorum."

"Peki adamın samimi olduğunu düşündü mü?"

"Büyük olasılıkla hayır. Köylünün ödülü alamadığını duymuştum."

"Sence tüm bunlar Maitland'ın ailesine neden anlatılmadı?"

"Hey, Maitland zavallı aptal bir asker değildi. O Air

America adına çalışıyordu, diğer bir deyişle CIA adına. Bu olanlardan bahsedilmeyen bir iş. Maitland risklerin farkındaydı."

"Ailenin yeni kanıttan haberdar olmaya hakkı vardı." Guy, Willy ve annesinin bunu nasıl *öğrendiklerini* düşündü.

Toby güldü. "Yürütülen savaş gizliydi, anımsıyor musun? Bizim Laos'ta olmamamız gerekirdi. Ailelerin bundan haberdar edilmeleri söz konusu değildi."

"Bu bilginin hasıraltı edilmesinin başka bir sebebi var mıydı? Mesela yolcuyla ilgili bir şeyler?"

Toby'nin kaşları kalktı. "Bu dedikoduyu nereden işittin?"

"Willy Maitland, uçakta bir Lao olduğunu duymuş. Herkes bu adamın varlığını inkâr ediyor, tahminimce o çok önemli birisiydi. Kimdi?"

"Bilmiyorum." Toby tekerlekli sandalyesini çevirdi ve açık pencereden dışarı baktı. Karanlıklar arasından, Bangkok sokaklarının gürültüsü ve kokusu süzülmekteydi. Açık hava ızgarasından yükselen et cızırtısı. Kadın kahkahaları. Bir *tuk-tuk*'un takırtısı. "O günlerde olup biten birçok şey vardı. Hiçbir zaman üzerinde konuşmadığımız şeyler. Hatta konuşmaya utandığımız şeyler. Onca ajan, karşı ajan, general ve asker arasında, olan biteni kimin kontrol ettiğinden hiçbir zaman emin olunamazdı. Herkesin sinirleri ayaktaydı, herkes bir an evvel zengin olmak istiyordu. O cehennemden kurtulmayı bekleyemedim." Tekerlekli sandalyesini öfkeyle yumrukladı. "Ve işte sonunda bu hale geldim. Harika bir emeklilik." İç çekerek arkasına yaslandı ve yukarı, geceye baktı. Alçak sesle, "Bu işin peşini bırak Guy," dedi. "Eğer haklıysan –eğer Maitland'ın kızını öldürmek isteyen biri varsa– o zaman bu konu uğraşılamayacak kadar bela demektir."

"Toby, işte konu da bu! Bu dava *neden* bu kadar başa bela? Aradan onca yıl geçmesine rağmen Maitland'ın kızı onları neden öfkelendirsin ki? Onun ne bulacağını düşünüyorlar?"

"O neye bulaştığını biliyor mu?"

"Şüphedeyim. Ne olursa olsun, bu kadını durduracak hiç bir şey olmayacak. Yaşlı kütüğün yongası."

"Yani tam bir baş belası. Peki, onu seninle birlikte çalışmaya nasıl ikna edeceksin?"

"İşte, henüz cevaplayamadığım soru da bu."

"Romeo yaklaşımı hep işe yarar."

Guy sırıttı. "Bunu aklımda tutacağım."

Aslında tüm akşam boyunca göz önünde tuttuğu taktik tam manasıyla buydu. Bunun işe yarayacağından emin olduğu için değil, çekici bir kadın olduğu ve sert kız görünümünün altında gerçekte neyin yattığını merak etmekten kendini alamadığı için.

Toby, "Buna alternatif olarak," dedi, "ona doğruyu söylemeyi deneyebilirsin. Onun peşinde olmadığını. Üç milyonluk primle ilgilendiğini."

"İki milyon."

"İki milyon, üç milyon, ne fark eder? Bu büyük bir meblağ."

Guy anlamlı bir şekilde, "Ve yardımın da çok faydası olabilir," dedi.

Toby iç çekti. Sonunda, ona bakmak için tekerlekli sandalyesini çevirerek, "Tamam," dedi. "Bir isim istiyorsun, onu sana vereceğim. Yardımı olur ya da olmaz. Alain Gerard'ı dene, kendisi bir Fransız, şu günlerde Saygon'da yaşıyor. Ortaklık'la yakın bağları vardı, Vientiane'de olan biten tüm pislikten haberdar."

"Eski Ortaklık'tan ve hâlâ Saygon'da yaşıyor öyle mi? Vietnamlılar neden onu def etmedi?"

"Onlara faydası dokunuyor. Savaş boyunca ihracattan para kazandı, istersen ham farmasötiklerden diyelim. Yaşı ilerlediğinden insancıl ve yardımsever birine dönüştü. ABD ticari ambargoları Vietnamlıları Batılı pazarlardan uzaklaştırdı. Gerard, Fransa'dan tıbbi ekipman getiriyor, antibiyotikler, röntgen filmleri. Buna karşılık, onlar da onun ülkede kalmasına izin veriyorlar."

"Ona güvenebilir miyim?"

"Kendisi eski Ortaklık'tan."

"O zaman ona güvenemem."

Toby homurdandı. "Bana güveniyor gibi görünüyorsun."

"Sen farklısın."

"Bu sadece sana borçlu olmamdan kaynaklanıyor, Barnard; her ne kadar beni o uçağın içinde yanmaya bırakman gerektiğini sık sık düşünsem de." Toby hissiz baldırlarını ovaladı. "Hiç kimsenin yarım bir adama fazla ihtiyacı olmuyor."

"Bir kişinin adam olması için bacağa ihtiyacı yok, Toby."

"Ha. Bunu Sam Amca'ya söyle." Toby güçlü kollarını kullanarak sandalyede kaykıldı. "Ne zaman Saygon'a doğru yola çıkıyorsun?"

"Yarın sabah. Uçuşumu birkaç gün erteledim." O Air France uçağına binme düşüncesi bile avuçlarının terlemesine neden oluyordu. Hemen beyni uyuşturan viskiden kocaman bir yudum yuvarladı. "Bunun yerine gemiye binebilmeyi dilerdim."

Toby güldü. "Vietnam'a gemiyle *geri dönen* ilk kişi sen olurdun. Hâlâ uçmaktan korkuyorsun, öyle mi?"

"Parmak boğumlarım beyazlaşıyor ve daha başka bir sürü şey yaşıyorum." Bardağını yerine bırakıp kapıya yöneldi. "İçki için teşekkürler. İpucu için de öyle."

Toby arkasından, "Senin için başka ne yapabilirim, bakacağım," diye seslendi. "Ülkede hâlâ birkaç temas noktam olabilir, onların sana göz kulak olmalarını sağlayabilirim. Ve şu kadına. Bu arada, bu gece ona göz kulak olacak biri var mı?"

"Puapong'un arkadaşlarından bazıları var. Onun yanına hiç kimseyi yaklaştırmayacaklar. Uçağa tek parça binmesi şart."

"Ya sonra ne olacak?"

Guy kapı girişinde durakladı. "Saygon'a gideceğiz. Orada her şey daha güvenli olacaktır."

"Saygon'da mı?" Toby başını olumsuz manada salladı. "Buna sakın güvenme."

Bong Bong Kulüp'teki kalabalık çılgına dönmüştü, erkekler sarhoş sarhoş bağırıyor ve ifadesiz gözlerle dans etmeye devam eden sahnedeki kızları elle taciz ediyorlardı. Karanlık köşe masada birbirlerine sokulmuş oturan iki adamı kimse fark etmedi.

"Hayal kırıklığına uğradım, Bay Siang. Siz bir profesyonelsiniz ya da ben öyle olduğunuzu düşünüyordum. Görevinizi yapacağınızdan kesinlikle emindim, ancak kadın hâlâ hayatta."

Bu aşağılamayla canı sıkılan Siang yüzünün gerildiğini hissetti. Başarısızlığa alışkın değildi ya da eleştirilmeye. Votka bardağını masaya bırakırken, karanlığın kızaran yanaklarını saklamasından memnundu. "Söylüyorum size, bu tahmin edilebilir bir şey değildi. Engellendim; bir adam..."

"Evet, bir Amerikalı, öğrendim. Bay Barnard adında biri."

Siang şaşırmıştı. "Adını öğrendiniz mi?"

"Her şeyi bilmek benim için önemli."

Siang yaralanan suratına dokundu ve yüzünü buruşturdu. Şu Bay Barnard'ın yumruğu kesinlikle acımasızdı. Yolları olur da bir daha kesişirse, Siang bunu ona ödetecekti.

Adam, "Kadın yarın Saygon'a gidiyor," dedi.

"Yarın mı?" Siang kafasını salladı. "Bu bana yeterli zaman bırakmıyor."

"Bu gece var."

"Bu gece mi? İmkânsız." Aslına bakılırsa, Siang son dört saatini zaten kadının yanına yaklaşmaya çabalayarak harcamıştı. Fakat Oriental'deki resepsiyonist aynen bir bekçi köpeği gibi anahtarların dibinde dikilmiş, otelin güvenlik memuru asansörlerin yanındaki nöbet yerinden bir an olsun ayrılmamış ve komi de koridorda bir aşağı bir yukarı gezinip durmuştu. Kadın dokunulmazdı. Siang bir an için balkona tırmanmayı düşünmüştü fakat bu plan kadının penceresinin altında, nehir kenarında kamp kuran iki serseri yüzünden engellenmişti. Her ne kadar düşmanca görünseler de Siang gibi bir adama tehdit oluşturamazlardı ama yine de aptalca, ortalığı karıştıracak bir şey yapma riskini üstlenmek istememişti.

Şimdi profesyonel saygınlığı tehlikedeydi.

Adam, "Konu gittikçe daha acil bir hal alıyor," dedi. "Bunun en kısa sürede yapılması lazım."

"Ama kadın Bangkok'tan yarın ayrılıyor. Size garanti veremem."

"O zaman bu işi Saygon'da bitir. İster burada, istersen orada, *ama bu yapılmalı.*"

Siang afallamıştı. "Saygon mu? Ben geri dönemem..."

"Seni Tay diplomatik kimliği altında göndereceğiz, belki kültür ataşesi olarak. Kararımı verip giriş kâğıtlarını ona göre hazırlayacağım."

"Vietnam güvenliği sıkıdır. İçeri herhangi bir..."

"Diplomatik torba haftada iki kez gönderilir. Bir sonraki teslimat üç gün içinde yapılacak. Ne tür silahları geçirebileceğime bir bakacağım. O ana kadar, kendi başının çaresine bakacaksın."

Siang, Saygon sokaklarında bir kez daha yürümenin nasıl bir his olacağını merak ederek sessizleşti. Chantal'ı düşündü. Onu görmeyeli kaç yıl olmuştu? Onu bırakıp geldiği için hâlâ kendinden nefret ediyor muydu? Tabii ki ediyordu; o kinini kesinlikle unutmazdı. Onun sevgisini geri kazanmanın yolunu bir şekilde bulması gerekecekti. Bunun çok zor olacağını düşünmüyordu. Yeni Vietnam'daki hayat şu günlerde zor olmalıydı, özellikle bir kadın için. Chantal rahatına düşkündü; birkaç değerli lüks şey uğruna her şeyi yapabilirdi. Hatta ruhunu bile satabilirdi.

O, onun anlayabildiği bir kadındı.

Masanın karşısına baktı. "Çeşitli harcamalar olacak."

Adam başını salladı. "Cömert biriyimdir, senin de iyi bildiğin üzere."

Siang nelere ihtiyaç duyabileceğini çoktan listelemeye başlamıştı. Kalabalıkta göze batmamak için eski elbiseler; yırtık pırtık gömlekler ve rengi atmış pantolonlar. Sokaktakilerden bilgi toplarken kullanılmak üzere sigara, sabun ve jiletler. Ve sonra Chantal için birkaç özel hediyeye ihtiyacı olacaktı...

Başını salladı. Pazarlık yapılmıştı.

Adam ayrılmak için ayağa kalkarken, "Bir şey daha," dedi.

"Evet?"

"Diğer... birlikler de işin içine bulaşmış durumda. Mesela Ortaklık. Ben bu kaplanların kuyruklarını çekmek istemem. Bu sebeple çok kan akıtmamaya bak. Sadece kadın ölecek. Başkası değil."

"Anlıyorum."

Adam ayrıldıktan sonra Siang köşe masada tek başına oturdu, düşünüyordu. Saygon'u anımsadı. Gerçekten de on beş yıl olmuş muydu? Şehre dair aklına gelen son hatıralarda paniklemiş yüzler, helikopterin kapısına çılgınca yapışan eller, helikopter kanatlarının gürültüsü ve bina çatılarından uzaklaşılırken etrafa saçılan toz girdapları vardı.

Siang votkasından büyük bir yudum aldı ve çıkmak için ayaklandı. Tam o sırada, dans sahnesinin etrafına toplanan kalabalıktan alkış ve ıslık sesleri yükseldi. Spot ışığın altında yalnız başına bir kız dikiliyordu. Beline iki buçuk metrelik bir boa yılanı dolanmıştı. Yılan baldırlarının arasından kayarak inerken titriyor gibi görünüyordu. Erkekler onaylarcasına bağırdılar.

Siang sırıttı. Ah, şu Bong Bong Kulübü. Burada her zaman yeni bir şey vardı.

Saygon

Willy, Rex Hotel'in teras bahçesinden Le Loi ve Nguyen Hue'nun kesişimine akın eden bisikletlileri seyretti. Her an birileri çarpışacak gibi görünüyordu. Bisikletçiler aşırı süratle birbirlerine sürtünerek ilerliyor, korku içerisinde sokağın karşısından yavaş yavaş yaklaşan yayayı görmezden geliyorlardı. Willy, adamı sessizce teşvik etmek konusunda o kadar gayretliydi ki, hükümet refakatçisinin monoton sesini zar zor işitti.

"Yarın sizi arabayla alıp kukla hükümetin lüks içinde

saltanat sürdüğü Ulusal Saray'ı görmeye götüreceğiz, oradan Tarih Müzesi'ne geçeceğiz, orada Çinli ve Fransız emperyalistlere karşı verdiğimiz savaşımlar hakkında bilgi alacaksınız. Ertesi gün, vernik fabrikamızı göreceksiniz, buradan evinize götürmek için çok sayıda güzel hediye satın alabilirsiniz. Ve sonra..."

Willy iç çekerek rehberine döndü ve, "Bay Ainh," dedi. "Bunların hepsi kulağa çok enteresan geliyor, yani planladığınız şu turdan bahsediyorum. Ama benim diğer işlerimle de ilgilenme şansınız oldu mu?"

Ainh gözlerini kırpıştırdı. Her ne kadar vücudu bir kürdan kadar inceyse de, kalın gözlükleri sayesinde baykuşları andıran yusyuvarlak bir suratı vardı. İncinmiş bir ses tonuyla, "Bayan Maitland," dedi. "Size özel araba ayarladım! Ayrıca güzel yemekler."

"Evet, bunu takdirle karşılıyorum, fakat..."

"Seyahat programınızdan memnun değil misiniz?"

"Tamamen dürüst olmam gerekirse, tur beni neredeyse hiç ilgilendirmiyor. Ben babam hakkında bilgi edinmek istiyorum."

"Ama siz tur için para ödediniz! Size bunun karşılığını sunmak durumundayız."

"Vize alabilmek için tura katıldım. Şimdi burada olduğuma göre, doğru insanlarla konuşmalıyım. Bunu benim için ayarlayabilirsiniz, öyle değil mi?"

Ainh gergin bir şekilde hareketlendi. "Bu... bu bir sorun. Aslında ben bunu... yani, bu benim..." Çaresiz bir sessizliğe gömüldü.

"Birkaç ay evvel, Dışişleri Bakanlığı'nıza babam hakkında yazdım. Cevap vermediler. Eğer bir randevu ayarlayabilirseniz..."

"Kaç ay evvel yazmıştınız?"

"En az altı ay."

"Çok sabırsızsınız. Hemen sonuç almayı bekleyemezsiniz."

Willy iç çekti. "Görünüşe bakılırsa haklısınız."

"Ayrıca siz Dışişleri Bakanlığı'na yazdınız. Benim onlarla bir alakam yok. Ben Turizm Bakanlığı'nda çalışıyorum."

"Peki, siz birbirinizle temas kurmaz mısınız?"

"Onlar farklı binada."

"O zaman belki de –eğer bu çok büyük bir sorun yaratmayacaksa– beni bu binaya götürebilirsiniz, olmaz mı?"

Adam ona sevimsizce baktı. "İyi ama o zaman tura kim çıkacak?"

Willy dişlerini gıcırdatarak, "Bay Ainh," dedi. "Turu *iptal edin.*"

Ainh başı korkunç derecede ağrıyan bir adamı andırıyordu. Willy, adamın teras bahçesinde gerilediğini görünce neredeyse ona acıdı. Talebini yerine getirebilmek için aşması gereken bürokratik sorunları tahmin edebiliyordu. Willy sistemin nasıl işlediğini çoktan görmüştü – ya da daha ziyadesiyle nasıl işlemediğini. O akşam, Ton Son Nhut Havaalanı'nda, göçmen ofisi memurlarının kontrolünden geçmek boğucu sıcak altında tam üç saat almıştı.

Terası bir esinti kapladı; bu, o akşam hissettiği ilk meltemdi. Bir saat evvel duş almıştı ama elbiseleri çoktan terden sırılsıklam olmuştu. Kendini bir sandalyeye attı, Saygon' un ufuk çizgisine baktı, artık batan güneşle birlikte tozlu altın rengine boyanmıştı. Bir zamanlar, burası üç şeritli bulvarları ve insanların akşamları kahvelerini yudumlayarak oturabildikleri açık lokantaları olan muhteşem bir şehir olmalıydı.

Ancak Kuzey'e teslim olduktan sonra, Saygon servetin sersemletici utanmazlığından fakirliğe kaymıştı. Eski Fransız kolonilerinin ufalanıp dökülen boyalarından tam olarak bitmemiş bina iskeletlerine kadar, yaşanan çöküşün işaretleri her yerdeydi. Yerel standartlara göre lüks olan Rex Hotel bile köşeden yıpranmış gibi görünüyordu. Teras taşları çatlamıştı. Balık göletinde üç halsiz sazan, ölü birer yaprak gibi amaçsızca sürükleniyordu. Çatıdaki yüzme havuzu sağlıksız bir yeşillikle kaplanmıştı. Bir Rus turist tek başına kenara oturmuş, bacaklarını bulanık suya sallandırmıştı, sanki yüzmenin risklerini tartar gibiydi.

Willy, içinde bulunduğu acil durumun da en az bu su kadar bulanık olduğunu fark etti. Vietnamlıların her şeyin uygun kanaldan gitmesini istedikleri açıktı ve Ainh'in yardımı olmaksızın, uygun olsun ya da olmasın, onun *herhangi bir* kanalı takip etmek gibi bir şansı yoktu.

Bitkin bir halde, *Ee, sonra?* diye düşündü. *Bunu tek başıma yapamam. Yardıma ihtiyacım var. Kılavuza ihtiyacım var. Benim...*

Bir ses, "İşte, *burada* kendi şansını hakir gören bir hanımefendi var," dedi.

Willy kafasını kaldırınca, Guy Barnard'ın batan güneşle çerçevelenmiş bronz yüzünü gördü. Tanıdık birini gördüğü için hissettiği anlık haz –bu *o* olsa bile– sadece içine gömüldüğü mutlak umutsuzluğun derinliklerini teyit etti.

Guy bir rahibenin aklını başından alacak türden gülümsedi. "Saygon'a, günahkâr rüyalar başkentine hoş geldin. Nasıl gidiyor?"

Willy iç çekti. "Sormana gerek var mı?"

"Hayır. Bunu daha evvel ben de yaşadım, o günlerde etrafta başı kesik bir tavuk gibi koşturup her önemsiz kâğıt parçasına onay mührü vurdurmak için otlakçılık yapmıştım. Bu ülke bürokrasiyi bir sanat dalı haline getirmiş durumda."

"Moral konuşması olmadan da yaşayabilirim, teşekkürler."

"Sana bir bira ısmarlayabilir miyim?"

Willy adamın gülümseyişini, ardında ne yattığını merak ederek inceledi. Daha kötü bir şeyler olacağından şüphelendi.

Willy'nin pes etmeye başladığını görerek, seslenip iki bira istedi, ardından kendini sandalyeye bıraktı ve ona darmadağınık bir neşeyle baktı.

Willy, "Çarşambaya kadar gelmeyeceğini düşünüyordum," dedi.

"Planlar değişti."

"Oldukça ani bir değişim, öyle değil mi?"

"Esneklik her zaman erdemlerimden biri olmuştur." Kederli bir tavırla, "Belki de tek erdemim," diye ekledi.

Barmen iki buz gibi Heineken getirdi. Guy, tekrar konuşmaya başlamadan evvel adamın uzaklaşmasını bekledi.

"Dak To'dan birtakım yeni artıklar getirdiler," dedi.

"Harekâtta kaybolanlar mı?"

"İşte, benim bulmam gereken de bu. Kemikleri incelemek için fazladan birkaç güne ihtiyacım olacağını biliyorum. Ayrıca..." Birasından büyük bir yudum aldı "Bangkok'ta sıkılmaya başlamıştım."

"Tabii."

"Hayır, ciddiyim. Hava değişimine hazırdım."

"Doğu'nun striptiz kulüplerini bırakıp buraya birkaç ölü askeri araştırmaya mı geldin?"

"İster inan ister inanma, ben görevimi ciddiye alırım." Şişeyi masaya bıraktı. "Her neyse, şehirde olduğuma göre, belki senin dışarı çıkmana yardımcı olabilirim. Büyük olasılıkla böyle bir şeye ihtiyacın vardır."

Guy'ın ona bakış tarzındaki bir şey, başını yana yatırışı, büyük bir kendine güvenle ışıl ışıl parlayan dişler, Willy'yi sinir etti. "Ben halimden memnunum," dedi.

"Öyle mi? İlk resmi görüşmen ne zaman?"

"Her şey ayarlandı."

"Ne tür şeyler bunlar?"

"Bilmiyorum. Detaylarla Bay Ainh ilgileniyor ve..."

"Bay Ainh mi? *Tur rehberinden* bahsetmiyorsun, öyle değil mi?" Bir kahkaha patlattı.

Willy, "Neden bu kadar komik?" diye sordu.

Guy, kahkahasını bastırarak, "Haklısın," dedi. "Komik değil. Acınası. Kristal küremden olacaklara evvelden şöyle bir bakmak ister misin? Çünkü ben sana bunu tam olarak söyleyebilirim. Sabah ilk iş, rehberin yüzünde özür dileyen bir ifadeyle burada belirecek."

"Neden özür dileyecek?"

"Çünkü sana bakanlığın gün boyunca kapalı olduğunu söyleyecek. Neticede, yarın 18 Temmuz, büyük ve şanlı gün."

"Tatil mi? Ne tatili?"

"Boş ver. Mutlaka bir şey uyduracaktır. Ardından sana bunun yerine, eve götürmek üzere çok sayıda güzel hediyeler satın alabileceğin vernik fabrikasını görmek isteyip istemeyeceğini soracak..."

Şimdi de Willy gülüyordu. Bunlar, gerçekten de Bay Ainh'in kullandığı kelimelerdi.

"Sonra, takip eden gün, gelip bakanlığı ziyaret edemeyeceğine dair diğer birtakım sebepler öne sürecek. Mesela hepsinin kuş gribi ya da kritik bir silgi kıtlığı yaşadıkları gibi. *Fakat*... Ulusal Saray'ı ziyaret edebilirsin!"

Willy gülmeyi kesti. "Sanırım ne demek istediğini anlamaya başladım."

"Konu adamın senin planlarını kasten sabote etmesi değil. O sadece bürokrasiyi aşmanın ne kadar umutsuzca bir girişim olacağının farkında. Onun yapmak istediği tek şey kendi küçük işini yürütmek, yani tur rehberliği yapmak ve hoş turist hanımefendiler hakkında masum raporlar hazırlamak. Ondan daha fazlasını bekleme. Zavallı adam yaptığı iş için yeterli parayı almıyor zaten."

"Ben çaresiz biri değilim. Kapıları bizzat çalmaya başlayabilirim."

"Evet, ama *hangi* kapıları? Ve bunlar nereye gizlenmiş? Ve sen gizli şifreyi biliyor musun?"

"Guy, bu ülkenin bir karnaval ve eğlence eviymiş gibi görünmesine sebep oluyorsun."

"Burada kullandığın *eğlence* kelimesi uygun bir ifade değil."

"Uygun ifade neymiş peki?"

"*Kaos.*" Yayalar ile bisikletçilerin kitlesel bir kargaşa içinde cirit attıkları sokakları işaret etti. "Şunu görüyor musun? İşte burada hükümet de böyle çalışıyor, herkes kendi başının çaresine bakıyor. Bakanlıklar bakanlıklarla yarışıyor, bölgeler bölgelerle. Her memur kendi sahasını koruyor. Herkes ana güçlerden onay almaksızın yerinden tek bir santimetre dahi kımıldamaya korkuyor." Başını salladı. "Hiç de korkaklara göre değil."

"Ben hiç korkak olmadım."

"'Resepsiyon olarak adlandırılan bir terleme kutusunda beş saat boyunca oturacak yer bulmayı bekle. Karnın kötü sudan ağrıyınca yere açılmış bir delikten ibaret en yakın tuvalete..."

"Ne demek istediğini anladım."

"Öyle mi?"

Guy gülümseyerek arkasına yaslandı. "Biraz benimle

takıl. Etrafta çeşitli tanıdıklarım var. Dışişleri Bakanlığı'nda değil, itiraf ediyorum, ama sana yardımcı olabilirler."

Willy, *Bir şey istiyor,* diye düşündü. *Acaba ne?* Her ne kadar bakışlarını kaçırmıyor olsa da, Guy'ın duruşunda yeni bir gerilim sezdi. Gözlerinde alttan alta bir beklentinin ışıldadığını fark etti.

"Bana haddinden fazla yardımcı oluyorsun. Neden?"

Guy omzunu silkti. "Neden olmasın?"

"Bunu yanıt olarak kabullenmek çok zor."

"Belki de hâlâ yaşlı kadınların sokağın karşısına geçmelerine yardım eden o izci ruhuna sahibimdir. Belki de iyi bir adamımdır."

"Bana doğruyu söyleyebilirsin."

"Erkeklere güvenmekte hep sorun mu yaşadın?"

"Evet. Ama konuyu değiştirme."

Guy bir süre konuşmadı. Parmaklarını bira şişesine vurarak oturdu. Sonunda, "Pekâlâ," dedi. "Küçük bir beyaz yalan söyledim. Ben hiçbir zaman izcilik yapmadım. Ama sana yardımcı olmak istediğim doğru. Teklif hâlâ geçerli."

Willy hiçbir şey söylemedi. Guy açısından, bu sessizlik, bu şüpheci bakış, her şeyi açıkladı. Kadın ona güvenmiyordu. İyi ama o mümkün olan en içten haliyle davranmasına rağmen neden? Onu bu kadar güvensiz yapan şeyin ne olduğunu merak etti. Hayatta çok fazla mı sille yemişti? Ona yalan söyleyen çok sayıda erkek mi olmuştu?

Kendinden nefret ederek, *Pekâlâ bebek, dikkatli ol, çünkü bunun da diğerlerinden bir farkı yok,* diye düşündü.

Bu fikri kafasından mümkün olduğunca hızlı attı. Vicdan geliştirme şansı çok azdı. Özellikle de bu yaşta.

Şimdi ona başka bir yalan daha söylemek zorundaydı. Son günlerde çok yalan söylemeye başlamış, ama bu hiçbir şeyi kolaylaştırmamıştı.

Guy, "Haklısın," dedi. "Bunu iyi kalpli olduğum için yapmıyorum."

Willy şaşırmış görünmüyordu, bu Guy'ı öfkelendirdi. Gözleri sertçe Guy'a bakarken, "Karşılığında ne istiyorsun?" diye sordu. "Para mı?" Sustu. "Seks mi?"

Duygusuzca sarf edilen şu son kelime Guy'ın karnında küçük bir dalgalanmaya sebep oldu. Bu konuyu daha evvel düşünmediği için değil, onunla tanıştığından bu yana seks aklına oldukça sık geliyordu. Ve şimdi Willy ondan sadece birkaç santim uzaktayken, onu şu kararlı gözlerle seyrederken, Guy bazı imgeleri kafasından uzak tutmakta zorlanıyordu. Bir an için işin içine biraz da seks katmayı düşündü, ancak aynı hızla bundan vazgeçti. Şu anki durumda dahi kendisini yeterince aşağılık hissediyordu.

Heineken'ine sakin bir tavırla uzandı. Şişenin dışının soğuk buharı yok olmuştu. "Hayır," dedi. "Seks pazarlığın bir parçası değil."

"Anlıyorum." Willy dudağını ısırdı. "O zaman paradır."

Guy başını sallayarak onayladı.

"Sanırım param olmadığını biliyorsundur. En azından, sana vermek için."

"Peşinde olduğum şey *senin* paran değil."

"Peki kimin parası?"

Guy sustu, yüz ifadesinin değişmemesini diledi. Ses tonu bir mırıltıya dönüştü. "Hiç Ariel Grubu'nu işittin mi?"

"Hayır."

"Ben de işitmemiştim. Ta ki iki hafta evvel iki temsilcisi gelip benimle temasa geçene kadar. Bunlar gaziler teşkilatından insanlar, kendilerini harekâtta kaybolanları evlerine götürmeye adamışlar, canlı şekilde. Bu bir Rambo harekâtı başlatmak anlamına gelse bile."

Willy, "Anlıyorum," dedi. Dudakları gerildi. "Burada paramiliter sersemlerden bahsediyoruz."

"İlk başta benim aklımdan geçen de buydu. Tam ikisini de ofisimden şutlamaya hazırlanıyordum ki ceplerinden bir çek çıkarttılar, hem de çok cömert bir çek. Yirmi bin dolar. Harcamalar için."

"Harcamalar mı? Senden ne yapmanı istiyorlardı ki?"

"Küçük bir ek iş. Yurtdışına uçmam gerekeceğini biliyorlardı. Harekâtta kaybolanlar için küçük, özel bir araştırma yapmamı istediler. Ama onlar iskeletlerle ve künyelerle ilgilenmiyorlardı. Onların ilgilendikleri şey et ve kandı."

"Yaşayanlarla mı? Canlı kalan birileri olduğunu gerçekten düşünmüyorsun, öyle değil mi?"

"Onlar inanıyor. Ve sadece bir tane yaratmak zorundalar. İddialarını desteklemek için harekâtta kaybolan ancak hayatta kalan tek bir adama ihtiyaçları var. Onların yaratacakları reklamla Washington harekete geçmek zorunda kalacak."

Garson boş şişeleri almaya geldiğinde sessizleşti. Adam uzaklaşınca Willy alçak sesle, "Peki, bunun beni ilgilendiren kısmı ne?" diye sordu.

"Bunun seninle alakası yok. Babanla alakalı. Senin bana anlattıklarından anladığım kadarıyla, hâlâ hayatta olma ihtimali var – tabii küçük bir ihtimal. Eğer hayattaysa bulunmasına yardımcı olabilirim, onu eve götürmene."

Bu kadar alçak sesle, bu kadar emin bir şekilde sarf edilen kelimeler Willy'nin sessizleşmesine sebep oldu. Guy karşısındaki kadının yüzünü okumaya çalıştığını, duyduklarını anlamaya çabaladığını görebiliyordu. Ve Guy ona pek fazla bir şey anlatmamıştı.

Willy, "Senin bundan çıkarın ne olacak?" diye sordu.

"Arkadaşlığının vereceği hazzın dışında mı demek istiyorsun?"

"Bu işin maddi boyutunun olduğunu söyledin. Ben sana herhangi bir ödeme yapmayacağıma göre, sanırım başka biri yapıyor. Ariel Grup mu? Sana yapacağın harcamalardan fazlasını mı önerdiler?"

"Sınıfın başına yükselmeyi."

"Ne kadar?"

"Harekâtta kaybolan ve hayatta kalan biri için mi? İki milyon."

"İki milyon *dolar* mı?"

Willy'nin elini sıkıca kavradı. "Alçak sesle konuş, olur mu? Bu herkesin bilmesi gereken bir şey değil."

Willy ses tonunu fısıltı seviyesine düşürdü. "Ciddi misin? İki milyon mu?"

"Teklifleri bu. Şimdi sen *benim* teklifimi dinle. Benimle çalış ve ikimiz de bu işten kârlı çıkalım. Sen babanı kazan, ben de hoş küçük bir emeklilik yatırımı yapayım. Yani tam bir kazan-kazan durumu." Artık onu avucuna aldığının farkındaydı, sırıttı. Bunu reddetmesi aptallık olurdu ve Willy Maitland kesinlikle aptal değildi. "Sanırım benimle çalışacaksın," dedi. "Bu kusursuz bir birliktelik."

Willy, "Ya da cehennemlik," diye homurdandı. Arkasına yaslandı ve ona buz gibi baktı. "Sen ödül avcısından başka bir şey değilsin."

"Eğer beni bu şekilde adlandırmak istiyorsan..."

"Aslında sana birkaç yakıştırma daha yapabilirim ve bunlardan hiçbiri pohpohlayıcı türden olmazdı."

"Bana isimler takmaya başlamadan önce seçeneklerini düşünmelisin, ki bunlar oldukça sınırlı. Benim gördüğüm kadarıyla, bu işe tek başına devam edebilirsin, ki bu uygulama şu ana kadar sana bir arpa boyu yol kat ettirmedi. Ya da..." Öne doğru uzandı ve ona en ikna edici gülümsemesiyle baktı "Benimle çalışabilirsin."

Willy'nin ağzı gerildi. "Ben paragözlerle çalışmam."

"Paragözlerle ne alıp veremediğin var?"

"Sadece ufak bir detay, prensip diyelim."

"Seni rahatsız eden para, öyle mi? Bunu iyi kalpliliğimden değil de para için yapıyor olmam."

"Bu bir hayvan avı değil! Burada *insanlardan* bahsediyoruz. Ailelerden, senin gibi değersiz küçük Rambolar'ın paralarının ödenmesi için tüm birikimlerini harcayan insanlardan! Ben bu aileleri tanıyorum. Bazıları hâlâ dişlerini sıkıyor, o küçücük umut parçasının etrafında dönüp duruyor. Ve sen de benim kadar biliyorsun ki o askerler savaş esiri kamplarında keyifle oturup kurtarılmayı beklemiyorlar. Onlar *öldü.*"

"Sen babanın hayatta olduğunu düşünüyorsun."

"Onun hikâyesi başka."

"Doğru. Harekâtta kaybolan diğer beş yüz kişinin her birinin farklı bir hikâyesi olabilir."

"Benim kanıtım var!"

"Ama onu bulacak zekâya sahip değilsin." Guy öne doğru uzandı, sert bakışları Willy'ye odaklanmıştı. Günbatımının son ışıklarında Willy'nin suratı ateşle aydınlanıyor gibiydi, yanakları güzel gölgeli bir kırmızılıkla parlamaktaydı. "Eğer hayattaysa, bu fırsatı saçma sapan bir sebeple tepemezsin. Onu bulmak için sadece tek bir şansın olabilir. Şunu hemen burada ifade etmeliyim ki, Vietnamlılar diğer bir lüks turla ikinci kez ülkelerine girme izni vermeyeceklerdir. Kabul et Willy, bana ihtiyacın var."

Willy, "Hayır," diye karşılık verdi. "Senin *bana* ihtiyacın var. Benim yardımım olmadan, hayatta kalanı bulman için önerilen parayı nasıl alabileceksin?"

"*Sen* nasıl bulacaksın?"

Artık öne doğru uzanan Willy'di, o kadar yaklaşmıştı ki, Guy neredeyse şaşkınlık içinde geri çekildi. "Sakın beni hafife alma ahlaksız herif," diye mırıldandı.

"Sen de sakın kendini çok büyük görme ufaklık. Bu ülkede yanıtları bulmak kolay değildir. Hiç kimse, hiçbir şey göründüğü gibi değildir. Gözdeki hafif bir kayma, sesteki ufak bir kesinti dünyadaki en büyük fark anlamına gelebilir. Senin bir *ortağa* ihtiyacın var. Ve ben mantıksız biri değilim. Ödülü paylaşmayı düşünebilirim. Mesela yüzde onunu. Bu senin hiç beklemediğin bir para, sırf beni..."

"Para umurumda bile değil!" Hızla ayağa fırladı. "Git, başka birinin babası üzerinden zengin ol." Arkasını döndü ve uzaklaştı.

Guy, "Bu konu hakkında düşünmeyecek misin?" diye bağırdı.

Willy teras bahçesinin karşısına doğru, onu seyreden meraklı bakışları dikkate almaksızın uygun adım ilerlemeye devam etti.

"Kabul et Willy! Bana ihtiyacın var!"

Suratları fondip yaptıkları birkaç tur votkanın ardından kızarmış Rus turist grubu, yanlarından geçerken kafalarını kaldırıp ona baktılar. Adamlardan biri kadehini sarhoş bir selamlamayla kaldırdı. "Belki Rus erkeklerini daha çok beğeniyorsundur?" diye haykırdı.

Willy durma zahmetine bile katlanmadı. Ancak uzaklaşırken, omzunun üzerinden yatıştırıcı bir tatlılıkla süzülüp gelen yanıtı çatıdaki her misafir işitti. "Cehenneme kadar yolun var."

DÖRDÜNCÜ BÖLÜM

Guy onun öfkeyle uzaklaşmasını seyretti, eteği muhteşem bacaklarına çarpıyordu. Her ne kadar kızgın olsa da, Ruslara verdiği cevabı işitince gülmeden edemedi.

Cehenneme kadar yolun var. Gülmeye devam etti. Sallana sallana bara gidip yeni bir Heineken isterken, hâlâ gülüyordu. Bira o kadar soğuktu ki, dişlerini sızlattı.

İngiliz olduğu aşikâr bir ses, "Biraz önce kıçına tekme yiyen bir adam için keyfiniz oldukça yerinde," dedi.

Guy, bara kamburunu çıkartarak yaslanan hemen yanındaki iriyarı adama baktı. Kel kafasındaki iki saç tutamıyla, boynuzlu bir baykuşu andırıyordu. Porselen mavisi gözleri kalın kaşlarının altından ışıldadı.

Guy omuz silkti. "Her zaman başarılı olunamaz."

"Akıllıca bir tutum. Şu günlerdeki kadınlık koşulları dikkate alındığında." Adam viski kadehini dudaklarına kaldırdı. "Ama aynı zamanda bu kadının geçit vermeyeceğini de önceden tahmin ederdim."

"Kulağa konunun uzmanı biri konuşuyormuş gibi geliyor."

"Hayır, uçakta onun tam arkasında oturuyordum. Aşırı nazik bir Fransız'ın tüm repertuarını ona aktarışını dinledim. Adamın çizgiyi aştığını söylemeliyim, ama kadın ona kanmadı." Guy'a gözlerini kısarak baktı. "*Siz* de Bangkok uçağında değil miydiniz?"

Guy başını sallayarak onayladı. O adamı hatırlamamıştı ama zaten tüm yolculuğu koltuğun kolçağını parmak boğumları bembeyaz kesilene kadar sıkarak ve viskisini yuvarlayarak geçirmişti. Uçakların onun üzerinde bıraktığı etki buydu. Hatta hoş Fransız hosteslerin hizmet ettiği büyük 747' lerin bile. Uçağın kanatlarının kopup düşmemesi, onu her zaman şaşkına çevirmişti.

Bahçenin diğer ucundaki Ruslar şarkı söylemeye başlamıştı. Ama maalesef aynı perdede değil, hatta belki de bu aynı şarkı bile değildi. Anlaması zordu.

İngiliz, Ruslara bakarak, "Bunu kesinlikle tahmin edemezdim," dedi. "Aynı masada Amerikalıların içki içtikleri günleri hâlâ anımsıyorum. Bir gün oraya Rusların oturacağı hiç aklıma gelmezdi."

"Ne zaman buradaydınız?"

"Atmış sekizden yetmiş beşe kadar." Tanışmak için tombul elini uzattı. "Dodge Hamilton, *London Post*'tan."

"Guy Barnard. Eski asker." Adamın elini sıktı. "Muhabir ha? Buraya belirli bir hikâye için mi geldiniz?"

"Öyleydi." Hamilton önündeki viskiye kederle baktı. "Ama çuvalladı."

"Ne çuvalladı? Röportajlarınız mı?"

"Hayır, konsept. Ben bunu duygusal bir seyahat olarak isimlendiriyordum. Saygon'daki eski arkadaşlara yapılan bir ziyaret. Ya da, daha ziyadesiyle, özellikle tek bir arkadaşa." viskisinden bir yudum aldı. "Ama o gitmiş."

"Ah. Bir kadın."

"Doğru, bir kadın. Yarı insan ırkından, fakat seksten anladığım kadarıyla aynı zamanda Mars'tan da gelmiş olabilirler." Bardağı masaya hızla indirip barmene tekrar doldurmasını işaret etti. Barmen koca viski şişesini Hamilton'a uysal bir şekilde iteledi. "Kafamdaki hikâye kaybedilmiş bir aşkın araştırılması üzerineydi. Bilirsin işte, gazetelerin yok satmasını sağlayan türden bir metin. Editörüm bunu duyunca çılgına döndü." Kadehini ağzına kadar doldurdu. "Ha! Kaybedilen aşk! Bugün Rue Catinat üzerindeki eski evine uğradım. Ya da bir zamanlar Rue Catinat olan yerdeki. Erkek kardeşi hâlâ orada yaşıyor, ama görünüşe bakılırsa benim eski aşkım yeni âşığıyla kaçıp gitmiş. Bir astsubayla. Memphis'ten."

Guy anlayışla başını salladı. "Bir kadının fikrini değiştirme hakkı vardır."

"Ülkeden ayrılışımın hemen ertesi günü mü?"

Buna söylenebilecek pek fazla bir şey yoktu. Ama Guy kadını suçlayamazdı. Saygon'da bulunmanın nasıl bir şey olduğunu biliyordu; korku, belirsizlikler... Hiç kimse bir katliam yaşanıp yaşanmayacağını bilmiyor, herkes her şeyin en kötüsünü görmeyi bekliyordu. Şehrin zapt edilmesiyle ilgili yeni fotoğraflar görmüş, ayrılmak üzere olan son helikopterlere tırmanmaya çalışan Vietnamlıların suratlarındaki umutsuzluk ifadesini fark etmişti. Hayır, bir kadını olabilecek her fırsatta ülkeden çıkmayı istiyor diye suçlayamazdı.

Guy, "Bu konu hakkında hâlâ yazabilirsin," dedi. "Farklı bir açı dene. Bir kadın çılgınlıktan nasıl kurtuldu? Hayatta kalmanın bedeli."

"Artık içimden gelmiyor." Hamilton üzüntü içinde çatı katını taradı. "Ya da bu şehirde kalmayı. Oysa burayı ne kadar da severdim! Gürültüsünü, kokusunu, hatta havan topu seslerini. Ama Saygon değişti. Ruhu uçup gitti. İşin komik yanı, bu otel aynen eskisi gibi görünüyor. Bu barda dikilir, generallerinizin birbirlerine 'Burada ne işimiz var?'" diye fısıldadıklarını duyardım. Bu sorunun yanıtını bulabildiklerinden hiç emin değilim." Güldü ve viskisinden bir yudum daha aldı. "Memphis. Neden Memphis'e gitmek istesin ki?"

Artık kendi kendine homurdanıyordu, dünyadaki ıstırapların tümünün kadınlardan kaynaklandığına dair özel bir monologdu. Guy'ın neredeyse hemfikir olacağı türden bir görüş. Yapması gereken tek şey kendi acınası aşk hayatını düşünmekti, böylece o da aniden zilzurna sarhoş olma arzusuna kapılır giderdi.

Kadınlar. Hepsi de aynıydı. Yine de, her nasılsa, hepsi birbirinden farklıydı.

Willy Maitland'ı düşündü. Kadın sert konuşmuştu,

ancak Guy rol yaptığını, onun sert kabuğunun altında yumuşak, savunmasız bir şey olduğunu rahatça söyleyebilirdi. Lanet olsun, o babasının adına uygun yaşamaya çalışan, olmasına rağmen bir erkeğe ihtiyaç duymuyormuş gibi davranan bir çocuktu. Guy onu tek açıdan takdir etmeliydi; gururu.

Önerisini reddedecek kadar akıllıydı. Aslına bakılırsa Guy bu planı gerçekleştirecek cesarete sahip olduğundan emin değildi. Bırak icabına Ariel Grubu baksın. İskeletlerle yeterince uzun süre yaşamıştı; belki de artık bunları dolaptan çıkartma zamanı da gelmişti.

Sadece işimi yapmalıyım, diye düşündü. *Hanoi'ye gideceğim, birkaç ölü asker alacak, onları eve geri götüreceğim.*

Ve Willy Maitland'ı unutacaktı.

Sonra tekrar...

Bir bira daha söyledi. Kafasının içindeki çekişme sürüp giderken bunu da içti. Willy'ye yardım etmenin her yolunu, onun *birinin* yardımına ne kadar ihtiyaç duyduğunu düşündü. Bunu bu işe zorla sürüklendiği için değil, gerçekten istediği için yapmayı düşündü. *Kalpten bir iyilik?* İşte bu yeni bir kavramdı. Hayır, hiçbir zaman izci olmamıştı. O üniformalara dair bir şey, onca azimli iyilik ve dindarlık ona biraz komik göründü. Ama işte oradaydı, izci Barnard, hizmetlerini karşılıksız sunmaya hazırdı.

Pekâlâ, belki birkaç bağ vardı. Olasılıklar hakkında hayaller kurmaktan kendini alamadı. Bunun, yani onu yukarı, odasına çıkartmanın nasıl bir şey olacağını düşündü. Onu soymanın, onun altında tükenişini hissetmenin. Sertçe yutkundu ve otomatikman Heineken'ine uzandı.

Hamilton, "Bundan en ufak bir şüphe yok," diye homurdandı. "Söylüyorum sana, bu tamamen onların hatası."

"Hımm?" Guy döndü. "Kimin hatası?"

"Tabii ki kadınların. Gerektiğinden çok daha fazla belaya sebep oluyorlar."

"Aynen öyle dostum." Guy iç çekip birasını dudaklarına götürdü. "Aynen söylediğin gibi."

Erkekler. Willy alarmlı saatine acımasızca vururken, gerektiğinden çok daha fazla belaya sebep oluyorlar," diye düşündü.

Bir ödül avcısı. Aslında tahmin etmeliydi. İnanılmaz derecede cömertçe yardım önerdiğinde kafasında alarm zilleri çalmaya başlamalıydı. *Yardım.* Ne komik. Aldıkları mektupları, birkaç bin dolar karşılığında bu tür beş para etmez yardımları onlara sunmayı öneren çıkarcı grupların tümünü düşündü. Harekâtta Kaybolanları Araştırma Fonu, Hayatta Kalanlar Komitesi, Kestane Operasyonu. İğrenç sloganları: Hadi hepsini yangından çekip kurtaralım! Istırap içindeki kaç aile umutlarını ve birikimlerini bu tür nafile hayallere yatırmıştı acaba?

Hemen üzerine kolsuz bir gömlek geçirip yataktan fırladı. Adam gibi bir gece uykusu diğer nafile hayallerden biriydi. Yatak yamru yumruydu ve yastığın içine de beton dökmüşlerdi sanki. Aslında bunlar o kadar da önemli değildi. Duvarları aşıp geçen şu lanet olası disko müziğinin yarattığı titreşimler arasında nasıl uyuyabilirdi ki? Saat sekizde ilk enerjik davul sesleri Rex Hotel'deki dans gecesinin açılışını anons etmişti. Willy, *Ulu Tanrım,* diye düşündü. *Eğer diskonun haddinden gelmiyorsa, komünizmin ne faydası var ki?*

Birdenbire aklına Guy Barnard'ın büyük olasılıkla aşağıdaki dans salonunda aylak aylak gezindiği, olan bitenleri gözlemlediği geldi. Bazen erkeklerin savaşları başlatma sebeplerinin bu olduğunu düşünüyordu; evden kaçıp uzaklaşmak ve heyecan aramak için bir bahaneydi.

Eğer orada kadınlara göz atıyorsa bana ne ki? Adam tam bir pislik. İkinci kez düşünülmeye bile değmez.

Yine de kendisine has hırpani bir cazibesinin olduğunu itiraf etmeliydi. Güzel düzgün dişler, göz kamaştıran bir gülümseme ve bir kurtunki kadar kahverengi gözler. Bir kadın sırf o gözler uğruna başını belaya sokabilirdi. *Ve Tanrı biliyor ya, benim böyle bir belaya ihtiyacım yok.*

Kapı çaldı. Willy olduğu yerde doğrulup seslendi. "Kim o?"

"Oda servisi."

"Bir hata olmalı. Ben hiçbir şey sipariş etmedim."

Yanıt gelmedi. Willy iç çekerek bornozunu üzerine geçirdi ve kapıyı açmak için yürüdü.

Guy karanlıkların arasından sırıttı. "Pekâlâ?" diye sordu. "Düşündün mü?"

Willy, "Neyi düşündüm mü?" diye sertçe karşılık verdi.

"İkimizi. Birlikte çalışmayı."

Willy inanmaz bir tavırla güldü. "Ya senin işitme sorunun var ya da ben kendimi net bir şekilde ifade edemedim."

"Bu iki saat önceydi. Fikrini değiştirmiş olabileceğini düşündüm."

"Fikrimi *kesinlikle* değiştirmeyeceğim. İyi *geceler.*" Kapıyı hızla çarptı, sürgüyü kapattı ve geri çekildi; öfkeden köpürüyordu.

Pencereye biri vurdu. Willy perdeyi hızla yana doğru sıyırdı ve Guy'ın ona gülümsediğini gördü.

"Tek bir soru," diye seslendi.

"*Ne?*"

"Bu son kararın mı?"

Willy perdeyi kapattı ve adamın şimdi nerede belireceğini düşünerek orada öylece dikildi. Tavandan aşağı mı düşecekti? Kutudaki bir kukla gibi yerden mi fırlayacaktı?

Şu hışırtı sesi de neydi?

Hızla yere bakınca kapının altından bir kâğıdın itelendiğini fark etti. Eğilip aldı ve kargacık burgacık yazılan mesajı okudu. "Eğer ihtiyacın olursa beni ara."

Notu ufak parçalar halinde yırtarak, "Sana ancak cehennemin donduğu gün ihtiyacım olur!" diye haykırdı.

Yanıt gelmedi. Kâğıdı almadan önce çekip gittiğinin farkındaydı.

Chantal şampanya şişesine, havyar, kaz ciğeri ve çikolata kutularına bakıp dudaklarını yaladı. Sonra, "Onca yılın ardından buraya gelmeye nasıl cesaret edebilirsin?" dedi.

Siang sadece gülümsedi. "Şampanya sevgini mi kaybettin? Ne yazık. Görünüşe bakılırsa hepsini tek başıma içmek zorunda kalacağım." Şişeye uzandı. Telini yavaşça çevirdi. Mantar kendiliğinden fırladı ve toprak zemine soluk altın rengi köpükler saçıldı. Chantal hafifçe hıçkırdı. Sanki yere diz çöküp değerli sıvıyı yalayacak gibiydi. Siang, Bangkok'tan beraberinde getirdiği iki şık kadehten birine şampanya doldurdu; ne de olsa şampanya çay fincanından içilmezdi. Bir yudum aldı ve mutlu bir tavırla iç çekti. "Taittinger. Lezzetli."

Chantal, "Taittinger mi?" diye fısıldadı.

Siang ikinci kadehi doldurdu ve önündeki yamuk masaya bıraktı. Chantal kadehe bakmaya devam etti, dönerek yüzeye çıkan baloncukları seyretti.

Siang, "Yardıma ihtiyacım var," dedi.

Chantal kadehe doğru uzanıp titreyen parmakları arasına aldı, ilk önce bardağın kenarını, ardından da içindeki sıvıyı tattı. Siang onun dili üzerinde kayıp giden o güzel, uzun boyundan aşağı doğru inen baloncukları neredeyse görebiliyordu. Her ne kadar Chantal'ın diğer yerleri sarksa da, hâlâ güzel bir boynu vardı, bir çimen kadar inceydi. Bu, Viyetnamlı annesinden aldığı bir mirastı. Asyalı yarısı yıllar içinde varlığını olduğu gibi korumuş, Fransız yarısı çökmüştü. Çillerini, yeşilimsi gözlerinin kenarlarını kaplayan hafif, ince çizgileri görebiliyordu.

Chantal artık şampanyayı sadece tatmıyordu, şapır şupur içiyordu. Büyük bir hırsla kadehindeki son damlayı da bitirip şişeye uzandı.

Siang şişeyi ulaşamayacağı bir mesafeye çekti. "Sana yardımına ihtiyacım var dedim."

Chantal çenesini elinin tersiyle sildi. "Ne gibi bir yardım?"

"Çok büyük bir şey değil."

"Evet. Hep böyle dersin zaten."

"Bir tabanca. Otomatik. Artı birkaç şarjör mermi."

"Ya tabancam yoksa?"

"O zaman bana bir tane bulacaksın."

Chantal başını iki yana salladı. "Artık eski günlerde değiliz. Burası çok değişti, bilmiyorsun. Her şey zorlaştı." Hafif kıvrık ellerine bakarak durakladı. "Saygon tam bir cehennem."

"Cehennem bile konforlu bir hale getirilebilir. Ben bunun icabına bakabilirim."

Chantal sessizdi. Kadının kafasından geçenleri, sanki gözleri şeffafmışçasına rahatlıkla okuyabildi. Chantal Bangkok'tan getirdiği hazinelere baktı. Yutkundu, ağzı hâlâ şampanyanın tadıyla karıncalanıyordu. Sonunda, "Silah. Ne için istiyorsun?" dedi.

"İş için."

"Vietnamlı mı?"

"Amerikalı. Bir kadın."

Chantal'ın gözlerinde bir kıvılcım çaktı. Merak. Belki de kıskançlık. Çenesini yukarı kaldırdı. "Sevgilin mi?"

Siang başını olumsuz manada salladı.

"O zaman neden onun ölmesini istiyorsun?"

Siang omuz silkti. "İş. Müşterim cömert bir ücret önerdi. Seninle paylaşacağım."

Chantal, "Daha önce de yaptığın gibi mi?" diye lafı patlattı.

Siang başını özür dilercesine salladı. "Chantal, Chantal." İç çekti. "Başka seçeneğim yoktu, biliyorsun. O Saygon'dan ayrılan son uçaktı." Kadının yüzüne dokundu; önceki yumuşaklığını kaybetmişti. Yine şu Fransız kanı; yakıcı güneş ışığı altında geçirilen yılların ardından pek de formunu koruyamıyordu. "Bu kez, söz veriyorum. Ödemen yapılacak."

Chantal öylece şampanyaya bakarak oturdu. "Ya silahı bulmam zaman alırsa?"

"O zaman geçici olarak başka bir yerden bula
rıca bir yardımcıya ihtiyacım olacak. Güvenebilece
sıkı birine." Durakladı. "Şu senin kuzenin, hâlâ paraya ihtiyacı var mı?"

Bakışları buluştu. Chantal'a yavaş, anlamlı bir gülümseme attı. Ardından da kadehine şampanya doldurdu.

Chantal, "Havyarı aç," dedi.

* * *

Willy, "Yardımına ihtiyacım var," dedi.

Guy kapı eşiğinde sersemlemiş bir halde dikiliyordu, uykuluydu, sabahın ilk ışıkları karşısında gözlerini kırpıştırıyordu. Saçlarını taramamış, tıraş olmamıştı ve üzerinde sadece beline doladığı havlu vardı, hem de minnacık bir havlu. Willy suratına odaklanmaya gayret etti ama bakışları sürekli karşısındaki adamın göğsüne, kıvır kıvır kahverengi kıllarına, vücudunu kapsayan yara izine kayıyordu.

Guy başını inanmaz bir tavırla salladı. "Bunu bana dün gece söyleyemez miydin? Şafak sökene kadar beklemek zorunda mıydın?"

"Guy, saat sekiz."

Guy esnedi. "Şaka yapıyor olmalısın."

"Belki de yatağa normal bir saatte girmeyi denemelisin."

"Bunu yapmadığımı kim söyledi?" Guy kapıya yaslandı ve sırıttı. "Belki de benim gündemimde uyku yoktur."

Ulu Tanrım. Yoksa odasında bir kadın mı vardı? Otomatikman adamın arkasındaki karanlık odaya baktı. Yatağın altı üstüne gelmişti ama boştu.

Guy, "Yakaladım seni," dedi ve güldü.

"Görüyorum ki bana en ufak bir yardımın dokunmayacak." Arkasını dönüp yürümeye başladı.

"Willy! Hey, hadi ama." Onu kolundan yakaladı ve kendisine doğru çevirdi. "Söylediklerinde ciddi miydin? Yani yardımımı istemek konusunda?"

"Unut gitsin. Yanlış karardı."

"Dün gece, bana yardım istemeye gelmen için cehennemin donması gerekiyordu. Şimdi buradasın. Fikrini değiştirmene ne sebep oldu?"

Willy bu soruyu hemen yanıtlamadı. Havlusunun yavaş yavaş aşağı kaydığını fark etmemeye çalışmakla meşguldü. Neyse ki Guy havluyu tam zamanında yakaladı ve kalçasının etrafına çok daha sağlam bir şekilde doladı.

Sonunda Willy başını salladı ve iç çekti. "Haklıydın. Her şey aynen senin olacağını söylediğin gibi gelişiyor. Hiçbir yetkili benimle konuşmayacak. Kimse telefonlarıma cevap vermeyecek. Benim geldiğimi işitir işitmez hepsi masalarının altına gizleniyor!"

"Biraz sabırlı olmayı deneyebilirsin, bir hafta daha bekle."

"Hiçbir şey değişmeyecek."

"Neden?"

"Duymadın mı? Ho Chi Minh'in doğum günü yaklaşıyor."

Guy tavana doğru baktı. "Nasıl unutabilirim ki?"

"Peki, şimdi ne yapmalıyım?"

Bir an için Guy sakallı çenesini sıvazlayarak dikildi. Sonra başını salladı. "En iyisi bunu bir konuşalım."

O banyoda giyinirken Willy yatağın kenarına endişeli bir şekilde oturdu. Buruşup darmadağın olmuş çarşaflara bakılırsa adam uyurken oldukça hareketliydi. Yorgan tepilip yataktan aşağı atılmış, yastıklar yatak başına doğru şekilsiz yığınlar halinde itelenmişti. Gözleri komodine, oradaki dosya yığınlarına odaklandı. En üsttekinin etiketinde Papaz Tuck Operasyonu yazıyordu. Gizli. Büyük bir merakla kapağı açtı.

Guy'ın banyo kapısının arkasından, "İşte, bu ülkede

işler böyle yürüyor," dediğini işitti. "Eğer A noktasından B noktasına varmak istiyorsan, düz bir çizgi üzerinde yürümeyeceksin. İki adım sola, iki adım sağa, ardından dön ve geri yürü."

"Pekâlâ, şimdi ne yapmalıyım?"

"İki adım at. Yana." Dışarı çıktı, giyinmiş ve güzelce tıraş olmuştu. Komodinin üzerindeki dosyayı fark ederek, kapağını sakince kapattı. Dosyaları evrak çantasına kaldırırken, "Özür dilerim, bunlar herkesin görebileceği şeyler değil," dedi. Sonra ona doğru döndü. "Şimdi. Bana başka neler olup bitiyor anlat."

"Ne demek istiyorsun?"

"Daha fazlasının olduğunu hissediyorum. Saat sabahın sekizi. Bürokrasiyle bu kadar erken bir saatte savaşmış olamazsın. Hakkımdaki fikrini değiştirmene sebep olan şey gerçekten ne?"

"Ah, ben *senin* hakkındaki fikrimi değiştirmedim. Sen bana göre hâlâ bir paragözsün." Nefreti sanki havada pis bir koku gibi asılı kalmıştı.

"Ama artık benimle çalışmaya isteklisin. Neden?"

Willy başını eğdi, kucağına bakıp iç çekti. Gönülsüzce çantasını açtı ve bir kâğıt çıkarttı. "Bu sabah bunu kapımın altında buldum."

Guy kâğıdı açtı. İnce ve uzun harflerle, "Amerikalıya ölüm" yazıyordu. Bu kelimeleri tekrar görmek Willy'yi öfkelendirdi. Birkaç dakika evvel, bu mesajı Bay Ainh'e gösterdiğinde, adamın verdiği tek tepki üzüntü içerisinde başını iki yana sallamak olmuştu. En azından Guy, Amerikalıydı; muhakkak onun öfkesini paylaşacaktı.

Notu ona geri uzattı. "Ne olmuş?"

"*Ne mi olmuş?*" Guy'a baktı. "Kapımın altından bir ölüm mesajı atıldı. Vietnam hükümetinden her kim olursa benim adımı duyar duymaz saklanıyor. Ainh şu aptal vernik fabrikasını ziyaret etmemi bana neredeyse *emrediyor.* Ve senin söyleyebildiğin tek şey 'Ne olmuş?' Öyle mi?"

Anlayışlı bir şekilde Willy'nin yanına oturdu. Willy, *Neden bu kadar yakınıma oturmak zorunda ki?* diye düşündü. Bacağı bacağına değdiğinde hissettiği karıncalanmayı fark etmemeye çalıştı, Guy'ın döşek üzerindeki ağırlığı çukur yaratıp Willy'nin ona doğru eğilmesine sebep olsa da dik oturmaya çalıştı.

Guy, "Birincisi," diye açıkladı. "Bu şahsi bir ölüm tehdidi anlamına gelmiyor olabilir. Politik bir şey de olabilir."

Willy, tatlılıkla, "*Bu* kadarcık mı," dedi.

"Vernik fabrikası gezisini de bir dişçi randevusu gibi düşün. Gitmek istemezsin ama herkes gitmen gerektiğini düşünür. Anlaşılması zor Dışişleri Bakanlığı'na gelince, şu bürokratlardan nasıl olsa hiçbir şey öğrenemeyeceksin. Hazır bürokratlardan laf açılmışken, senin şu bebek bakıcın nerede?"

"Bay Ainh mi kastediyorsun?" İç çekti. "Lobide bekliyor."

"Onu başından savmalısın."

"Yapabilmeyi dilerdim."

"Onu yanımızda taşıyamam." Ayağa kalktı, elinden tutup onu da ayağa kaldırdı. "Gittiğimiz yerde olmaz."

Willy onu takip ederken, "Nereye gidiyoruz?" diye sordu.

"Bir arkadaşı görmeye. Sanırım."

"Yani onun bizimle görüşmek istemeyebileceğini mi söylüyorsun?"

"Arkadaşım olduğundan emin olmadığımı kastediyorum."

Willy asansöre binerken inledi. "Mükemmel."

Ainh'i lobide onu bekler halde buldular. "Bayan Maitland!" diye seslendi. "Lütfen, acele etmelisiniz. Bugün çok yoğun bir programımız var."

Willy, sadece omzunu silken ve başını başka tarafa çeviren Guy'a bir göz attı. Lanet olsun, bu işi ona bırakmıştı. Willy, "Bay Ainh," dedi. "Şu vernik fabrikasına yapılacak küçük seyahate dair..."

"Çok etkileyici olacak! Ama dolar kabul etmiyorlar, bu yüzden eğer dong almak isterseniz, ben..."

Willy açıkça, "Kendimi bunu yapacak kadar iyi hissettiğimi sanmıyorum," dedi.

Ainh gözlerini şaşkınlıkla kırpıştırdı. "Hasta mısınız?"

"Evet, ben..." Birdenbire Guy'ın başını salladığını fark etti. "Ah, hayır, değilim. Demek istediğim..."

Guy, "Demek istediği," dedi. "Benim ona etrafı gezdirmeyi önerdiğim. Bilirsiniz işte..." Ainh'e göz kırptı "Küçük bir *şahsi* tur."

"Şahsi mi?" Ainh yüzü kızararak Willy'ye baktı. "Peki *benim* turum ne olacak? Her şey ayarlandı! Araba, çevre turu, özel öğlen yemeği..."

Guy ona doğru eğilerek, "Sana bir şey söyleyeyim mi dostum," dedi. "Tura neden *tek başına* çıkmıyorsun?"

Ainh somurtarak, "Daha önce çıkmıştım zaten," dedi.

"Ah, ama bu iş içindi, öyle değil mi? Bu kez neden bir gün izin almıyorsun, şoförle birlikte gezersin. Gidip Saygon'u gör. Bayan Maitland'ın öğle yemeğinin tadını çıkart. Nasıl olsa parası ödendi."

Ainh konuyla ilgilenmiş gibiydi. "Bedava bir öğle yemeği mi?"

"Ve bir bira." Guy adamın göğüs cebine birkaç dolar bırakıp sırtını sıvazladı. "Benden." Willy'nin kolunu yakaladı ve lobiye doğru yöneltti.

Ainh, sevimsiz bir tavırla, "Fakat Bayan Maitland!" diye seslendi.

"Tanrım, siz ikiniz çok eğleneceksiniz!" Guy neredeyse kıskanmış gibiydi. "Klimalı araba, bedava yemek. Seni bağlayan bir program da yok."

Ainh onları dışarıya kadar takip etti, sabah sıcaklığı o kadar yoğundu ki, Willy'nin şaşkınlık içerisinde derin bir nefes almasına sebep oldu. Umutsuzlukla, "Bayan Maitland!" dedi. "Bu iş böyle olmamalı!"

Guy dönüp adamın omzunu ciddi bir tavırla sıvazladı. "İşte, Bay Ainh, bu çok güzel bir nokta."

Zavallı adamı arkalarında, basamaklarda tek başına dikilmiş bakar halde bıraktılar.

Willy, "Sence ne yapacak?" diye fısıldadı.

Guy kalabalık kaldırım boyunca ilerlerken, "Bence," dedi, "bedava yemeğin tadını çıkartacak."

Willy arkasına baktı ve Bay Ainh'in otele girip kaybolduğunu gördü. Ayrıca takip edildiklerini de fark etti. On ikisinden daha büyük olmayan bir sokak çocuğu onları yakaladı ve sıcak kaldırımda etraflarında dans etmeye başladı.

"*Lien-xo?*" diye cıvıldadı, koyu renkli gözleri pis suratında ışıl ışıldı. Onu dikkate almamaya çalıştılar ama oğlan yanlarından ilerlemeye başladı, sürekli konuşuyordu. Elbisesi paramparçaydı; ayakları görünüşe bakılırsa kalıcı bir kahverengiye boyanmıştı. Guy'ı işaret etti. "*Lien-xo?*"

Guy, "Hayır, Rus değil," dedi. "Amerikalı."

Oğlan sırıttı. "Amerikalı? Evet?" Kirli elini uzattı ve bağırdı. "Selam babacığım!"

Guy uysal bir tavırla çocuğun elini sıktı. "Evet, seninle tanışmak da güzel."

"Babacığım zengin?"

"Üzgünüm, babacığın fakir."

Oğlan güldü, bunun şaka olduğunu düşündüğü açıktı. Guy ve Willy sokaktan aşağı ilerlemeye devam ederken, oğlan alaya katılan diğer çocukları kovalayarak hemen yanlarında sıçramaya başladı. Bu, kargaşa denizinde ilerleyen üstü başı yırtık pırtık küçük bir güruhtu. Yanlarından bisikletler, bir dizi tekerlek geçti. Seyyar satıcılar kaldırımlarda sattıkları malların yanına çömelmişlerdi.

Oğlan Guy'ın kolunu kuvvetle çekti. "Hey, Babacığım. Sigaran var mı?"

Guy, "Hayır," dedi.

"Hadi ama babacığım. Ben sana iyilik yaptım, dilencileri senden uzak tuttum."

"Pekâlâ." Guy elini atıp gömlek cebinden bir paket Marlboro çıkartıp çocuğa uzattı.

Willy, "Guy, bunu nasıl yaparsın?" diye itiraz etti. "O daha bir çocuk!"

Guy, "İçmeyecek ki," dedi. "Başka bir şeyle takas edecek, mesela yiyecekle. Anladın mı?" Hazinesini pis bir kumaş parçasına sarmakla meşgul olan çocuğu başıyla işaret etti. "İşte, buraya her gelişimde bu yüzden yanımda hep birkaç karton sigara getiririm. İnsan yardıma ihtiyaç duyunca bunların çok faydası oluyor." Döndü ve kaşlarını çatarak sokak işaretlerinden birine baktı. "Şöyle bir düşündüm de, gerçekten yardıma ihtiyacımız var." Çocuğu bir baş işaretiyle çağırdı. "Hey, çocuk, senin adın ne?"

Oğlan omuz silkti.

"Seni bir isimle çağırıyor olmalılar."

"Diğer Amerikalı, Oliver gibi göründüğümü söylüyor."

Guy güldü. "Büyük olasılıkla Oliver Twist demek istemişlerdir. Pekâlâ Oliver. Seninle bir anlaşma yapacağız, bize yardım edeceksin."

"Tabii ki babacığım."

"Rue des Voiles adında bir sokak arıyorum. Bu eski adı ve haritada yok. Nerede biliyor musun?"

"Rue des Voiles mi? Rue des Voiles..." Çocuk yüzünü buruşturdu. "Sanırım artık oraya Binh Tan diyorlar. Neden oraya gitmek istiyorsunuz? Mağaza yok, görecek hiçbir şey yok."

Guy oğlana bin dongluk bir banknot uzattı. "Bizi oraya götür."

Oğlan parayı kaptı. "Tamam babacığım. Siz bekleyin. Söz veriyorum, siz bekleyin!" Oğlan sokaktan aşağı koşturdu. Köşede durup arkasına baktı ve yüksek sesle bağırdı, "Siz bekleyin!"

Bir dakika sonra tekrar belirdi, arkasında bir çift bisikletle çekilen bir üç tekerli fayton vardı. Oliver, "Size en iyisini buldum. Çok hızlı," dedi.

Guy ve Willy dehşet içerisinde iki sürücüye baktı. Teki onlara dişsiz ağzıyla gülümsedi; diğeri aynen bir yük treni gibi hırıldıyordu.

Guy başını salladı. "Bu fosilleri de nereden buldu," diye homurdandı.

Oliver gururla iki yaşlı adamı işaret edip sırıttı. "Amcalarım!"

Kapının arkasından bir ses, "Gidin buradan," dedi.

Guy, "Bay Gerard?" diye seslendi. Yanıt gelmedi ama adamın kapının yakınlarında olduğu kesindi; Willy onun diğer tarafta sessizce çömeldiğini görüyor gibiydi. Guy garip bir surat gibi tasarlanmış, kapıya pirinç bir halkayla tutturulmuş kapı tokmağına uzandı; boynuzlu bir aslan ya da dişleri olan bir keçiydi. Birkaç defa hızla kapıya vurdu. "Bay Gerard!"

Hâlâ ses yoktu.

"Bu önemli! Sizinle konuşmalıyız!"

"Size gidin dedim!"

Willy homurdandı, "Bizimle konuşmak istemiyor?"

"Hayır, konuşacak." Guy tokmağı kapıya tekrar çarptı. "Adım Guy Barnard!" diye haykırdı. "Toby Wolff'un arkadaşıyım."

Kapı mandalı kaydırılarak açıldı. Kapıdaki çatlaktan açık renkli bir göz dışarı baktı. Göz sağa sola hareketlendi, ilk önce kısılarak Guy'a, ardından Willy'ye baktı. Göze ait ses, "Toby Wolff bir salaktır," dedi.

"Toby Wolff yardımlarının karşılığını istiyor."

Adan gözünü kırpıştırdı. Kapı biraz daha aralandı, yarıktan kel, yengece benzeyen küçük bir adam göründü. "Pekâlâ" dedi. "Orada öyle dikilmeye devam mı edeceksiniz?"

İçerisi bir mağara kadar karanlıktı, perdelerin hepsi sıkıca kapatılmıştı. Guy ile Willy, Fransız adamın peşinde dar koridordan ilerlediler. Gölgeler arasında, Gerard'ın silueti zar zor görülüyor, ancak Willy onu işitebiliyordu; ahşap zeminde hemen önünde hızla ilerlemekteydi.

Büyük oturma odasını andıran bir yere geldiler. Eski perdelerden içeri gümüş renkli gün ışığı süzülüyor, boğucu karanlık zar zor fark edilen eşyaları gizliyordu.

Gerard, "Oturun, oturun," diye emretti. Guy ve Willy bir kanepeye doğru ilerledi ama Gerard "*Orası* olmaz! Onun gerçek bir Queen Anne olduğunu görmüyor musun?" diye atıldı. İki devasa gül ağacı sandalyeyi işaret etti. "Şuraya geçin." Kendisi de pencerenin yanındaki brokar kollu sandalyeye yerleşti. Kavuşturduğu kolları ve dışarı uğramış tokmak gibi dizleriyle, nahoş bir kemik yığınına benziyordu. "Pekâlâ, Toby benden ne istiyor?" diye sordu.

"Bize bilgi verebileceğinizi söyledi."

Gerard homurdandı. "Ben meslekte değilim."

"Ama bir zamanlar öyleydiniz."

"Artık değilim. Bedeli çok yüksek."

Willy düşünceli düşünceli odaya göz gezdirdi, gölgeler arasında fildişinin ışıltısını, ince eski porselenlerin şaşaasını aklına not etti. Birdenbire etraflarının antika hazinesiyle çevrelendiğini fark etti. Ev bile antikaydı, Saygon'un eski sevimli Fransız kolonilerinden birine aitti, etrafı sarmaşıklarla kaplanmıştı. Kanunlara göre devlete aitti. Willy, Fransızın böyle bir evde oturmayı hak etmek için ne yaptığını merak etti.

Gerard, "Ortaklık'la yıllardır bir ilişkim olmadı," dedi. "Muhtemelen size yardımcı olabilecek hiçbir şey bilmiyorum."

Guy, "Belki de biliyorsunuzdur," dedi. "Eski bir konuyla ilgili buradayız. Savaştan kalma."

Gerard güldü. "Bu insanlar sürekli savaşta! Hangi düşman! Çinliler mi? Fransızlar mı? Khmer Rouge mu?"

Guy, "Siz hangi savaş olduğunu iyi biliyorsunuz," dedi.

Gerard arkasına yaslandı. "*Bu* savaş bitti."

Willy, "Bazılarımız için değil," dedi.

Fransız adam ona doğru döndü. Willy adamın kendisini incelediğini fark etti, nedenini anlamaya çalışıyordu. Bu şekilde değerlendirilmeye içerledi. Bakışlarını çevirdi.

Gerard, "Kızın bununla ne alakası var?" diye sordu.

"O buraya babası için geldi. 1970'ten bu yana kayıp."

Gerard omuz silkti. "Benim işim ithalat. Kayıp askerlerle ilgili hiçbir şey bilmiyorum."

Willy, "Benim babam asker değildi," dedi. "Air America adına çalışan bir pilottu."

Guy, "Vahşi Bill Maitland," diye ekledi.

Odadaki ani sessizlik bıçakla kesilebilecek kadar yoğundu. Uzun bir sürenin ardından Gerard yumuşak sesle, "Air America," dedi.

Willy başını sallayarak onayladı. "Onu hatırlıyor musunuz?"

Fransız'ın boğumlu parmakları oturduğu sandalyenin kolçağına vurmaya başladı. "Onları tanıyordum, yani pilotları. Arada sırada bana mal taşırlardı, tabii bedeli karşılığında."

"Mal mı?"

Guy, "İlaç türü şeyler," dedi.

Gerard sandalyenin kolçağına öfkeyle vurdu. "Hadi ama Bay Barnard, ikimiz de neden bahsettiğimizi biliyoruz! Afyon. İnkâr etmiyorum. Devam eden bir savaş vardı ve bu da para kazanmanın bir yoluydu. Dolayısıyla ben de yaptım. En güvenilir nakliye hizmetini Air America veriyor gibiydi.

Pilotları kesinlikle soru sormazdı. Bu konuda iyilerdi. Onlara ücretlerini verdim. Altınla."

Yine bir sessizlik yaşandı. Willy bir sonraki soruyu sormak için cesaretini topladı. "Ya babam? O da altınla ödeme yaptığınız pilotlardan biri miydi?"

Alain Gerard omuz silkti. "Bu sizi şaşırtır mıydı?"

Her nedense şaşırtmazdı, ancak Willy şu eski aile dostlarının, babasının bir kahraman olduğunu düşünen o insanların bunu duymaları durumunda ne diyeceklerini hayal etmeye çalıştı.

Gerard, "O en iyilerden biriydi," dedi.

Willy kafasını kaldırıp baktı. "En iyi mi?" İçinden gülme isteği yükseldi. "Hangi konuda? Uyuşturucu kaçakçılığında mı?"

"Uçmakta. Bu konuda çok yetenekliydi."

Willy, acı acı, "Babamın yeteneği," dedi, "her ne istiyorsa onu yapmaktı, başka hiç kimseyi düşünmeden."

Gerard, "Yine de," diye diretti, "o en iyilerden biriydi."

Guy, "Uçağının düştüğü gün..." dedi. "Size ait bir şey taşıyor muydu?"

Fransız cevap vermedi. Ayağa kalkıp pencereye yürüdü, perdelerle oynadı.

Guy, "Gerard?" diyerek teşvik etti.

Gerard dönüp onlara baktı. "Neden buradasınız? Bu soruların amacı ne?"

Willy, "Ona ne olduğunu bilmek zorundayım," dedi.

Gerard pencereye döndü ve perdelerin arasındaki ince

açıklıktan dışarı baktı. "Evinize gidin, Bayan Maitland. Öğrenmek istemeyeceğiniz şeyleri öğrenmeden evvel."

"Ne gibi şeyleri?"

"Nahoş şeyleri."

"O benim babamdı! Benim hakkım..."

"Hak mı?" Gerard güldü. "O savaş bölgesindeydi! Riskleri biliyordu. O, geriye canlı dönemeyen adamlardan biriydi sadece."

"Nedenini bilmek istiyorum. Laos'ta ne yaptığını bilmek istiyorum."

"Ne zamandan beri onların Laos'ta gerçekten ne yaptıklarını bilen *birileri* var ki?" Değerli hazinelerine hırsla dokunarak odada dolandı. "O günlerde yaşananları tahmin edemezsiniz. Bizim gizli savaşımız. Laos hakkında konuşmadığımız ülkeydi. Ama hepimiz oradaydık. Ruslar, Çinliler, Amerikalılar, Fransızlar. Dostlar ve düşmanlar, Vientiane'nin aynı pis barlarına doluşmuşlardı. Hepimiz de iyi askerlerdik, hayatımızı kazanmak için buraya gelmiştik." Durdu ve Willy'ye baktı. "Bu savaşı hâlâ anlamıyorum."

Guy, "Ama çoğu kişiden daha fazlasını biliyorsunuz," dedi. "Siz İstihbarat'la çalışıyordunuz."

"Ben resmin sadece bir kısmını gördüm."

"Toby Wolff sizin enkaz araştırmada görev aldığınızı söyledi."

"Bununla çok az alakam vardı."

"O günlerde sorumlu kimdi?"

"Kistner adında Amerikalı bir albay."

Willy başını kaldırarak şaşkın şaşkın baktı. "*Joseph* Kistner mi?"

Guy alçak sesle, "O günden sonra generalliğe yükseldi," diye vurguladı.

Gerard başını sallayarak onayladı. "Kendisini askeri ataşe olarak isimlendiriyordu."

"Yani bu aslında CIA'den olduğu anlamına geliyor."

"Aslında birçok anlama geliyor. Ben Fransız İstihbarat subayıydım ve bana mümkün olduğunca az şey söylenirdi. Albayın çalışma tarzı buydu, anlıyor musunuz? Onun için bilgi güçtü. Bunun çok azını paylaşırdı."

"Kaza hakkında ne biliyorsunuz?"

Gerard omuz silkti. "Buna 'olağan bir kayıp' dediler. Düşman ateşi. Diğer pilotların ısrarıyla bir araştırmaya girişildi; ancak canlı kimseye erişilemedi. Bir gün sonra, Albay Kistner geriye kalan enkazın eritilmesi emrini verdi. Emrin yerine getirilip getirilmediğini bilmiyorum."

Willy başını salladı. "Eritilmesini mi?"

Guy, "Bu yok edilmesi anlamında kullanılan bir terim," diye açıkladı. "Gizli görevde ne zaman bir uçak düşse bunu yaparlar. Kanıtı ortadan kaldırmak için."

"Ama benim babam gizli görevde uçmuyordu. Bu sıradan bir ikmal uçuşuydu."

Gerard, "*Tümü* sıradan ikmal uçuşu olarak listelenmişti," dedi.

Guy, "Kargo beyannamesinde uçak parçası taşıdığı yazılı," dedi. "Bu uçağın erimesi için bir sebep değil. O uçakta gerçekte ne vardı?"

Gerard yanıtlamadı.

Willy, "Bir yolcu vardı," dedi. "Bir yolcu taşıyorlardı."

Gerard'ın bakışları aniden ona odaklandı. "Size bunu kim söyledi?"

"Luis Valdez, babamın kargocusu. Uçak düşerken o paraşütle atladı."

"Şu Valdez adlı adamla konuştunuz mu?"

"Esir kampından çıkar çıkmaz çok kısa bir telefon görüşmesi yaptık."

"O zaman... bu adam hâlâ hayatta, öyle mi?"

Willy başını olumsuz manada salladı. "Amerika'ya geldiğinin ertesi günü kendini vurdu."

Gerard, her bir eşyaya teker teker dokunarak, tekrar odada dolanmaya başladı. Willy bu haliyle adamın hazinesini yoklayan açgözlü bir cüceye benzetti.

Guy, "Yolcu kimdi?" diye sordu.

Gerard cila kutusunu aldı, sonra tekrar yerine bıraktı.

"Ordudan mı? İstihbarattan mı? Ne?"

Gerard dolanmayı bıraktı. "O bir hayaletti, Bay Barnard."

"Yani, adını bilmediğinizi mi söylüyorsunuz?"

"Hayır, birçok adı, birçok yüzü vardı. Mutlaka hakkında yapılan bir dedikodu olurdu. Bazıları general olduğunu söyledi. Ya da bir prens. Ya da uyuşturucu kralı." Dönerek perdenin aralığından baktı, parlak ışıkta buruşuk bir siluet oluşturuyordu. "Her kimdiyse, üst düzey birine tehdit oluşturuyordu."

Üst düzey birine. Willy, 1970'te dönen ayak oyunlarını düşündü; Air America'yı, Savunma İstihbarat'ı ve CIA'i düşündü. Bunca oyuncu arasında şu isimsiz Lao yüzünden kendini tehdit altında hisseden kim olabilirdi?

Willy, "*Sizce* o kimdi Bay Gerard?" diye sordu.

Pencerenin önündeki siluet omuz silkti. "Artık bunun hiçbir önemi yok. Adam öldü. Uçaktaki herkes öldü."

"Belki hepsi ölmemiştir. Babam..."

"Babanızı yirmi yıldır gören olmadı. Yerinizde olsaydım onu aramayı bırakırdım."

"Eğer hayattaysa..."

"Eğer hayattaysa, bulunmak istemiyor olabilir." Gerard döndü ve Willy'ye baktı, yüz ifadesi pencereden yansıyan ışıkla gizlenmişti. "Başına ödül konulan bir adamın ölü kalmak için iyi bir sebebi var demektir."

BEŞİNCİ BÖLÜM

Willy ona baktı. "Ödül mü? Anlamadım."

"Hiç kimsenin size ödülden bahsetmediğini mi söylüyorsunuz?"

"Ne ödülü?"

"Rahip Tuck'ın tutuklanması için."

Willy olduğu yerde donup kaldı. Birdenbire zihninde bir imge belirdi; dosya kapağında yazanlar. *Rahip Tuck Operasyonu. Gizli.* Guy'a döndü. "Onun neden bahsettiğini biliyorsun, öyle değil mi. Rahip Tuck da kim?"

Guy'ın yüzü ifadesizdi, bir maske takmıştı sanki. "Hikâyeden başka bir şey değil."

"Ama onun dosyası odandaydı."

"Bu sadece vatan haini bir pilota verilen takma isim. Bir efsane..."

Gerard, "Sadece bir efsane değil," diye diretti. "O gerçek bir adam, bir vatan hainiydi. İstihbarat sırf efsane olarak adlandırılan bir şeye iki milyon dolar ödül vermez."

Willy'nin bakışları tekrar Guy'a odaklandı. Gözlerine nasıl bakabildiğini –bu cesareti nereden bulduğunu– merak etti. *Biliyordun,* diye düşündü. *Seni pislik. En başından beri biliyordun.* Konuşmasını önleyecek derecede öfkelenmişti.

Alain Gerard'a doğrudan yönlendirdiği bir sonraki soru dudakları arasından zorla döküldü: "Siz, siz bu vatan haini pilotun babam olduğunu mu düşünüyorsunuz?"

"İstihbarat öyle düşündü."

"Hangi kanıta dayanarak? Uçak kullanabiliyor oluşuna mı? Kendini savunmak için şu anda burada bulunamayışına mı?"

"Zamanlama ve şartlara dayanarak. Temmuz 1970'te, William Maitland ortadan kayboldu. Aynı yılın ağustosunda, yabancı bir pilotun düşmanlar adına uçtuğuna dair ilk raporları almaya başladık. Silah ve altın kaçırıyordu."

"Ama Laos'ta yüzlerce yabancı pilot vardı! Rahip Tuck bir Fransız, bir Rus, bir..."

"Şu kadarını biliyoruz ki o bir Amerikalıydı."

Willy çenesini kaldırdı. "Bana babamın bir vatan haini olduğunu söylüyorsunuz."

"Bunu sırf bilmeniz gereken bir şey olduğunu düşündüğüm için söylüyorum. Eğer hayattaysa, bulunmak istememesinin sebebi bu olabilir. Siz bir tür kurtarma misyonu üstlendiğinizi düşünüyorsunuz, Bayan Maitland, ancak yanılıyor olabilirsiniz. Babanız ülkesine döndüğünde hapse girebilir."

Bunu takip eden sessizlikte, Willy bakışlarını Guy'a çevirdi. Hâlâ tek kelime dahi etmemişti; bu bile suçluluğunu doğruluyordu. Willy, *Sen kimin için çalışıyorsun?* diye düşündü. *CIA mi? Ariel Grup mu? Ya da yalan mı söylüyorsun, seni sefil şey?*

Onu görmeye dayanamıyordu. Onunla aynı odada bulunmak bile nefretini körüklüyordu.

Willy ayağa kalktı. "Teşekkürler, Bay Gerard. Duymam gereken şeyleri söylediniz. Beklemediğim şeyleri."

"O zaman, bu konunun peşini bırakmanızın en iyisi olacağında benimle hemfikirsiniz, öyle mi?"

"Değilim. Siz babamın vatan haini olduğunu düşünüyorsunuz. Görünüşe bakılırsa bunu düşünen tek kişi siz değilsiniz. Ama hepiniz yanılıyorsunuz."

Gerard, "Peki, siz bunu nasıl ispatlayacaksınız," diye homurdandı. "Söyleyin bana, Bayan Maitland, bu büyük mucizeyi aradan geçen yirmi yılın ardından nasıl başaracaksınız?"

Willy'nin bir cevabı yoktu. İşin doğrusu, bir sonraki adımının ne olacağını bile bilmiyordu. Bildiği tek şey bunu tek başına yapacağıydı.

Gerard'ın peşinden koridorda ilerlerken sırtı dimdikti. Guy'ın onu takip ettiğinin de farkındaydı. *Ona güvenemeyeceğimi biliyordum,* diye düşündü. *En başından beri bunun farkındaydım.*

Ön kapıya ulaşana kadar kimse bir şey söylemedi. Gerard kapıda durakladı. Kısık sesle, "Bay Barnard? Toby

Wolff'a benden bir mesaj götürür müsünüz?" dedi.

Guy başını salladı. "Tabii ki. Mesaj ne?"

"Ona son dileğinin de yerine getirildiğini söyleyin." Gerard giriş kapısını açtı. Dışarıda, güneş gözü kör edecek kadar parlaktı. "Artık benden bir şey beklemesin."

Willy, öfkesi patlak vermeden evvel ancak beş adım dayanabildi.

"Bana yalan söyledin. Seni pislik, beni *kullanıyordun*!"

Guy'ın suratındaki ifade, Willy'nin ihtiyaç duyduğu tek yanıttı. Her şey orada açıkça yazılıydı; kabullenme, suçluluk.

"Rahip Tuck'ı biliyordun. Ödülü de öyle. Sen sadece 'yaşayan birinin' peşinde değildin, öyle değil mi? Belirli bir adamın –babamın– peşindeydin!"

Guy, gerçekler ortaya çıktığına göre hiçbir şey fark etmez dercesine omuz silkti.

Willy, "Şu benimle yaptığın 'anlaşma' nasıl işleyecekti?" diye ısrar etti. "Anlat bana, merak ediyorum. Yoksa onu bulduğumuz anda teslim mi edecektin – ve benim payım da unutulacak mıydı? Yoksa beni bir süre memnun edip babamı eve götürmeme fırsat tanıyacak, tutuklattırmadan evvel onun uçaktan inmesine ve Amerika topraklarına ayak basmasına izin mi verecektin? Plan neydi Guy? *Neydi?*"

"Plan yoktu."

"Hadi ama. Senin gibi bir adamın her zaman planı olur."

"Guy yorgun görünüyordu. Yenilmişti. "Plan yoktu."

Willy doğrudan ona baktı, elleri kapanıp bir yumruğa dönüşüyor, bir açılıyordu. "Şu iki milyon dolarla ilgili çeşitli planlar yaptığına iddiaya girerim. Hatta bunu nasıl harcayacağına karar verdiğinden bile eminim. Her bir kuruşunu. Yapman gereken tek şey babamı hapse attırmaktı. Seni aşağılık." Onu hemen orada yumruklamalıydı. Bunun yerine yürüyüp gitti.

Guy, "Kesinlikle iki milyon dolar çok işime yarardı!" diye haykırdı. "Birçok şey için kullanabilirdim! Ama *seni* kullanmak istemedim!"

Willy yürümeye devam etti. Guy birkaç adım sonra onu yakaladı.

"Willy, lanet olsun, dinler misin?"

"Neyi? Yalanlarını mı?"

"Hayır, gerçeği."

"Gerçeği mi?" Willy güldü. "Ne zamandan beri doğruları anlatma zahmetine katlanmaya başladın?"

Guy onu kolundan yakaladı ve kendisine bakacak şekilde çevirdi. "Şu andan itibaren."

"Bırak beni."

"Dinlemeden olmaz."

"Söyleyeceklerine neden inanayım ki?"

"Bak, kabul ediyorum. Rahip Tuck'ı biliyordum. Ödülü de öyle. Ve..."

"Ve babamın onların listesinde yer aldığını da biliyordun."

"Evet."

"Peki neden bana söylemedin?"

"Söyleyecektim."

"Her şey en başından planlanmıştı, öyle değil mi? Babamı bulmak için beni kullanacaktın."

"Bu aklıma geldi. İlk başta."

"Ah, çok aşağılıksın, Guy. Gerçekten de rezil bir adamsın. Para senin için bu kadar önemli mi?"

"Bunu para için yapmıyordum. Başka seçeneğim yoktu, beni bu işin içine ittiler."

"Kimler?"

"Ariel Grup. Söyledim sana, iki hafta evvel ofisime geldiler. Nam'a gitmeye hazırlandığımı biliyorlardı. Sana söylemediğim şey, benden kendileri için çalışmamı istemelerinin gerçek nedeni. Onlar harekâtta kaybolanların peşinde değillerdi. Eski bir savaş suçlusunu arıyorlardı."

"Rahip Tuck."

Guy başını salladı. "Onlara ilgilenmediğimi söyledim. Bana para önerdiler, hem de yüksek bir meblağ. Biraz ilgilenir gibi oldum. Sonra bana reddedemeyeceğim bir teklifte bulundular."

Willy horgörü içerisinde, "Ah," dedi.

Guy, "Para değil..." diye itiraz etti.

"Peki, o zaman ödül neydi?"

Guy elini saçları arasından geçirdi ve yorulmuş gibi nefesini bıraktı. "Sessizlik."

Willy anlamayarak kaşlarını çattı. Guy hiçbir şey söylemedi ancak Willy onun gözlerinde derin, karanlık bir ıstırap görmüştü. Willy sonunda, "Demek öyle," diyerek fısıldadı. "Şantaj. Ellerinde seninle ilgili ne var Guy? Ne saklıyorsun?"

"Bu..." Guy yutkundu "Hakkında konuşabileceğim bir şey değil."

"Anlıyorum. Lanet derecede şaşırtıcı bir şey olmalı, ki sanırım bu hiç de büyük bir sürpriz değil. Ama yine de yapmayı denediğin şeyi haklı çıkartmıyor." Arkasını döndü ve bezgin bir şekilde yürüdü.

Yol, günün sıcaklığıyla pusluydu. Guy hemen arkasından onu takip ediyordu, geride bırakılmak istemeyen gibiydi. Ve onu takip eden tek şey de o değildi. Çıplak ayakların çıkarttığı ses Oliver'ın geri döndüğünü ilan etti, hemen Willy' nin yanına gelip konuşmaya başladı. "Üç tekerliye binmek ister misiniz? Hava çok sıcak! Bin dong verin, size hemen bir araç bulayım!"

Willy tekerleklerin gıcırtısını, nefes nefese kalmış bir sürücünün hırıltısını işitti. Şimdi Oliver'ın amcaları da alaya katılmıştı.

Willy, "Git buradan," dedi. "Araç falan istemiyorum."

"Bugün çok sıcak, güneş çok güçlü. Belki bitkin düşersiniz. Bir keresinde bir Rus bayanın bayıldığını görmüştüm." Oliver hatırladıklarıyla birlikte başını salladı. "Kötü bir manzaraydı."

"Sana *git dedim*!"

Oliver yılmaksızın Guy'a döndü. "Ya sen babacığım?"

Guy oğlanın pis avucuna birkaç banknot bıraktı. "İşte sana bir binlik. Şimdi bas git."

Oliver yok oldu. Ne yazık ki Guy o kadar kolay sepetlenemiyordu. Willy'yi şehrin pazaryerine kadar takip etti, karpuz ve mangoların tepeleme yığılı durduğu tezgâhları geçtiler, üzerlerine sineklerin toplandığı yeni kesilmiş et tezgâhlarının önünden ilerlediler.

Guy, "Sana babandan bahsedecektim," dedi. "Ama bunu nasıl karşılayacağından emin değildim."

"Ben gerçeklerden korkmam."

"Tabii ki korkuyorsun! Onu korumaya çalışıyorsun. Kanıtı sürekli görmezden gelme sebebin de bu."

"O bir vatan haini değildi!"

"Onu hâlâ seviyorsun, öyle değil mi?"

Willy hızla döndü ve yürüdü. Guy hemen yanındaydı. "Sorun ne?" diye sordu. "Canını mı sıktım?"

"Onu neden umursayayım ki? O bizi bırakıp çekti gitti."

"Ve sen bu konuda kendini hâlâ suçlu hissediyorsun."

"Suçlu mu?" Willy durdu. "Ben mi?"

"Doğru. Senin şu küçük kız kafanın bir köşesinde, onun gidişinden dolayı kendini suçluyorsun. Belki kavga ettiniz, çocuklarla babalar arasında sürekli yaşananlara benzer bir şey yaşadınız ve sen söylememen gereken bir şey söyledin. Ancak bunu telafi edemeden o çekip gitti. Uçağı düştü ve sen şimdi yirmi yıl sonra buradasın, durumu telafi etmeye uğraşıyorsun."

"Şimdi de lisanssız psikologluk mu yapmaya başladın?"

"Bir çocuğun kafasında neler olup bittiğini bilmek için deli doktoru olmak gerekmez. *Benim* babam çekip gittiğinde on dördümdeydim. O terk edilmişlik duygusunu hiçbir zaman atlatamadım. Şimdi çocuklarım için endişeliyim ve bu canımı yakıyor."

Willy ona baktı, afallamıştı. "Çocuğun mu var?"

"Sözün gelişi." Guy başını önüne eğdi. "Oğlanın annesi ve ben, evli değildik. Bu özellikle gurur duyduğum bir şey değil."

"Ah."

"Evet."

Willy, *Sen de onları terk ettin,* diye düşündü. *Baban seni terk etti. Sen oğlunu terk ettin. Dünya hiç değişmiyor.*

Willy esas konuya dönerek, "Babam bir vatan haini değildi," diye ısrar etti. "Ona birçok şey söylenebilir; sorumsuz, dikkatsiz, düşüncesiz. Ama kesinlikle vatanına ihanet etmezdi."

"Ama o şüpheliler listesinde. Eğer Rahip Tuck değilse bile, büyük olasılıkla onunla bir ilgisi var. Ve bu tehlikeli bir bağlantı. İşte bu yüzden biri seni durdurmaya çalışıyor. İşte bu yüzden her döndüğünde duvara tosluyorsun. İşte bu yüzden attığın her adımda takip ediliyorsun."

"Ne!" Refleksle dönüp kalabalığı taradı.

"Belli etme." Guy onu kolundan yakalayıp bir eczane vitrinine doğru sürükledi. Camdaki yansımayı başıyla işaret ederek, "Saat iki hizasındaki adam," diye mırıldandı. "Mavi gömlekli, siyah pantolonlu."

"Emin misin?"

"Kesinlikle. Sadece kimin adına çalıştığını bilmiyorum."

"Vietnamlıya benziyor."

"Ama Ruslar adına çalışıyor olabilir ya da Çinliler. İki ülkenin de burada menfaatleri var."

Willy camdaki yansımaya baktığında mavi gömlekli adamın kayıplara karıştığını gördü. Yakınlarda bir yerlerde dolaştığından emindi, bakışlarını sırtında hissediyordu.

Willy, "Ne yapacağım Guy?" diye fısıldadı. "Ondan nasıl kurtulacağım?"

"Kurtulamayacaksın. Sadece onun buralarda bir yerlerde olduğunu, devamlı izlendiğini unutma. Aslına bakılırsa, lanet olası ordudaki herkesin gözetimi altındaymışız gibi görünüyor." Şimdi camdan en az bir düzine surat yansıyordu; hepsi de toplanmış büyük merakla o iki yabancıya bakıyordu. Arkada, o tanıdık figür yukarı aşağı zıplayıp duruyor, onlara camdan el sallıyordu.

Bir ses, "Selam babacığım!" diye haykırdı.

Guy iç çekti. "Daha *bundan* bile kurtulamıyoruz."

Willy sertçe Guy'ın yansımasına baktı ve *Ama ben, senden kurtulabilirim,* diye düşündü.

Zayiat Karar ekibinden Binbaşı Nathan Donnell'ın iğrenç kızıl saçları, gümbür gümbür gürleyen bir ses tonu ve leş gibi kokan bir purosu vardı. Guy hangisinin daha beter olduğunu bilmiyordu; o puronun kokusu mu, masadaki dört iskeletten yükselen çürük kokusu mu? Belki de Nate'in şu puroları tüttürme sebebi buydu; ölümün kokusunu bununla maskeliyordu.

Ayrı ayrı kimlik numaralarıyla etiketlenen iskeletler, farklı katranlı muşambalarda yatıyordu. Ayrıca masada, iskeletlerle birlikte bulunan şahsi eşyalar ve diğer birtakım şeylerin yer aldığı dört plastik torba vardı. Bu ortamda geçirilen yirmi küsur yılın ardından, cesetlerden geriye toprak kaplı dişler ve kemikler dışında pek fazla bir şey kalmamıştı. En azından bu kadarı ellerinin altındaydı; bazen sadece kırık parçalar üzerinde çalışmak zorunda kalıyorlardı.

Nate yanındaki raporları yüksek sesle okuyordu. O amansız tesiste çınlayan sesi, Quonset barakasının duvarlarından yankılanarak anlaşılmaz bir hal alıyordu. "Numara 784-A, ormanda, Hawthorne Kampı'nın on iki kilometre batısında bulundu. Ordu künyesi yakınındaydı; adı Elmore Stukey."

Guy, "Künyesi yakınlarında mıydı?" diye sordu. "Boynunda değil miydi?"

Nate, kenarda dikilen Vietnamlı irtibat subayına baktı. "Bu doğru mu? Boynunda değildi, değil mi?"

Vietnamlı adam başını sallayarak onayladı. "Raporunda yazan bu."

Guy adamın askeri tıp kaydını açarak, "Elmore Stukey," diye mırıldandı. "Bir metre seksen beş santim, Kafkas, mükemmel dişleri var." İskelete baktı. Sadece fermuara şöyle bir baktığında bile masadaki adamın bir metre atmış beş santimden daha uzun olamayacağını anlamasına yetmişti. Başını olumsuz manada salladı. "Yanlış adam."

"Stukey'yi çiziyor muyuz?"

"Çiz. Ama birinin onun künyesiyle ortadan kaybolduğunu da not et."

Nate korkunç bir kahkaha attı. "İyiye işaret değil."

"Ya şu diğer üçünden ne haber?"

"Ah, şunlar." Nate diğer rapora geçti. "O üçü LZ Bird' ün sekiz kilometre kuzeyinde, bir arada bulundular. Yakınlarında şu ABD ordusu miğferi varmış. Etrafta başka bir şey de yokmuş."

Guy ister istemez konuyla alakalı detaylara odaklandı; pelvis kemiği şekli, kesici diş dizilimi. "Şu ikisi kadın, büyük olasılıkla Asyalı," dedi. "Ama şu..." Bir çelik metre çıkartıp, toprak kaplı uyluk kemiği boyunca uzattı. "Erkek, yaklaşık bir metre seksen santim boylarında, hımm. Bir ve iki numarada gümüş dolgular var." Başını salladı. "Mümkün."

Nate, Vietnamlı irtibat subayına baktı. "Numara 786-A. Onu daha iyi incelenmek için geri götüreceğim."

"Ya diğerleri?"

"Sen ne düşünüyorsun, Guy?"

Guy omuz silkti. "784-A'yı da alacağız. Sırf güvende kalmak için. Ancak iki kadın senin."

Vietnamlı başını salladı. "Gereken düzenlemeleri yapacağız," deyip sessizce geri çekildi.

Nate bir puro daha yakıp kibritini söndürürken sessizlik yaşandı. "Pekâlâ, kesinlikle iyi bir iş çıkarttın. Seni yarına kadar beklemiyordum."

"Bir durum oluştu."

"Öyle mi?" Nate'in yüz ifadesi, pis kokulu dumanların arasında düşünceliydi. "Yardımcı olabileceğim bir şey mi?"

"Belki."

Nate başıyla kapıyı işaret etti. "Hadi gel. Çıkalım, burası tüylerimi diken diken ediyor."

Dışarı yürüdüler ve eski askeri yerleşkenin tozlu avlusunda dikildiler. Tepelerindeki duvarda büklüm büklüm dikenli tel dolanıyor, Quonset barakasının penceresinden klima suyu damlıyordu.

Nate, purosunu mutlu bir şekilde tüttürürken, "Pekâlâ," dedi. "Oluşan durum işle mi ilgi, özel mi?"

"İkisi de. Bilgiye ihtiyacım var."

"Umarım gizli değildir."

"Sen söyle."

Nate güldü ve kıvrım kıvrım uzanan dikenli tellere baktı. "Sana hiçbir şey anlatamayabilirim. Ama yine de sor."

"1973'te geri dönüş ekibindeydin, öyle değil mi?"

"1973'ten 1975'e kadar. Benim işim yoğun değildi. Sadece bol bol gülümsedim, jilet ve diş fırçası dağıttım. Bilirsin işte, geri dönen savaş esirleri için eve hoş geldiniz karşılanması."

"Tuyen Quan'dan gelen herhangi bir savaş esiriyle karşılaştın mı hiç?"

"Çok değil, yarım düzine kadarı. Orası oldukça sefil bir kamptı. Sonuna doğru tifo patlak verdi, birçoğu öldü."

"Ama hepsi değil. Savaş esirlerinden birinin adı Luis Valdez'di, hatırlıyor musun?"

"Sadece ismini. Sebebi de adamın evine döndüğünün ertesi günü kendisini vurduğunu işitmiş olmam. Bunun ağlanılacak bir utanç olduğunu düşünmüştüm."

"O zaman onunla hiç tanışmadın, öyle mi?"

"Hayır, kapalı sorgulamadan geçirildi. Tamamen farklı bir kanaldan. Dış temas yoktu."

Guy kapalı sorgulamayı düşünerek kaşlarını çattı. İstihbarat neden Valdez'i diğerlerinden ayırmıştı?

Guy, "Ya Tuyen Quan'dan gelen diğer savaş esirlerinden ne haber?" diye sordu. "Kimse Valdez'den bahsetti mi? Onun neden ayrı tutulduğundan?"

"Pek sayılmaz. Hey, onlar oldukça çılgın bir gruptu. Bahsettikleri tek şey eve dönmekti, ailelerini görmek. Her neyse, hiçbirinin Valdez'i tanıdığını sanmıyorum. Kampta esirler her hücrede iki kişi kalacak şekilde tutuluyorlardı ve Valdez'in hücre arkadaşı grupta değildi."

"Ölmüş müydü?"

"Hayır. Uçağa binmeyi reddetmiş, tabii inanırsan."

"Uçmak istemedi mi?"

"Evine geri dönmek istemedi, nokta."

"Adını hatırlıyor musun?"

"Lanet olsun, evet. Adamla ilgili on sayfalık bir rapor yazmak zorunda kalmıştım. Lassiter. Sam Lassiter. Olay kınama almama sebep olmuştu."

"Ne oldu?"

"Onu sürükleyerek uçağa bindirmeye çalıştık. Hiç aralıksız bağırarak Nam'da kalmak istediğini söyleyip durdu. İri, sarışın bir Vikingdi, bilirsin işte. Bir metre doksan santim boyundaydı, iki yaşında bir çocuk gibi sağa sola tekmeler savuruyor, çığlıklar atıyordu. Ona gülen Vietnamlıları bir görmeliydin. Her neyse, adam elimizden kurtulmayı başardı ve kalabalığın arasına daldı. İşte o an ne olacaksa olsun diye düşündük. Herifin istediği buydu, kalmasına göz yumduk."

"Sonra hiç evine dönmedi mi?"

Nate purosundan derin bir nefes çekerek dumanını savurdu. "Hiç dönmedi. Bir süre onu takip etmeye çalıştık. Son duyduğumuza göre, Cantho'da görülmüş ama bu birkaç yıl önceydi. O günden sonra yoluna devam edemedi ya da öldü." Nate çorak araziye şöyle bir göz gezdirdi. "Deliydi, benim tanımım bu. Bu kahrolası ülkede kalmak için delirmiş olmalı."

Guy, *Belki de değil,* diye düşündü. *Belki başka seçeneği yoktu.*

Guy, "Tuyen'den gelen diğer adamlara ne oldu?" diye sordu. "Yani evlerine döndükten sonra?"

"Olağan sorunlar yaşadılar. Travma sonrası stres tepkisi, bilirsin işte. Ama bu işin de üstesinden geldiler ya da olabildiğince düzeldiler diyelim."

"Valdez hariç hepsi."

"Evet. Valdez hariç hepsi." Nate purosunun külünü silkeledi. "Onun için hiçbir şey yapamadım ya da Lassiter gibi deliler için. Eğer gittilerse unutacaksın. Tüm o çocuklar, o savaş için çok gençti. En başta kafaları yerinde değildi. Lassiter ve Valdez'i ne zaman düşünsem, bu bana kendimi lanet derecede işe yaramaz hissettiriyor."

"Sen elinden geleni yaptın."

Nate başıyla onayladı. "Pekâlâ, sanırım işe yaradığımız bir konu var." Nate iç çekip Quonset barakasına göz gezdirdi. "En azından 786-A sonunda evine dönüyor."

Ruslar yine şarkı söylüyordu. Bunun dışında oldukça hoş bir akşamdı. Bira soğuktu, barmen suskun ve dikkatliydi. Teras barındaki tüneğinden Rusların bardaklarına Stolichnaya dolduruşlarını seyretti. En azından onlar iyi zaman geçiriyor gibilerdi; aynı şeyi kendisi için söyleyemeyecekti.

Bir plan yapmalı ve hızlı olmalıydı. Bu sabah Alain Gerard'dan ve öğleden sonra da Nate Donnell'den öğrendiği her şey şüphelerini destekler nitelikteydi: Willy Maitland'ın başı büyük beladaydı. Bangkok'taki saldırının bir soygun girişimi olmadığına ikna olmuştu. Biri onu durdurmak istiyordu. Bill Maitland'ın geçmişinde kök salmasını istemeyen biri. CIA mi? Vietnamlılar mı? Vahşi Bill' in kendisi mi?

Son düşünceyi imkânsız olarak nitelendirip eledi. Hiç kimse, ne kadar umutsuz olursa olsun öz kızına saldırması için birini yollamazdı.

Fakat ya bu sadece bir uyarıysa ne olacaktı? Bir korkutma taktiği?

Tüm olasılıklar, tüm değişimler Guy'ın başını ağrıtıyordu. Maitland hayatta mıydı? Rahip Tuck'la bağlantısı neydi?

İkisi aynı kişi miydi?

Ariel Grup neden bu işe bulaşmıştı?

Bulmacanın diğer kısmı da buydu; Ariel Grup. Guy iki hafta evvel yapılan ziyareti düşündü. Ofisinde boy gösteren iki adam dikkat uyandıran tipler değillerdi: Güzelce tıraş olmuşlardı, koyu renk takım elbise giymişlerdi, dikkat çekmeyen kravatları vardı, yüzleri de kapıdan dışarı çıkar çıkmaz unutulacak türdendi. Ancak yirmi bin dolarlık çeki uzattıklarında Guy oturduğu yerde dikleşmiş ve dikkat etmişti. Bunlar her kimse, harcayacak paraları vardı. Ve onlara küçük bir yardımda bulunması durumunda onu bekleyen daha fazla paranın olduğunu söylüyorlardı– çok daha fazla: Rahip Tuck diye bilinen pilotun yerini belirleyecekti. "Sizin vatani göreviniz," demişlerdi. Adam bir vatan haini, diğer tarafa geçen güçlü kuvvetli bir Amerikalıydı. Yine de Guy tereddüt etmişti. Bu, ona uygun bir iş değildi, o bir ödül avcısı değildi.

İşte, kozlarını da bu noktada oynamışlardı.

Ariel, Ariel. Bu adı düşünüp duruyordu. İncil'den bir şey. Aslanı andıran adamlar. Eski ordu elemanlarının buluştuğu bir kulüp için garip bir isimdi. Tabii eğer gerçekten öyleyseler.

Yakalanması zor Rahip Tuck'ın peşindeki tek grup Ariel değildi. CIA adam için ödül koymuştu. Guy'ın bildiği kadarıyla Vietnamlılar, Fransızlar ve Mars'tan gelen diğer insanlar da pilotun peşindeydi.

Ve kasırganın göbeğinde saf, inatçı, çekilmez Willy Maitland vardı.

Onun lanet derecede çekici oluşu her şeyi daha da kötü bir hale getiriyordu. O sertlik ile savunmasızlığın çıldırtıcı bir karışımıydı, Guy da onu kullanmak ile korumak arasında kalmıştı. Bunlar kulağa mantıklı geliyor muydu?

Disko müziğinin ritmik vuruşları alt katlardan bir yerden yukarı doğru yankılandı. İstekli bir dans arkadaşı bulup birkaç figür atmak için aşağı inmeyi düşündü. Birasından bir yudum daha alırken görüş alanından tanıdık biri geçti. Dönünce Willy'nin tırabzanların yakınındaki bir masaya yöneldiğini gördü. İçki içerken kendisine eşlik etmeyi isteyip istemeyeceğini merak etti.

Onu görmezden gelmeye nasıl azimli olduğunu görerek istemediğini düşündü. Willy gözlerini geceye dikti; sırtı dikti, bakışları uzaklarda bir yerlere kenetlemişti. Sarımsı kahverengi bir saç tutamı yanağına kaydı, kulağının arkasına iteledi, bu Guy'a okuldaki disiplinli öğretmenleri anımsatan küçük bir hareketti.

O da Willy'ye aldırmamaya karar verdi. Ancak ona dair düşünceleri zihninden ne kadar atmaya çalışırsa, hayali beynine sanki bir o kadar fazla kazınıyordu. Bakışlarını barmenin gittikçe boşalan Stolichnaya şişesine odaklasa da, onun varlığını etrafa sıcaklık saçan çıtırtılı bir ateş gibi arkasında hissediyordu.

Lanet olsun. Bir kez daha deneyecekti.

Ayağa kalkıp terasın karşısına doğru ilerledi.

Willy onun yaklaştığını hissetti ancak kafasını kaldırıp bakmaya bile yeltenmedi, hatta Guy sandalyeyi çekip oturduğunda ve masanın karşısına doğru uzandığında bile.

"Hâlâ birlikte çalışabileceğimizi düşünüyorum," dedi.

Willy dudak büktü. "Sanmıyorum."

"En azından konuşamaz mıyız?"

"Size söyleyecek bir şeyim yok, Bay Barnard."

"Bay Barnard'a geri döndük, öyle mi?"

Willy'nin buz gibi bakışları ona odaklandı. "Size başka bir isimle de hitap edebilirdim. Size..."

"Şu tatlı konuşmayı atlayabilir miyiz? Bak, bir arkadaşımı görmeye gittim..."

"Sizin arkadaşlarınız var mı? Hayret."

"Nate 1975'te eve hoş geldin ekibinin bir üyesiydi. Geri dönen savaş esirlerinin çoğuyla tanıştı. Tuyen Quan'dan gelen adamlar da dahil."

Willy ilgilenmiş göründü. "Luis Valdez'i tanıyor mu?"

"Hayır. Valdez kapalı sorgulamadan geçirilmiş. Hiç kimse yanına yaklaşmamış. Ancak Valdez'in Tuyen Quan'da Sam Lassiter adında bir hücre arkadaşı varmış. Nate, Lassiter'in eve dönmediğini söylüyor."

"Ölmüş mü?"

"Ülkeden ayrılmamış."

Willy öne doğru eğildi, tüm bedeni heyecandan gerilmişti. "Hâlâ Nam'da mıymış?"

"En azından birkaç yıl öncesine kadar. Cantho'da. Delta'da bir şehir, buradan yaklaşık yüz elli kilometre güneybatıda."

Willy, "Çok da uzak değilmiş," dedi, kafasının tıkır tıkır

çalıştığı kesindi. "Yarın sabah yola çıkabilirim... öğleden sonra orada olurum..."

"Peki oraya nasıl gideceksin?"

"Ne demek nasıl gideceksin? Tabii ki arabayla."

"Bay Ainh'in tek başına dans etmene izin vereceğini mi sanıyorsun?"

"Rüşvet bunun için verilir. Bazı insanlar para için her şeyi yapar. Öyle değil mi?"

Willy'nin sert bakışlarına aynı sertlikte karşılık verdi. "Şu lanet olası para meselesini unut. Birinin *ikimizi birden* kullanmaya çalıştığını görmüyor musun?" Öne doğru eğildi, sesi yumuşak ve tatlıydı. "Sabah bizi Cantho'ya götürecek bir şoför ayarladım. Ainh'e seni gezmeye davet ettiğimi söyleyebiliriz. Bilirsin işte, sadece diğer bir turistik seyahat..."

Willy güldü. "Benim bir şalgam IQ'suna sahip olduğumu düşünüyorsun herhalde. Sana neden güveneyim ki? Ödül avcısı. Fırsatçı."

Neşeli bir ses, "Çok hoş bir akşam, öyle değil mi?" diyerek araya girdi.

Dodge Hamilton, elinde içkisi, başını eğmiş onlara gülümsüyordu. Selamına ölüm sessizliğiyle karşılık verildi.

"Aman Tanrım, rahatsız mı ediyorum?"

Willy iç geçirerek, "Pek sayılmaz," dedi. İngiliz adama bir sandalye çekti. Acılarını paylaşacak birilerini aradığından hiç şüphe yoktu ve Willy bu konuda iyiydi. Adamın hikâyesi ile Willy'nin kaybolan babası hakkında biraz daha dert ortaklığı yapabilirlerdi.

"Hayır, gerçekten, benim bilmediğim..."

"Israr ediyorum." Willy Guy'a ölümcül bir bakış attı. "Bay Barnard da tam kalkıyordu."

Hamilton'un bakışları Guy'ın uzattığı sandalyeye kaydı. "Pekâlâ, eğer ısrarcıysanız." Sandalyeye huzursuzca oturdu, bardağını masaya bıraktı ve Willy'ye baktı. "Size sormak istediğim şey, Bayan Maitland, röportaj yapmaya rızanız olur mu?"

"Ben mi? Neden ben?"

"Saygon hikâyem için yeni bir odak noktası yakalamaya karar verdim; bir kızın babasını arayışı. Böylesi duygusal bir bakış. Duygusal bir seyahat..."

Guy araya girerek, "Kötü bir fikir," dedi.

Hamilton, "Neden?" diye sordu.

Guy, "İçinde... tutku yok," diye uyduruverdi. "Romantizm yok. Heyecan yok."

"Tabii ki heyecan var. Kayıp bir baba..."

"Hamilton." Guy ileri doğru uzandı. "Hayır."

Willy, "*Benimle* konuşuyor," dedi. "Ne de olsa benim babamla alakalı."

Guy'ın bakışları hızla ona yöneldi. Alçak sesle, "Willy," dedi. "Önce düşün."

"Ben bir haberin birkaç kapıyı açabileceğini düşünüyorum."

"Aksine kapatacaktır. Vietnamlılar kirli çamaşırlarının ortaya serilmesinden nefret eder. Ya babana neler olup bittiğini biliyorlarsa ve bu hoş bir son değilse? Detayların Londra gazetelerinde yayınlanmasını istemeyeceklerdir. Seni ülkeden dışarı atmak daha da kolaylaşacaktır."

Hamilton, "İnan bana," dedi. "Çenemi tutabilirim."

Guy, "Çenesini tutan bir muhabir. Tabii ya," diye homurdandı.

"Ülkeden ayrılana kadar tek kelime bile yayınlanmayacak."

"Vietnamlılar aptal değil. Sizin ne üzerine çalıştığınızı öğreneceklerdir."

"O zaman ben de onlara uydurma bir hikâye anlatırım. Onları konudan uzaklaştıracak bir şey."

Willy nazikçe, "Affedersiniz..." dedi.

Guy, "Konu senin düşündüğünden çok daha hassas, Hamilton," dedi.

"Hassas konular üzerinde daha önce de çalıştım. Bir şey için kayıt dışı diyorsam, kayıt dışı tutarım."

Willy ayağa kalktı. "Pes ediyorum. Yatmaya gidiyorum."

Guy başını kaldırıp baktı. "Gidemezsin, henüz konuşmam bitmedi."

"Seninle konuşmamız kesinlikle bitti."

"Yarına ne dersin?"

"Hikâyeme ne olacak?"

Willy, "Hamilton," dedi, "eğer aradığın şey kirli çamaşırlarsa, neden *onunla* görüşmüyorsun?" Guy'ı işaret etti. Sonra sırtını dönüp uzaklaştı.

Hamilton, Guy'a baktı. "Nasıl bir kirli çamaşırın var?"

Guy sadece gülümsedi.

Bira kutusunu elleriyle buruştururken hâlâ gülümsüyordu.

Willy, asansöre adım atarken bıkkın bir şekilde, *Tanrım, beni şu dünyadaki hıyarlardan uzak tut,* diye düşündü. Kapılar kayarak kapandı. *Dahası, beni şu Guy Barnard'dan kurtar.*

Arkasına yaslanıp gözlerini kapattı ve asansörün dördüncü kata inmesini bekledi. Sanki yılan hızında ilerliyordu, tıpkı bu ülkedeki diğer her şey gibi. Bayat hava likör ve ter kokularıyla harmanlanmıştı. Kabloların gıcırtısı arasından, yukarıdaki asansör milinden yankılanıp gelen hafif cik cik seslerini işitebiliyordu. Yarasalar. Onları önceki gece görmüştü, avlunun üzerinde kanat çırpıyorlardı. Harika. Yarasalar ve Guy Barnard. Bir kadın bunlardan başka ne isteyebilirdi ki?

Eğer bir yolu olsaydı, *ona* katlanmadan bilgilerinden faydalanmayı isterdi. Adam akıllı ve deneyimliydi. Karanlık ancak önemli bağlantılara sahipti. Güvenilmez oluşu çok kötüydü. Yine de, onun önerisini kabullenmenin nasıl bir şey olacağını merak etmekten kendini alamadı. Adamla yan yana çalışma düşüncesi bile midesinin heyecandan altüst olmasını sağladı. Uğursuz bir işaret. Adam onu avucuna alıyordu.

Ah, daha evvel âşık olmuştu; hormonların ne kadar mantıksız davranabileceğini, mahrum bırakılmış bir kadının vücudunda oynaşarak ne kadar hasar yaratabileceklerini biliyordu.

Onu düşünmeyeceğim. Zamanlama yanlış, yer yanlış, durum yanlış.

Kesinlikle adam da yanlış.

Asansör inleyerek durdu ve kapılar terk edilmiş, dışarıya uzanan bir patikaya açıldı. Gölgeler arasından odasına doğru yönelirken, gecenin derinliklerinden gelen disko müzikle titredi. Dördüncü kat bu gece tümüyle terk edilmiş gibiydi, pencerelerin hiçbirinde ışık yoktu, perdeler çekilmişti. Binada çığlık sesleri yankılanıp gölgeler döne döne karanlığa karışınca korkuyla arkasına döndü. Patikanın tırabzanının ötesinde, yarasaların gölgeleri havalandı ve avlunun üzerinde birer hayalet gibi kanat çırptılar.

Oda kapısına uzandığında elleri hâlâ titriyordu, anahtarı bulması biraz zaman aldı. Çantasının altını üstüne getirirken gözüne bir şey takıldı. Bu altıncı bir hisle –bir tehlike önsezisiyle– dönmesine sebep oldu.

Patikanın ucunda, gölgeler arasından bir adam çıktı. Dış kapının ışığı altından ilerlerken Willy adamın siyah saçarını ve heykele benzeyen hareketsiz suratını fark etti. Sonra dikkatini başka bir şey çekti. Elinde bir şey vardı. Bıçak tutuyordu.

Çantasını bırakıp koşmaya başladı.

Hemen ilerde, patikanın döndüğü köşede, büyük bir klima havalandırma menfezi vardı. Bu şekilde ilerlemeye devam ederse merdivenlere ulaşacaktı.

Adam metrelerce gerisindeydi. Onun istediği şey elbette çantaydı. Ama Willy köşeyi hızla döner dönmez, ayak seslerinin takırdayarak büyük bir ısrarla kendisini takip ettiğini fark etti. Tanrım, adam paranın peşinde değildi.

Onun peşindeydi.

Merdiven boşluğu az ilerde, patikanın bitimindeydi. Hemen bir kat aşağıda dans salonu vardı. Orada birilerini bulurdu. Güvende olurdu...

Umutsuzca ileri doğru atıldı. Ardından, panik içerisinde kurtuluş yolunun kesildiğini fark etti.

Başka bir adam belirdi. O da patikanın diğer ucunda, gölgeler arasında dikiliyordu. Adamın yüz ifadesini göremedi; görebildiği tek şey yüzünün donuk ışıltısıydı.

Durdu, hızla arkasına döndü. Bunu yapar yapmaz, hemen yanağının yanından ıslık çalarak bir şey geçti ve takırdayarak düştü. Bir bıçak. Hemen eğildi ve bıçağı alıp hemen önünde tuttu.

Bakışları ilk önce önündeki, ardından da arkasındaki adama döndü. Gittikçe yaklaşıyorlardı.

Çığlık attı. Sesi dans müziğine karıştı, binaların arasında yankılandı ve gecenin karanlığında kayboldu. İrkilen yarasalar bir dalga halinde yükseldi. Umutsuzluk içinde, *Sesimi kimseye duyuramaz mıyım?* diye düşündü.

Etrafına çılgınca bir bakış daha attı, oradan kurtulmanın bir yolunu arıyordu. Tam önünde, tırabzanların gerisinde, avluya uzanan dört katlı bir çıkış yolu duruyordu. Hemen arkasında, çakıl taşlarıyla kaplı çatının kare şekilli geniş alanına gömülmüş devasa bir klima havalandırma menfezi vardı. Paslanmış kafesinin arkasında, büyük vantilatör kanatlarının bir uçağın pervanesi gibi döndüğünü gördü. Sıcak havanın gücü o kadar büyüktü ki eteği dalgalandı.

Adamlar öldürmek için iyice yaklaştılar.

ALTINCI BÖLÜM

Başka seçeneği yoktu. Tırabzanların üzerine tırmanıp ızgaraya atladı. Kafes ağırlığı altında bel verdi ve ölümcül pervane kanatlarına kalbini durduracak derecede yaklaşmasına sebep oldu. Paslı bir parça, fana doğru kopup düştü; metalden yükselen çatırtı sağır ediciydi.

Izgara üzerinde santim santim ilerledi, çatının güvenli bir bölgesine geçmeye çalışıyordu. Sadece birkaç adım daha atması yeterli olacaktı; ancak sanki gerilmiş bir ip üzerinde yürümeye çalışıyor gibiydi. Sonunda ızgaradan yana doğru adım attığında, bacakları delicesine titriyordu. Burası çıkmazdı; hemen arkasında dik bir yamaç uzanıyordu. Ve onu katillerden ayıran tek şey ufalanan geniş bir ızgaraydı.

İki adam hayal kırıklığıyla etraflarına bakındı, ona ulaşmanın güvenli bir yolunu arıyorlardı. Takip edebilecekleri başka yol yoktu; hava menfezinin karşısına geçmek zorundaydılar. Ancak ızgara onun ağırlığını bile zar zor taşımıştı, bu adamlar ondan çok daha ağırdı. Willy pervane kanatlarının ölümcül dönüşüne baktı. *Bu riski almayacaklardır,* diye düşündü.

Ama gözlerine inanamıyordu, adamlardan biri tırabzanın üzerine tırmandı ve kendini havalandırma boşluğuna doğru bıraktı. Izgara bel verdi ama hâlâ sağlamdı. Adam pervane kanatlarının üzerinden ona doğru ilerlemeye başladı, Willy adamın gözlerinde sadece işini yapmaya gelen birinin o ifadesiz bakışlarını yakaladı.

Kapana kısıldım, diye düşündü. *Ulu Tanrım, kapana kısıldım!*

Tekrar çığlık attı ancak dehşet yüklü sesi yine vantilatörün gümbürtüsü arasında yok oldu.

Adam yolun yarısına gelmişti, bıçak elindeydi. Willy de kendi bıçağını kaptı ve çatının kenarına doğru geriledi. İki seçeneği vardı; ya dört kat yukardan aşağıdaki kaldırıma atlayacaktı ya da deneyimli bir katille göğüs göğüse çarpışacaktı. İki ihtimal de ona aynı derecede umutsuz göründü.

Çömeldi, bıçağı tutan eli titriyordu, kesecekti, biçecekti; hayatta kalmak için her şeyi yapacaktı. Adam bir adım daha attı. Pervaneye daha da yaklaştı.

Ardından bir silah sesi geceyi delip geçti.

Katil göbeğini tutup kanlı eline bakarken, yüzü şaşkınlık ifadesine bürünen adamı hayretler içerisinde seyretti. Ardından ipleri kesilen bir kukla gibi adam olduğu yere çöküverdi. Bedeninin ağırlığı zayıflayan ızgaraya düşerken, Willy gözlerini kapattı ve korkuyla iki büklüm oldu.

Cesedin aşağı düştüğünü görmedi. Ancak metalin çıkarttığı tiz sesi işitti, pervane kanatlarının çılgınca titreyişini hissetti. Dizlerinin üzerine düştü, aşağıdaki karanlığa doğru öğürdü.

Kasılma dalgaları sonlandığında kendini zorlayarak başını kaldırdı.

Diğer saldırgan yok olmuştu.

Avlunun karşısında, patikada bir şey ışıldadı. Bu indirilen bir silah namlusuydu. Tırabzanların üzerinden ona küçük bir surat baktı. Çocuğun neden orada olduğunu, neden onun hayatını kurtardığını anlamaya çabaladı. Tökezleyip ayağa kalkarak, "Oliver?" diye fısıldadı.

Oğlan sadece parmağını dudağına yasladı. Ardından, bir hayalet gibi karanlıkların arasında kayboldu.

Sersemlemiş bir halde, çeşitli haykırışlar ve yaklaşan ayak seslerini işitti.

"Willy! İyi misin?"

Willy döndü ve Guy'ı gördü. Sesindeki paniği işitti.

"Sakın kımıldama! Gelip seni alacağım."

Willy, "Hayır!" diye haykırdı. "Izgara... kırıldı..."

Bir an için Guy dönen kanatları inceledi. Ardından, etrafına bakınarak, kırık bir pencerenin altına yaslanmış işçi merdivenini fark etti. Merdiveni tırabzanlara doğru sürükledi, kaldırdı ve kırık ızgaranın üzerinden yatay bir şekilde kaydırdı. Ardından tırabzana tırmandı, kendini yavaşça diğer tarafa bıraktı, büyük bir dikkatle basamaklardan birine bastı ve kolunu Willy'ye uzattı. "Buradayım," dedi. "Sol ayağını merdivene koy ve elimi yakala. Düşmene izin vermeyeceğim, yemin ederim. Hadi tatlım. Sadece elime uzan."

Willy aşağıya, pervane kanatlarına bakamadı. Guy'ın karşısındaki gergin ve terden ışıldayan suratına odaklandı, bir de ona doğru uzanan eline. Daha o dakika, en ufak bir şüphe duymaksızın onun kendisini yakalayacağını biliyordu, hayatı konusunda ona güvenebileceğini de.

Cesaret kazanmak için derin bir nefes aldı, sonra öne doğru bir adım attı, dönen kanatların üstündeydi.

Hemen o dakika Guy'ın eli onunkine kenetlendi. Willy kısa bir an için sendeledi. Guy'ın sağlam eli ona dengesini geri kazandırdı. Yavaşça, sallana sallana, onun dengelediği basamağa doğru atıldı.

Guy, onu kolları arasına çekip genişleyen havalandırma boşluğundan uzaklaştırarak, "Seni yakaladım!" diye bağırdı. Willy'yi tırabzanların üzerinden patikaya savurdu, ardından kendisi de hemen yanına geçti. Onu kollarının arasına çekip güvenceye aldı.

Saçlarının arasına, "Tamam, geçti," diye defalarca mırıldandı. "Her şey geçti..."

Willy, Guy'ın kalbinin nasıl gümbür gümbür attığını, onun kendisi için ne kadar korkup heyecanlandığını ancak o zaman fark etti.

Willy o kadar şiddetli titriyordu ki, zorlukla ayakta duruyordu. Bu önemli değildi. Onu kucaklayan kolların yere düşmesine hiçbir zaman izin vermeyeceğini biliyordu.

Vietnam dilinde sert bir emir işittiklerinde ikisi de gerildi. Etraflarına toplanan insanlar, polisin geçebilmesi için hemen yana çekildiler. Willy kör edici bir ışık suratına odaklanınca gözlerini kıstı. El fenerinin ışığı kaydı ve klima hava girişinin üzerinde donup kaldı. Seyircilerden toplu bir dehşet iniltisi yükseldi.

Willy, Dodge Hamilton'un, "Ulu Tanrım," diye fısıldadığını işitti. "Ortalık kan revan içinde."

Bay Ainh terliyordu. Aynı zamanda aç ve yorgundu, ayrıca acilen tuvalete gitmesi gerekiyordu. Ancak tüm bunların beklemesi gerekecekti. Bunu savaştan öğrenmişti; sabırlı olmak. *Zafer sabredenlere gelir.* Sert sandalyesinde oturmuş önündeki ahşap masaya bakarken, kendi kendine hiç aralıksız bunu tekrarlıyordu.

"Dikkatsizdik yoldaş." Bakanın sesi yumuşaktı, bir fısıltıdan daha güçlü sayılmazdı; ama şu da unutulmamalıydı ki gücün bağırmaya ihtiyacı yoktu.

Ainh başını yavaşça kaldırdı. Karşısında oturan adamın gözleri pürüzsüz, ışıldayan nehir taşlarını andırıyordu. Her ne kadar suratı kırışık, saçları örümcek ağı kadar narin gümüş renkli tutamlarla dolu olsa da, gözleri genç bir adamın gözleriydi; cesur, siyah ve parlak. Ainh adamın bakışlarının kendisini delip geçtiğini hissetti.

Bakan, "Bir Amerikalı turistin ölümü çok utanç verici olurdu," dedi.

Ainh sadece uysal bir kabulle başını sallayabildi.

"Bayan Maitland'ın yaralanmadığından eminsin, değil mi?"

Ainh boğazını temizledi. Tekrar başını salladı.

Bakanın bir dakika evvelki kadar yumuşak çıkan sesi ciddileşti. "Şu Barnard adlı adam, uluslararası bir kazayı önledi, ki bu kendi insanımızın yapmaya muktedir olmadığı bir şey gibi görünüyor."

"Ama dikkatli olmamızı gerektirecek hiçbir şey olmadı, böyle bir şeyin yaşanacağını düşünmemiz için bir neden yoktu."

"Bangkok'taki saldırı... bu bir uyarı değil miydi?"

"Bir hırsızlık girişimi! Raporlarda geçen..."

"Tabii ya, raporlar her zaman doğrudur, öyle değil mi?" Bakanın gülümseyişi beklenmedik biçimde kibardı. "İlk önce Bangkok, sonra bu gece. Bizim şu küçük Amerikalı turistimizin nasıl bir şeye bulaştığını çok merak ediyorum."

"Bu iki saldırı birbirleriyle bağlantılı olmayabilir."

"Her şey birbiriyle bağıntılı yoldaş." Bakan hareketsiz oturuyor, düşünüyordu. "Ya Bay Barnard? O ve Bayan Maitland..." Bakan durakladı,"arasında bir ilişki var mı?"

"Sanırım yok. Kadın ona... şu Amerikan tabiri neydi? *Aşağılık* diye sesleniyor."

Bakan güldü. "Ah. Bay Barnard'ın hanımlarla başı belada demek ki!"

Kapı çalındı. İçeri bir memur girip bakana bir rapor uzattı ve saygılı bir şekilde geri çekildi.

Ainh, "Davaya dair bir gelişme mi oldu?" diye sordu.

Bakan başını kaldırıp ona baktı. "Öyle de denebilir. Ölen adamın kimliğine ilişkin parçaları bir araya getirmeyi başardılar. Görünüşe bakılırsa polis tarafından oldukça iyi tanınıyormuş."

Ainh, "O zaman bu her şeyi açıklıyor!" dedi. "Şu katillerden bazıları birkaç bin dong için her şeyi yaparlar."

"Bu hırsızlık değildi." Bakan raporu Ainh'e uzattı. "Adamın eski rejimle bağlantıları varmış."

Ainh sayfaya göz gezdirdi. "Burada bir kız kuzenden bahsedildiğini görüyorum... fabrika işçisiymiş." Sustu, ardından başını şaşkınlık içinde kaldırdı. "Melez."

Bakan başıyla onayladı. "Şu anda sorguda. Gidip bakalım mı?"

Chantal kamburu çıkmış halde ahşap bir banka oturmuş, kendisini sorgulamakla görevli polise ölümcül bakışlar atıyordu.

"Ben hiçbir şey yapmadım!" diye çıkıştı. "Niye birinin ölmesini isteyeyim ki? Hem de bir Amerikalı kaltağın, öyle dediniz, değil mi? Ne yani, siz benim deli olduğumu mu düşünüyorsunuz? Bütün gece evdeydim! Yukarıda oturan yaşlı adamla konuşun! Ona tüm gece radyo dinleyip dinlemediğimi, ona, o yaşlı kuş beyinliye, neden tepemde tepinip durduğunu sorun! Size *onunla* ilgili hikâyeler anlatabilirim."

Polis, "Yaşlı bir adamı mı suçluyorsun?" dedi. "*Sen* tam bir devrim karşıtısın! Sen ve kuzenin!"

"Ben kuzenimi doğru dürüst tanımam bile."

"Birlikte çalışıyordunuz."

Chantal homurdandı. "Ben fabrikada çalışıyorum. Onunla bir alakam yok."

Polis masaya bir çanta savurdu. İçindekileri çıkarıp Chantal'ın önüne yerleştirdi. "Havyar, şampanya, kaz ciğeri. Bunları dolabında bulduk. Bir fabrika işçisi nasıl oluyor da bunları alabiliyor?"

Chantal'ın dudakları gerildi ama hiçbir şey söylemedi.

Polis gülümsedi. Muhafıza işaret etti ve tamamen sessizliğe bürünen Chantal odadan çıkartıldı.

Ardından polis saygılı bir şekilde, Ainh'le birlikte gelişmeleri seyreden bakana döndü. "Sizin de gördüğünüz üzere, Bakan Tranh, bu kadın bizimle işbirliği yapmak niyetinde değil. Ama bize biraz zaman tanıyın. Düşünüp muhakkak bir yolunu..."

Bakan, "Bırakın kadını gitsin," dedi.

Polis şaşırmış görünüyordu. "Sizi temin ederim ki onu konuşturabiliriz."

Bakan Tranh gülümsedi. "Bilgi edinmenin başka yolları da vardır. Onu serbest bırakın, ardından da sineğin bal çömleğine gidişini seyredin."

Polis başını iki yana sallayarak dışarı çıktı. Elbette kendisine emredileni uygulayacaktı. Bakan Tranh bu tür konularda çok daha deneyimliydi ne de olsa. Eski tilki yeteneklerini savaş casusluğuyla geçirilen yıllar içerisinde bilememiş miydi?

Bakan uzun süre oturup düşündü. Ardından şampanya şişesini alıp etiketine baktı. "Ah. Taittinger." İç çekti. "Paris' teki günlerimde favorimdi." Nazikçe şişeyi yerine bıraktı ve Ainh'e baktı. "Bayan Maitland'ın tehlikeli bir şeylere bulaştığı hissiyatındayım. Belki de çok fazla soru soruyor, eskinin ejderhalarını uyandırıyordur."

"Yani babası mı demek istiyorsunuz?" Ainh başını iki yana salladı. "Bu çok eski bir ejderha."

Bakan buna çok yumuşak bir ses tonuyla, "Ama belki de savaşı kaybetmemiş bir ejderhadır," dedi.

Büyük bir hamamböceği masanın karşısına geçti. Muhafızlardan teki elindeki gazeteyi böceğe indirdi, cesedini yere iteledi ve sakin bir şekilde yazmaya devam etti. Tepesinde dönüp duran tavandaki pervane masadaki kâğıtları titretiyordu.

Sorumlu memur, "Tekrar soruyorum, Bayan Maitland," dedi. "Bana olanları anlatın."

"Size her şeyi anlattım."

"Bence bir şeyi unuttunuz."

"Hiçbir şeyi unutmadım. Her şeyi anlattım."

"Evet, unuttunuz. Orada silahlı bir adam vardı."

"Ben silahlı adam falan görmedim."

"Tanıklarımız var. Silah sesi duyduklarını söylediler. Silahı kim ateşledi?"

"Söyledim size, ben kimseyi görmedim. Izgara kırıldı –

ve düştü."

"Neden yalan söylüyorsunuz?"

Willy'nin çenesi yukarı kalktı. "Neden yalan söylediğimde ısrar ediyorsunuz?"

"Çünkü ikimiz de böyle olduğunu biliyoruz."

Guy, "Onun yakasını bırakın!" diyerek araya girdi. "Size bildiği her şeyi anlattı."

Memur döndü, Guy'a baktı."Lütfen sessiz kalabilir misiniz, Bay Barnard."

"Peki, siz de şu Gestapo tavrınızdan vazgeçer misiniz? Onu iki saattir sorguluyorsunuz. Yorulduğunu görmüyor musunuz?"

"Belki de sizin buradan ayrılma zamanınız gelmiştir."

Guy geri adım atmaya niyetli değildi. "O bir Amerikalı. Onu süresiz olarak burada tutamazsınız!"

Memur Willy'ye, ardından da Guy'a baktı. Kayıtsızca omuz silkti. "Kendisi serbest bırakılacak."

"Ne zaman?"

"Doğruyu söylediği zaman." Adam dönüp dışarı çıktı.

Guy, "Sık dişini," diye homurdandı. "Seni mutlaka çıkartacağız." Memurun ardından diğer odaya geçti, kapıyı arkasından çarpıp kapattı.

On dakika boyunca tartıştılar. Willy bağrıştıklarını işitebiliyordu. En azından Guy'ın hâlâ bağırmaya gücü vardı; o ise başını havada tutmakta dahi zorlanıyordu.

Sonunda geri döndüğünde, nefret dolu bakışlarından Guy'ın hiçbir yere varamadığını anladı. Bitkin bir şekilde

Willy'nin yanına, banka oturdu ve gözlerini ovaladı.

Willy, "Benden ne istiyorlar?" diye sordu. "Neden beni kendi halime bırakmıyorlar?"

"Bir şey beklediklerı hissine kapıldım. Bir tür onay..."

"Kimin onayı?"

"Biliyorsam ne olayım."

Masaya rulo yapılmış bir gazete indirildi. Willy kafasını kaldırdı ve muhafızın başka bir hamamböceği ölüsünü daha yere attığını gördü. Ürperdi.

Gece yarısı olmuştu.

Saat sabahın birinde Bay Ainh belirdi, eski bir çarşaf kadar solgun görünüyordu. Willy kımıldayamayacak kadar uyuşmuştu. Sadece orada öylece oturdu, Guy'ın omzuna yaslanmıştı, iki adamın konuşmalarını dinledi.

Ainh, pişmanlık dolu bir tavırla, "Verdiğimiz rahatsızlıktan dolayı çok özür dileriz," dedi. "Ama şunu anlamalısınız ki..."

Guy, "*Uygunsuzluk mu?*" diye bağırdı. "Bayan Maitland bu gece neredeyse öldürülüyordu ve tam üç saattir burada tutuluyor. Neler oluyor?"

"Durum... olağandışı. Bir soygun girişimi, bir yabancıya karşı, o kadar. Pekâlâ..." Çaresizce omuz silkti.

Guy inanmaz gözlerle baktı. "Siz bunu bir *soygun* girişimi olarak mı adlandırıyorsunuz?"

"Siz olsanız ne derdiniz?"

"Bir örtbas girişimi."

Ainh sıkıntıyla kıpırdandı. Muhafıza dönerek Vietnamca birkaç kelime söyledi. Ardından Willy'yi nazikçe selamladı. "Polis gitmekte serbest olduğunuzu söylüyor, Bayan Maitland. Vietnam Hükümeti adına, yaşadığınız bu talihsiz olaydan dolayı özür dilerim. Olan bitenler, Amerikan halkına olan büyük saygımızı ve sıcak duygularımızı hiçbir şekilde yansıtmamaktadır. Umarız ki bu ziyaretinizin geri kalan kısmını mahvetmeyecektir."

Guy gülmekten kendisini alamadı. "Neden etsin ki? Sadece küçük bir cinayet girişimiydi."

Ainh hızla, "Sabah olunca," diye devam etti, "turunuza devam etmekte serbestsiniz."

Guy, "Hangi kısıtlamalar altında?" diye sordu.

"Kısıtlama falan yok." Ainh boğazını temizledi ve gülümsemek için küçük bir girişimde bulundu. "Sizin hükümet propagandanızın tam aksine, Bay Barnard, bizler mantıklı insanlarız. Saklayacak hiçbir şeyimiz yok."

Guy, "Ya da öyle görünüyor," diye ifadesiz bir ses tonuyla karşılık verdi.

"Anlamıyorum. İlk başta senin suyunu çıkarttılar, ardından ülkenin anahtarını eline verdiler. Bu bana hiç de mantıklı gelmiyor."

Willy taksinin camından dışarı, akıp giden Saygon sokaklarına baktı. Orada burada, karanlıkların arasından bir sokak lambası ışıldıyordu. Bir erişte satıcısı kaldırımda üzerinden buharlar tüten arabasının hemen yanına kıvrılmıştı. Açık bir kapı girişinde, boncuklu bir perde titredi. Arkasındaki loş odada uyuyan çocuklar seçilebiliyordu, hepsi de küçük birer kedi yavrusu gibi yataklarına kıvrılmışlardı.

Willy, "Hiçbir şey mantıklı gelmiyor," diye fısıldadı. "Bu ülke, insanlar, olan biten onca şey..."

Titriyordu. O gece yaşananların dehşeti, bitkinliğin sersemletici etkisiyle birdenbire patlamıştı. Willy'nin omuzlarına büyülü bir şekilde dolanan Guy'ın kolu bile, gecenin adlandırılmamış dehşetinden uzak kalmasını sağlayamamıştı.

Willy'yi göğsüne doğru bastırdı, Guy'ın o rahatlatıcı kokusunu içine çekip kalbinin yavaş ve sabit atışını işitince titremesi sonunda durdu. Guy sürekli olarak, "Her şey yolunda, Willy. Sana bir şey olmasına izin vermeyeceğim," diye fısıldıyordu. Guy'ın, alnına nazik bir yağmur gibi konan öpücüğünü hissetti.

Şoför otelin önünde durdu. Guy şimdi onu tatlı dille ikna edip arabadan dışarı çıkartmak, lobinin kâbusu andıran parıltısı arasından geçirmek zorundaydı. Asansörde dikilirken Willy'ye destek olan oydu. Gölgeli patika boyunca onu yönlendiren, artık uğursuz derecede sessiz olan havalandırma boşluğunun önünden iteleyen de onun koluydu. Gece yanında kalmasını isteyip istemediğini bile sormadı; sadece odasının kapısını açtı, onu içeri aldı ve yatağına oturttu. Ardından kapıyı kilitleyip hemen önüne bir sandalye çekti.

Banyoda, lifi ılık suya bandırdı. Ardından geri döndü, Willy'nin yanına oturdu ve kirli suratını nazikçe sildi. Yanakları solgundu. Guy onu öpmeyi, bedenine bir hayat ifadesi üflemeyi delicesine istedi. Willy'nin karşı koymayacağını biliyordu; buna gücü yoktu. Ama bu doğru olmazdı. Ayrıca o da bu şartlar altında ondan faydalanacak türden bir adam değildi.

Saçını geriye doğru iteleyerek, "İşte," diye mırıldandı. "Böylesi çok daha iyi."

Willy kıpırdandı ve başını kaldırarak ona iri, şaşkın gözlerle baktı. "Teşekkürler," diye fısıldadı.

"Ne için?"

"Burada..." Willy sustu, doğru kelimeleri bulmaya çalışıyordu. "Burada olduğun için."

Guy onun yüzüne dokundu. "Tüm gece boyunca burada olacağım. Seni yalnız bırakmayacağım. Tabii, eğer istediğin buysa."

Willy başını sallayarak onayladı. Onu bu kadar yorgun, bu kadar yenik bir halde görmek Guy'ı incitti. *Beni anlamaya başladı,* diye düşündü. *Bunun olmasına gerek yoktu. Beklediğim şey bu değildi.*

Willy'nin ağlamamak için direndiğini görebiliyordu. Kolunu omzuna doladı.

Yumuşak saçlarının arasından, "Güvende olacaksın Willy," diye fısıldadı. "Sabah evine döneceksin. Seni o uçağa bizzat bağlamam gerekse bile, evine geri döneceksin."

Willy başını salladı. "Yapamam."

"Yapamam da ne demek?"

"Babam..."

"Onu unut. Buna değmez."

"Söz verdim..."

"Annene sadece bir yanıt için söz verdin, bir ceset için

değil. Mühürlenmiş ve onaylanmış resmi bir rapor için değil. Sadece basit bir yanıt için. Şimdi git, ona yanıtını ver. Babanın öldüğünü söyle, ona yaşlı adamın uçak kazasında vefat ettiğini bildir, ki bu büyük olasılıkla da doğru."

"Anneme yalan söyleyemem."

"Söylemelisin." Onu omuzlarından yakaladı ve kendine bakmaya zorladı. "Willy, biri seni öldürmeye çalışıyor. Bunu iki kez ellerine yüzlerine bulaştırdılar. Peki üçüncüde ne olacak? Dördüncüde?"

Willy başını iki yana salladı. "Ben öldürülmeye değer biri değilim. Hiçbir şey bilmiyorum!"

"Belki de konu senin bildiğin şey değil, aradığın şeydir."

Willy burnunu çekerek ona şaşkınlık içinde baktı. "Babamın öldüğünü mü? Ya da hayatta olduğunu, öyle mi? Bu kimin için ne *fark ettirir* ki?"

Guy iç çekti, bu kahredici bir bitkinliğin sesiydi. "Bilmiyorum. Oliver'la konuşabilsek, kimin için çalıştığını öğrenebilsek..."

"O sadece bir çocuk!"

"Açıkça görülüyor ki değil. On altı, on yedi yaşlarında olabilir. Ajan olabilecek kadar büyük."

"Vietnamlılar adına çalışan bir ajan mı?"

"Hayır. Eğer onlardan biri olsaydı neden ortadan kaybolsun ki? Neden polis onun yüzünden seni zorlayıp dursun?"

Willy yatağa kıvrıldı, kafası iyice karışmıştı. "O benim hayatımı kurtardı ve ben bunun sebebini bile bilmiyorum."

İşte, yine o tehlikenin eşiğinde olma hissi gözlerinde ışıldamıştı. O Vahşi Bill Maitland'ın kızı olabilirdi ama aynı zamanda bir kadındı ve Guy önlerindeki soruna odaklanmakta zorlanıyordu. Neden biri onu öldürmeye çalışıyordu?

Guy düşünemeyecek kadar yorgundu. Saat geç olmuştu, Willy çok yakınındaydı ve yatak da oradaydı, öylece bekliyordu.

Uzandı ve Willy'nin yüzünü nazikçe okşadı. Willy sanki olacakları anında hissetmiş gibiydi. Her ne kadar tüm bedeni gergin olsa da direnmedi. Dudakları buluşur buluşmaz Guy, Wily'nin aniden irkildiğini hissetti, kendisi de aynı şeyi hissetmişti; sanki ikisi birden muhteşem bir yıldırımla çarpılmış gibiydi. *Bunu sen de benim kadar istedin...*

Willy'nin, "Hayır," diye mırıldandığını işitti ama öyle demek istemediğinin farkındaydı, ta ki durmaması durumunda gerçekten istemediği bir şey yapacağını anlayana kadar oWilly'yi öpmeye devam etti.

Ani bir vazgeçişle, *Ah, evet yapmak istiyorum,* diye düşündü. *Onu diğer herhangi bir kadını istemediğim kadar çok istiyorum.*

Willy elini onun çenesine yasladı ve bir kez daha "Hayır," diye mırıldandı, bu seferki ilkinden de hafifti. Eğer gözlerindeki bakış olmasaydı Guy bunu da duymazdan gelirdi. Willy'nin gözleri fal taşı gibi açık, kafası karışıktı, korku ve tükenmişlikten dolayı uçurumun kenarına gelen bir kadının gözleriydi bu. Onu bu şekilde elde etmek istemiyordu. Her ne kadar şu haldeyken bile çıldırtıcı olsa da, o canlı, nefes alıp veren, *gerçek* Willy Maitland'ı kolları arasına almak istiyordu.

Willy'yi bıraktı. Bir süre hiç konuşmaksızın, sadece birbirlerine sessiz bir şaşkınlıkla bakarak yatakta oturdular.

Willy, hafif sesle, "Neden... neden böyle bir şey yaptın?" diye sordu.

"Öpülmeye ihtiyacın varmış gibi görünüyordun."

"Senin tarafından değil."

"O zaman herhangi birinden diyelim. Öpülmeyeli çok oldu, öyle değil mi?"

Willy yanıtlamadı. Guy tahmininin doğru olduğunu anladı. Bakışları o mükemmel küçük ağza doğru bir an için kayarken, *Lanet olsun, ne kadar da büyük bir israf,* diye düşündü. Sanki ilgilenmiyormuşçasına bir kahkaha atmayı başardı. "Ben de öyle düşünmüştüm."

Willy onun sırıtan suratına baktı ve *Bu kadar açık mı?* diye merak etti. Uzun süredir öpülmemek bir yana, *Hiç bu şekilde* öpülmemişti. Guy bunun nasıl yapılacağını kesinlikle biliyordu; büyük olasılıkla yıllardır pratik yapmıştı. Anlamsız bir şekilde, bu işi diğerlerine kıyasla nasıl yaptığını düşünürken, kendisinden evvel öptüğü kadınların tümünden nefret ederken ve hatta ondan sonra öpeceği kadınlardan çok daha fazla nefret ederken buldu kendini.

Sırtı ona dönük şekilde uzandı. "Beni rahat bırak!" diye haykırdı. "Bununla uğraşamayacağım! Seninle uğraşamayacağım. Yorgunum, sadece uyumak istiyorum."

Guy hiçbir şey söylemedi. Willy onun saçlarını düzelttiğini hissetti. Bu parmaklarının başına dokunuşundan öte bir şey değildi ama bir şekilde, bu tek bir dokunuş ona Guy' ın çekip gitmeyeceğini, tüm gece boyunca orada olacağını, onu gözeteceğini söylüyordu. Guy yataktan kalktı ve lambayı söndürdü. Willy karanlıkta hareketsiz yattı, onun odada dolaşmasını dinledi. Pencereleri kontrol ettiğini, ardından kapıyı yokladığını, kapıya yasladığı sandalyenin sağlamlığını test ettiğini işitti. Ardından, görünüşe bakılırsa tatmin olmuş bir halde, banyoya girdi. Willy su sesini işitti.

Yatağa geri dönüp yanına uzandığında hâlâ uyanıktı. Willy onun kendisini bir daha öpeceğinden korkarak ve bunu yapmasını umutsuzca dileyerek yattı.

"Guy?" diye fısıldadı.

"Evet?"

"Korkuyorum."

Guy karanlıkta ona doğru uzandı. Willy büyük bir istekle onun kendisini çıplak göğsüne doğru çekmesine izin verdi. Guy sabun ve güven kokuyordu. Evet, işte buydu. Güven.

"Korkman normal," diye fısıldadı. "Vahşi Bill Maitland'ın kızı olsan bile."

Willy, onun kolları arasında, Sanki başka seçeneğim var da, diye düşündü. İşin üzücü tarafı şuydu ki, o hiçbir zaman bir efsanenin kızı olmak istememişti. Onun Vahşi Bill'den istediği şey yiğitlik, cesaret veya kahramanlık değildi.

İstediği şey, hepsinin ötesinde bir babaydı.

Siang pis kokulu bir çamur gölcüğüne hareketsizce çömeldi ve Chantal'ın binasının önünden uzanan yola baktı. İki saat geçmişti ve adam hâlâ orada, kaldırımın kenarındaydı. Siang onun karanlıkta iki büklüm olmuş belli belirsiz siluetini görebiliyordu. Hiç şüphesiz bir polis ajanıydı ve işinde de iyi değildi. Gecenin içinden yankılanıp gelen bir horultu muydu? Siang, *evet*, diye düşündü, *kesinlikle bir horultu.* Gizli izlemenin her zaman işin monotonluğuna en zor dayanan kişiye verilmesi ne kadar da iyiydi.

Siang harekete geçmeye karar verdi.

Bıçağını çekti. Sessizce dar sokağa yaklaştı ve daireler çizip sokak lambası dizini boyunca bir gölgeden diğerine hızlıca kayarak ilerledi. Hedefe beş metre kadar kalmıştı ki, adamın horultusu titreyip kesilince olduğu yerde donup kaldı. Gölge başını kaldırdı, uykudan uyandı.

Siang yaklaştı, adamı saçlarından yakaladı ve boğazını kesti.

Çığlık işitilmedi, sadece bir hırıltı yükseldi ve ardından adamın ciğerlerindeki son nefes tıslayarak çıktı. Siang cesedi binanın arkasına doğru sürükledi ve drenaj çukuruna yuvarladı. Sonra açık bir pencereden Chantal'ın dairesine daldı.

Kadını uyur halde buldu. Elini ağzına kapatınca Chantal yerinden fırladı.

Parmaklarının arasından, "Sen!" diye inledi. "Lanet olsun, başımı derde soktun!"

"Polise ne anlattın?"

Zorla elini ağzından çekti. "Hiçbir şey anlatmadım!"

"Yalan söylüyorsun!"

"Sen beni salak mı sandın? Onlara CIA'den arkadaşlarım olduğunu anlatacağımı mı düşünüyorsun?"

Siang onu bıraktı. Chantal doğrulup otururken, memesinin ipeksi sıcaklığı koluna sürtündü. Ani bir arzu dalgasıyla, *Demek yaşlı fahişe hâlâ çıplak uyuyor,* diye düşündü.

Chantal yataktan kalktı ve üzerine bir bornoz geçirdi.

Siang, "Işıkları yakma," dedi.

"Dışarıda bir adam vardı, bir polis. Ona ne yaptın?"

"İcabına baktım."

"Ya ceset?"

"Arkadaki hendekte."

"Aferin sana Siang. Çok güzel. Şimdi bunun için de beni suçlayacaklar." Bir kibrit çakıp sigarasını yaktı. Alevin kısa süreli aydınlığında, Chantal'ın suratının siyah saçlarla çerçevelendiğini gördü. Alacakaranlıkta Chantal hâlâ cazip, genç, yumuşak ve çekici duruyordu.

Kibrit söndü. Siang, "Karakolda ne oldu?" diye sordu.

Chantal nefesini yavaş yavaş bıraktı. Kibritin dumanı karanlığa dağıldı. "Bana kuzenimi sordular. Öldüğünü söylüyorlar, doğru mu?"

"Benim hakkımda ne biliyorlar?"

"Winn gerçekten öldü mü?"

Siang sustu. "Yapılabilecek bir şey yoktu."

Chantal güldü. İlk başta hafifçe, ardından çılgınca bir teslimiyetle. "Bunu o *kadın* yaptı, öyle değil mi? Şu Amerikalı kaltak? Bir kadının bile icabına bakamadın? Ah, Siang, formunu gittikçe kaybediyor olmalısın!"

Siang ona vurmak istedi ancak kendini engelledi. Chantal haklıydı, kötüye gidiyor olmalıydı.

Chantal odayı arşınlamaya başladı, hareketleri karanlıkta bir kedininkinden farksızdı. "Polis bu konuyla ilgileniyor. Çok ilgileniyor. Ve orada diğerlerini gördüm –sanırım parti üyeleriydi– sorgulamayı izliyorlardı. Beni nasıl bir şeyin içine sürükledin, Siang?"

Adam omuz silkti. "Bana sigara ver."

Chantal öfkeyle ona döndü. "Kendi sigaranı kendin al! *Sana* harcayacak param olduğunu mu sanıyorsun?"

"Paranı alacaksın, hem de istediğin kadar."

"Ne kadar istediğimi bilmiyorsun."

"Hâlâ bir silaha ihtiyacım var. Bana bir tane bulacağını söylemiştin. Artı, en az yirmi mermi."

Chantal sertçe nefesini verdi. "Mühimmat bulmak çok zor."

"Daha fazla bekleyemem. Bunun..."

Kapı gıcırdayarak açılırken ikisi de oldukları yerde donup kaldı. Siang hemen bıçağına uzanarak, *Polis,* diye düşündü.

Karanlıklar arasından bir ses, "Çok haklısınız, Bay Siang," dedi, mükemmel bir İngilizceyle. "Bu yapılmalı. Ama henüz değil."

Davetsiz misafir yavaşça odaya girdi, bir kibrit çaktı ve masadaki gaz lambasını sakin bir tavırla yaktı.

Chantal'ın gözleri şaşkınlıktan fal taşı gibi açılmıştı. Ve korkudan. "Bu sensin," diye fısıldadı. "Geri geldin..."

Davetsiz misafir gülümsedi. Masaya bir tabanca ve bir kutu da 38 kalibrelik mermi bıraktı. Sonra Siang'a baktı.

"Planlarda küçük bir değişiklik oldu."

YEDİNCİ BÖLÜM

Willy uçuyordu. Yüksekte, bulutların üstünde, gökyüzünün aşırı soğuk ve açık olduğu bir yerdeydi, uçağı billur bir denizde yüzüyor gibiydi. Kanatların havayı, ipekten geçen bıçaklar gibi kestiğini işitebiliyordu. Biri, "Daha yukarı bebeğim," dedi. "Yıldızlara ulaşmak istiyorsan daha da yükselmelisin."

Willy döndü. Bu, yardımcı pilot koltuğunda oturan babasıydı, etrafında dumanlar dans ediyordu. Willy' nin her zaman anımsadığı gibiydi, şapkası kaygısız bir açıyla eğilmişti, gözleri ışıl ışıldı; tıpkı onu sevdiği günlerde baktığı gibi. Dünyanın en büyük, en cesur babası olduğu günlerdeki gibi.

Willy, "Ama daha yukarılara tırmanmak istemiyorum," dedi.

"Evet, istiyorsun. Yıldızlara erişmek istiyorsun."

"Korkuyorum baba. Sakın beni..."

Babası manevra kolunu kapıp uçağı yukarı yönlendirdi; yukarı, yukarı, gökyüzünün mavi kubbesine doğru. Sürekli olarak, "İşte aynen böyle. Evet bebeğim, işte aynen böyle," deyip duruyordu. Sadece sesi değişmişti. Yardımcı pilot koltuğunda oturanın artık babası olmadığını fark etti; ikisini birden kayıtsızlığa sürükleyen bu kişi Guy Barnard'dı. "Bizi yıldızlara çıkartacağım!"

Sonra babası geri döndü, manevra kolunu neşeyle ve sıkıca tutuyordu. Willy uçağın tırmanışını engellemeyi denedi ancak manevra kolu elleri arasında kırıldı.

Gökyüzü tepetaklak oldu, sonra düzeldi. Yardımcı pilot koltuğuna baktı. Orada Guy oturuyordu, gülüyordu. Daha da yükseldiler. Babası güldü.

Willy, "*Sen* kimsin?" diye bağırdı.

Kimliksiz adam gülümsedi. "Beni tanımıyor musun?"

Willy uyandı, hâlâ umutsuzca manevra kolunu arıyordu.

Ses, "Benim," dedi.

Willy çılgınca başını kaldırdı. "Baba!"

Tepeden ona bakan adam gülümsedi, bu hoş bir gülümseyişti. "Pek sayılmaz."

Willy gözlerini kırpıştırdı, Guy'ın suratına, karman çorman saçlarına, tıraş olmamış çenesine odaklandı. Adamın çıplak omuzları terden parlıyor, arkasındaki perdelerin arasından gün ışığı süzülüyordu.

"Kâbus mu gördüm?" diye sordu.

Willy homurdanarak doğrulup oturdu ve karman çorman saçlarını arkaya attı. "Genelde görmem, yani kâbus."

"Dün geceden sonra görmeseydin şaşardım zaten."

Dün gece. Willy başını önüne eğerek baktı. Kan lekeli elbisenin hâlâ üzerinde olduğunu fark etti; nemliydi ve sırtına yapışmıştı.

Guy, sessiz klimaya bir tokat indirerek, "Elektrikler gitti," dedi. Pencereye doğru ilerledi ve perdeyi ardına kadar açtı. İçeri güneş ışığı doldu, o kadar keskindi ki Willy'nin gözleri ağrıdı. "Yakıcı bir gün olacak."

"Daha şimdiden öyle."

"Kendini iyi hissediyor musun?" Guy pencerenin önünde hareketsiz dikildi, kemersiz pantolonu kalçalarından aşağı kaymıştı. Willy yara izini bir kez daha gördü, bel hizasının arkasına girip kaybolmadan evvel vücudunu baştan sona ikiye yardığını fark etti.

Willy, "Çok terledim," dedi. "Ve kirliyim. Büyük olasılıkla güzel kokmuyorumdur."

"Fark etmedim." Guy durakladı ve pişman bir tavırla, "Büyük olasılıkla senden daha kötü koktuğum içindir," diye ekledi.

Güldüler, birinin kapıyı çalışıyla yarıda kesilen kısa, kaygılı bir gülüştü. Guy, "Kim o?" diye seslendi.

"Bay Barnard? Saat sekiz. Araba hazır."

Guy, "Şoförüm," deyip kapının sürgüsünü çekti.

Dışarıda gülümseyen Vietnamlı bir adam dikiliyordu. "Günaydın! Cantho'ya gitmeyi hâlâ istiyor musunuz?"

Guy, özel konuşabilmek için ihtiyatlı bir tavırla dışarı çıkarak, "Hiç sanmıyorum," dedi. Willy onun, "Bu akşam

Bayan Maitland'ı havaalanına götürmek istiyorum. Belki birlikte..." diye mırıldandığını işitti.

Cantho. Willy yatağın kenarına oturdu, sohbetten yankılanan vızırtıları dinliyor, bu ismin neden bu kadar önemli olduğunu hatırlamaya çalışıyordu. Ah, evet. Orada bir adam vardı, konuşması gereken bir adam. Soruları cevaplayabilecek bir adam. Pencereden gelen ışığın karşısında gözlerini kapattı; rüya, babasının sırıtan suratı, ölüme mahkûm uçağın mide bulandıran tırmanışı tekrar geri döndü. Evde, ölüm döşeğinde yatan annesini düşündü. Annesinin kendisine, "Emin misin Willy? Onun öldüğünden emin misin?" diye sorduğunu işitti. Ona başka bir yalan söylemişti. Kendinden, korkaklığından, hiçbir zaman babasının ismine uygun yaşayamayacağı gerçeğinden nefret etmişti. Ya da onun cesaretine.

Guy şoföre, "Bu yüzden otelden uzaklaşma," dedi. "Uçağı saat dörtte kalkacak, dolayısıyla buradan..."

Willy, "Ben Cantho'ya gidiyorum," dedi.

Guy dönüp ona baktı. "Ne?"

"Cantho'ya gidiyorum dedim. Beni oraya götüreceğini söylemiştin."

Guy başını olumsuz manada salladı. "İşler değişti."

"Hiçbir şey değişmedi."

"Şartlar değişti."

"Ama sorular duruyor. Hiçbiri yok olmadı. Olmayacaklar da."

Guy şoföre döndü. "Hanımefendiyle mantıklı bir konuşma yapmam için..."

Willy çoktan ayağa fırlamıştı. "Rahatsız olma. Benimle mantıklı bir şekilde konuşamazsın." Banyoya girip kapıyı kapattı. "Ben Vahşi Bill Maitland'ın kızıyım, hatırladın mı?" diye haykırdı.

Şoför anlayışlı bir şekilde Guy'a baktı. "Gidip arabayı getireyim."

Saygon'dan çıkış yolu kamyonet doluydu, çoğu eskiydi ve egzozlarından siyah dumanlar çıkıyordu. Arabalarının açık pencerelerinden içeri duman ve çürük meyve kokuları süzüldü. Irgatlar yol boyunca yorgun argın yürüyordu, başlarındaki komik şapkalar çeltik tarlalarının parlak yeşilliği karşısında komik bir görüntü oluşturuyordu.

Beş saat ve iki vapur iskelesi geçidinin ardından, Guy ve Willy bir Cantho dalgakıranında dikilmiş, bot kalabalığının çamurlu Mekong'u kayarak geçişlerini seyrediyorlardı. Nehir kadınları kürek çekerken eğilip kalkıyorlardı; bu küreklerin garip ve latif bir dansıydı. Nehir kıyısında, büyük bir pazar şehrinin gürültüsü ve kargaşası dönüp durmaktaydı. Örgülü saçları güneşin altında ışıldayan okul öğrencisi kızlar, bisikletlerle yanlarından geçti. Hamallar düz nehir kayıklarına pirinç çuvalları, kavun ve ananas sandıkları yükledi.

Willy kaostan bitkin bir halde neşesizce, "Onu nasıl bulacağız?" diye sordu.

Guy'ın verdiği yanıt insanda pek güven uyandırmıyordu. Sadece omzunu silkti ve, "Bu ne kadar zor olabilir ki?"

dedi.

Görünüşe bakılırsa çok zordu. Girişimlerinin hepsi aynı yanıtı beraberinde getirdi. İnsanlar, "Uzun bir adam mı?" diyordu. "Ve sarışın, öyle mi?" Verdikleri yanıt hep olumsuz anlamda bir baş sallama oluyordu.

Sonunda onları bir dizi terzi dükkânına yönlendiren, Guy'ın önsezisi oldu. "Belki de Lassiter artık sarışın değildir," dedi. "Saçını boyuyor olabilir ya da kelleşmiştir. Fakat kesinlikle gizleyemeyeceği tek bir özelliği var; boyu ve bir metre doksan santimlik bir adamın özellikle bu ülkede özel dikim giysilere ihtiyacı var."

Ziyaret ettikleri ilk üç terziden bir şey çıkmadı. Teneke çatılı evlerin dar bir sokağa sıkıştığı dördüncü dükkâna gittikçe güçlenen bir umutsuzlukla girdiler. İçerinin mağarayı andıran karanlığında, yaşlıca bir terzi kadın kamburu çıkmış halde sahte ipek kumaş öbeğinin tepesine oturmuştu. Guy'ın sorularını anlıyor gibi görünmüyordu. Hayal kırıklığı içinde, Guy bir kalem çıkarttı ve müsvedde bir kâğıda Vietnamca birkaç kelime karaladı. Ardından, anlatmaya çalıştığı şeyi tanımlamak için uzun bir adam çizdi.

Kadın gözlerini kısarak resme baktı. Uzun bir süre orada öylece oturdu, parmakları ışıldayan kumaşın etrafında dolanıyordu. Sonra başını kaldırıp Guy'a baktı. Tek bir kelime sarf edilmedi, sadece aralarında o sessiz, kederli bakış paylaşıldı.

Guy anladığını belirtircesine başını salladı. Cebine uzandı, kadının önüne, masaya yirmi dolarlık bir banknot bıraktı. Amerikan doları. Bu kadın için bir servetti.

Sonunda kadın Guy'ın kalemini aldı, meşakkatli bir hassasiyetle yazmaya başladı. Bitirir bitirmez, Guy kâğıdı kaptı ve cebine tıktı. Willy'ye, "Hadi gidelim," diye fısıldadı.

Sokağa çıktıklarında Willy, "Ne dedi?" diye fısıldadı.

Guy yanıtlamadı; sadece adımlarını hızlandırdı. Dar sokağın sessizliğinde, Willy aniden onları izleyen gözlerin farkına vardı, her yerden onları seyrediyorlardı, pencerelerden ve kapı eşiklerinden.

Willy Guy'ın kolunu çekiştirdi. "Guy..."

"Bir adres. Pazarın yakınlarında."

"Lassiter'in mi?"

"Konuşma. Sadece yürü. Takip ediliyoruz."

"Ne?"

Daha dönüp bakamadan Willy'yi kolundan yakaladı. "Hadi ama, kafanı çevirme. Fark etmemiş gibi davran."

Willy gözlerini ileriye odaklamak için çabaladı ancak sinsice izlendiği hissi bedenindeki tüm kasların koşmak için gerilmesine sebep olmuştu. Guy'a bakarak, *Nasıl bu kadar sakin kalabiliyor?* diye düşündü. Aslına bakılırsa ıslık çalmaya başlamıştı, Willy'nin sinirlerini bozan ahenksiz bir şarkıydı. Dar sokağın sonuna vardılar, önlerinde tam bir sokaklar labirenti uzanıyordu. Willy'yi şaşırtan bir tavırla Guy durdu ve köşede sigara satan küçük bir oğlanla neşeli bir sohbete daldı. Gevezelikleri sanki sonsuza kadar sürdü.

Willy, "Sen ne yapıyorsun?" diye çıkıştı. "Buradan çekip gidemez miyiz?"

"Bana güven." Guy bir paket Winston alıp karşılığında

iki Amerikan doları verdi. Oğlanın yüzü sevinçle ışıldadı ve çocuksu bir selam çaktı.

Guy, Willy'nin elini tuttu. "Hazır ol."

"Ne için?"

Kelimeler dudakları arasından henüz dökülmüştü ki, Guy onu aniden çevirdi, köşeyi döndüler ve dar bir sokağa daldılar. Sola doğru keskin bir dönüş yaptılar, sonra sağ, bir dizi teneke çatılı barakanın önünden geçtiler ve açık bir kapıdan içeri daldılar.

İçerisi, etraflarında olan biteni fark edemeyecekleri kadar karanlıktı. Birbirlerine sokuldular, ayak seslerini dinlediler. Uzakta çocukların güldüğünü ve bir arabanın aralıksız olarak korna çaldığını işitebiliyorlardı. Ancak dışarıda, dar yolda sessizlik vardı.

Guy, "Görünüşe bakılırsa çocuk işini yaptı," diye fısıldadı.

"Şu sigara satan çocuğu mu kastediyorsun?"

Guy kapıya doğru yan yan yanaştı ve dışarı baktı. "Boş görünüyor. Hadi gel, çıkalım şuradan."

Dar yola çıktılar ve aynı yoldan geri döndüler. Daha pazaryerini görmeden gürültüsünü işittiler; satıcıların bağırışlarını, domuzların çılgın çığlıklarını. Dış sokaklardan aceleyle ilerleyerek sokak isimlerini taradılar ve sonunda harabe apartmanların arasına sıkışmış dar bir sokağa girdiler. Numaralar zar zor okunuyordu.

Sonunda, soluk yeşil renkli bir binanın önünde durdular. Guy gözlerini kısarak kapının üzerindeki rakama baktı ve başını salladı. "İşte burası." Kapıyı çaldı.

Kapı açıldı. İrisi gözbebeği belli olmayacak kadar koyu renkli bir göz onlara aralıktan baktı. Gördükleri tek şey bir kadın suratıydı, ancak bu anlık görüntü dahi onun ne kadar korktuğunu anlamalarına yetmişti. Guy onunla Vietnamca konuştu. Kadın başını iki yana salladı ve kapıyı kapatmayı denedi. Guy onu durdurmak için elini uzattı ve tekrar konuştu, bu kez adamın adını söyledi. "Sam Lassiter."

Kadın panikleyerek döndü ve bağırarak Vietnamca bir şeyler söyledi.

Evin bir yerlerinde ayak sesleri işitildi, bunu kırılan cam sesi takip etti.

Guy, "Lassiter!" diye haykırdı. Kadını iteleyip içeri girdi, hızla koştu, Willy de peşindeydi. Arka odada, kırık bir pencere buldular. Dar sokakta bir adam deli gibi koşarak uzaklaşıyordu. Guy güçlükle dışarı çıktı, kırık camların üzerine atlayıp firarinin peşine takıldı.

Willy tam pencereden atlayıp peşine takılacaktı ki Vietnamlı kadın ümitsizlik içerisinde onu kolundan yakaladı.

"Lütfen! Canını yakmayın!" diye bağırdı. "Lütfen!"

Willy serbest kalmaya çalışırken parmaklarının kısa bir an için kadınınkilerle temas ettiğini hissetti. Gözleri buluştu. Willy, kolunu nazikçe kadının elinden kurtararak, "Ona zarar vermeyeceğiz," dedi.

Sonra dar yola atladı.

Guy adama yaklaşıyordu. Avının pazaryerine doğru uzun adımlarla koştuğunu görebiliyordu. Bu Lassiter olmalıydı. Her ne kadar saçları düz, kirli kahverengi renkte olsa da, boyunu saklaması imkânsızdı; kalabalığın arasında hemen fark ediliyordu. Pazaryerine daldı ve gölgelerin arasında kayboldu.

Guy, kalabalık arasında ilerlemeye çalışarak, *Lanet olsun,* diye düşündü. *Onu kaybedeceğim.*

Merkezi pazar çadırına girdi. Güneşin parıltısı yerini aniden havasız, sıcak bir kasvete bıraktı. Kör gibi tökezledi, gözleri ışıktaki değişime yavaş yavaş alışıyordu. Sıkışık ara yollardan çıktı, tezgâhlar tepeleme meyve sebze doluydu, bir oyuncak satıcısının arabasında ışıl ışıl fırıldaklar dönüyordu. Uzun bir siluet aniden yana doğru fırladı. Guy hızla döndü ve Lassiter'in ışıldayan tencere yığınının arkasına daldığını gördü.

Ardından koşturdu. Adam zıpladı ve koşmaya başladı. Çanak çömlek etrafa saçıldı, bir düzine büyük zil birbirine çarptı.

Guy'ın avı bir üretim bölümüne atıldı. Guy sola keskin bir dönüş yaptı, bir mango sandığının üzerinden atlayıp paralel yoldan hızla ilerlemeye başladı. "Lassiter!" diye haykırdı. "Konuşmak istiyorum! O kadar, sadece konuşmak!"

Adam sağa saptı, bir meyve tezgâhını sertçe itti ve tökezleyerek yoluna devam etti. Karpuzlar yere düştü, parlak bir et kırmızılığıyla patladı. Guy neredeyse kayıp pislik içerisinde düşüyordu. "Lassiter!" diye bağırdı.

Et bölümüne yöneldiler. Lassiter, umutsuz bir halde Guy'ın yoluna bir kasa ördek iteledi, kuşlar hapishanelerinden kurtulup serbest kalınca havaya tam bir tüy bulutu yükseldi. Guy yana doğru kaçtı, firari bir kazın üzerinden atladı ve koşmaya devam etti. Kasap tezgâhları karşıdaydı, üzerine kalın et dilimleri istiflenmişti. Bir satıcı beton zemini hortumla yıkıyor, kanlı su seli oluğa akıyordu. Lassiter son süratle koşarken aniden kaydı ve sakatat reyonunda dizlerinin üzerine düştü. Tekrar ayağa kalkmayı denedi,i ancak Guy onu gömlek yakasından yakalamıştı.

Guy, iki nefes arasında, "Sadece... sadece konuşmak," diyebildi. "O kadar... konuşmak..."

Lassier çırpındı, kurtulmaya uğraşıyordu.

Guy onu tekrar yere doğru bastırarak, "Bana bir fırsat tanı!" diye haykırdı.

Lassiter omuzlarıyla Guy'ın dizlerine vurup oraya yayılıp kalmasına sebep oldu. Hemen o saniye ayağa fırladı. Ancak tam kaçmak için dönmüştü ki, Guy onu ayak bileğinden yakaladı ve Lassiter öne doğru devrildi, yılanbalıklarının kıpır kıpır oynadığı teknenin içine tepetaklak düştü.

Suda kaygan vücutlar kaynıyordu, panik içerisinde kıvranıyorlardı. Guy adamın kafasını tutup tekneden çıkarttı. İkisi de yığılıp kaldı, beton zeminde soluk soluğalardı.

Lassiter, "Yapma!" diye hıçkırdı. "Lütfen..."

"Söyledim sana, sadece... sadece konuşmak istiyorum..."

"Hiçbir şey söylemeyeceğim! Yemin ettim. Onlara benim yerime sen söyle. Her şeyi unutmuş de..."

"Kime?" Guy adamı omuzlarından yakaladı. "*Onlar* kim? Kimlerden korkuyorsun?"

Lassiter titrek bir nefes aldı ve ona baktı, karar vermiş gibiydi. "Ortaklık'tan."

Willy, "CIA senin ölmeni neden istiyor?" diye sordu.

Eski bir nehir mavnasının güvertesinde, ahşap bir masada oturuyorlardı. Lassiter bu yüzen lokantaya tarafsız bölge demişti. Savaş süresince, kelimelere dökülmemiş bir anlaşmayla, V.C. ve Güney Vietnamlı askerler bu masada oturur, küçük bir barış ortamı yaşarlardı. Birkaç yüz metre ötede, savaş daha da korkunç bir hal alabilirdi; ancak burada tek bir silah çekilmez, mermi ateşlenmezdi.

Lassiter gergin bir halde birasından büyük bir yudum aldı. Arkasında, küpeştenin ötesinde Mekong akıyordu. Nehir de insan sesleri ve tekne patırtılarıyla hayli canlıydı. Gün batımının son ışıklarıyla altın renkli su dalgalandı. Lassiter, "Benim dc, aynen Luis Valdez'e yaptıkları gibi, ayakaltından çekilmemi istiyorlar. Çok fazla şey biliyorum," dedi.

"Ne konuda?"

"Laos. Bombalamalar, silah nakliyatları. Sıradan askerlerin bilmediği savaşa dair birçok şey." Guy'a baktı. "Sen biliyor muydun?"

Guy başını iki yana salladı. "Bizler hayatta kalmakla o kadar meşguldük ki, sınırın ötesinde neler olduğu umurumuzda bile değildi."

"Valdez biliyordu. Laos'a giden herkes eğitime alınıyordu, tabii eğer hayatta kalırlarsa. Ve bu büyük bir *eğer*'di. Diyelim ki kendini fırlatmayı başardın, diyelim ki kokpitten dışarı fırlatılırken oluşan G kuvvetine dayandın. Eğer düşmanlar bulmazsa seni, hayvanlar bulurdu." Başını eğip birasına baktı. "Valdez hayatta kaldığı için şanslıydı."

Guy, "Onunla Tuyen Quan'da mı tanıştın?" diye sordu.

"Evet. Yaz kampında." Güldü. "Üç yıl boyunca aynı hücrede tıkılı kaldık." Bakışları nehre çevrildi. "Tutsak alındığımda 101'inciyleydim. Savaş boyunca birbirimizden ayrıydık. O vadilerde olmak nasıl bir şeydir bilirsin, orman o kadar sıktır ki ne tarafa gittiğini bilemezsin. Ben daire çizerek ilerliyor ve sürekli lanet olası Huey'lerin tepemden geçtiğini işitiyordum, *tam tepeden,* milleti topluyordu. Ben hariç herkesi. Ölüme terk edildiğimi anlamıştım. Belki de çoktan ölmüştüm, ağaçların etrafında dolaşan bir cesettim sadece..." Yutkundu; bira şişesini sıkıca kavrayan eli titriyordu. "Sonunda beni kapana kıstırdıklarında tüfeğimi yere fırlattım ve ellerimi havaya kaldırdım. Kuzeye, Kuzey Vietnam Ordusu bölgesine yürümeye zorlandım. İşte, Tuyen Quan'a gelişim böyle oldu."

Willy, "Valdez'le nerede tanıştın?" dedi.

"O benden bir yıl sonra getirilmiş, Laos'taki bir kamptan transfer edilmişti. O günlerde yaşlı bir adamdım. Kuralları biliyordum, kendi sebze bahçemi yetiştiriyordum. İyi uyum sağlamıştım. Fakat Valdez'in durumu kötüydü. Hepatit yüzünden sapsarıydı, kırık bir kolu vardı. Bahçede çalışacak kadar kuvvetlenmesi aylarını aldı. Evet, o hücrede sadece o ve ben vardık. Üç yıl. Bol bol konuştuk. Onun bütün hikâyelerini biliyorum. İnanmak istemediğim birçok şey anlattı; Laos hakkında, orada ne yaptığımız hakkında..."

Willy öne doğru eğilip yumuşak sesle, "Hiç babamdan bahsetti mi?" diye sordu.

Lassiter ona döndü, gözleri batmak üzere olan güneşin ışıltısıyla koyuydu. "Valdez onu en son gördüğünde babanız hayattaymış. Uçağı uçurmaya çalışıyormuş."

"Peki sonra ne olmuş?"

"Luis uçak patladıktan sonra paraşütle atlamış. Bu yüzden emin..."

Guy, "Dur bir dakika," diyerek lafını kesti. "Patladıktan derken neyi kastediyorsun?"

"Söylediği buydu. Kargo bölgesinde bir şey patlamış."

"Ama uçak vurularak düşürülmüştü."

"Uçağı düşüren şey düşman ateşi değildi. Valdez bundan emindi. O sırada onları bir uçaksavar tarıyordu belki ama bu başka bir şeydi, gövde kapısını tamamen havaya uçuran bir şey. Kargo bölgesinde bulunan şeylerin üzerinden geçip duruyordu, ancak gümrük bildirgesinde listelendiğini anımsadığı tek şey uçak parçalarıydı."

Willy, "Ve bir yolcu," dedi.

Lassiter başıyla onayladı. "Valdez ondan bahsetti. Adamın garip, ufak tefek, sessiz, neredeyse, yani, *kutsal* birisi olduğunu söyledi. Onun VIP olduğu sırf boynuna taktığı şeyden anlaşılıyormuş."

Guy, "Altın mı demek istiyorsun? Zincir mi?" diye sordu.

"Bir tür madalyon, belki de dini bir sembol."

"Bu yolcunun nerede indirilmesi gerekiyormuş?"

"Sınır ötesinde. Vietnam ordusu bölgesinde. Bu kah dahili kah harici yürütülen bir iş şeklinde tasarlanmış.Tamamen gizli."

Willy, "*Size* bundan Valdez mi bahsetti?" dedi.

"Hiç bahsetmemesini dilerdim." Lassiter birasından bir yudum daha aldı. Eli yine titriyordu. Günbatımı, nehri kan kırmızısı dalgacıklarla lekelemişti. "Çok komik. O günlerde kendimizi o kampta iyi *korunuyormuşuz* gibi hissetmiştik. Belki de bu beyin yıkamanın bir sonucuydu ancak muhafızlar Valdez'e esir tutulduğu için çok şanslı olduğunu söyleyip duruyordu. Başını belaya sokacak şeyler bildiğini ima ediyorlardı. CIA'in onu öldüreceğini söylüyorlardı."

"Propagandaya benziyor."

"Ben de öyle zannetmiştim, onu ruhen yıkmak için tasarlanmış komünist yalanları. Ama Valdez'i korkutmuşlardı. Geceleri sürekli uyanıyor, haykırarak uçağın düştüğünü söylüyordu..."

Lassiter ileri, suya baktı. "Her neyse, savaş bitince bizi serbest bıraktılar. Valdez ve diğerleri eve doğru yola çıktı. Bana Bangkok'tan yazdı, mektubu serbest bırakılışımızın hemen ardından Hanoi'de tanıştığımız bir Kızıl Haç hemşiresiyle yolladı. Bir İngiliz kız; biraz anti Amerikancıydı ama oldukça iyiydi. O mektubu okuduğumda zavallı pislik bu kez gerçekten de kafayı yedi, diye düşünmüştüm. Çılgınca şeyler söylüyordu. Dışarı çıkmasına izin verilmediğini, telefonlarının dinlendiğini yazmıştı. Evine vardığında düzeleceğini düşünmüştüm. Sonra Nora Walker'dan, şu Kızıl Haç hemşiresinden bir telefon aldım. Bana onun öldüğünü söyledi. İntihar etmiş."

Willy, "Sizce intihar mıydı?" diye sordu.

"Bunun sebebi sorumluluk hissiydi sanırım. Ortaklık sorumluluklardan hoşlanmaz." Tedirgin bakışlarını suya çevirdi. "Tuyen'deyken bahsettiği tek şey eve dönmekti, biliyor musunuz? Eski dostlarını, eski arkadaşlarını görmek. Benim ise eve gitmek için hiçbir sebebim yoktu, sadece pek fazla önemsemediğim bir kız kardeşim var, o kadar. Burada en azından kızım, sevdiğim biri var. İşte, bu yüzden burada kaldım. Ben tek değilim. Etrafta benim gibi başkaları da var, kasabalar, ormanlarda saklanıyorlar. Bunlar artık yerlileşmiş insanlar." Başını salladı. "Valdez'in bunu başaramamış olması çok kötü. Başarsaydı hâlâ hayatta olurdu."

Willy, "İyi ama burada yaşamak zor değil mi?" diye sordu. "Her zaman yabancı bir eski bir düşman olmak? Yetkililer tarafından tehdit edildiğinizi sık sık hissetmediniz mi?"

Lassiter gülerek karşılık verdi ve başıyla dört adamın oturduğu uzaktaki bir masayı işaret etti. "Yerel polisimize merhaba dediniz mi? Muhtemelen şehre geldiğinizden beri peşinizden ayrılmamışlardır."

Guy, "Fark ettik," dedi.

"Tahminimce, beni korumakla görevlendirdiler, yerli çılgın Amerikalılarını. Hâlâ hayatta ve iyi olmam, bunun kötü bir imparatorluk olmadığının kanıtı." Bira şişesini dört polis memuruna doğru kaldırdı. Ona utangaç bir tavırla baktılar.

Guy, "Yani," dedi, "dünyanın geri kalanından kopmuş bir halde yaşıyorsun. CIA senin peşine düşme zahmetine neden katlansın ki?"

"Bu, Nora'nın söylediği bir şey."

"Şu hemşirenin mi?"

Lassiter başıyla onayladı. "Savaşın ardından Hanoi'de kaldı. Hâlâ oradaki yerel hastanede çalışıyor. Bir yıl kadar evvel, bir adam –bir Amerikalı– onu görmeye gelmiş. Benimle nasıl temasa geçebileceğini bilip bilmediğini sormuş. Amcamdan acil bir mesaj getirdiğini söylemiş. Ama Nora akıllı kızdır, hızlı düşünür. Adama ülkeden ayrıldığımı, Tayland'da yaşamaya başladığımı söylemiş. İyi ki de öyle yapmış."

"Neden?"

"Çünkü benim amcam yok."

Bir sessizlik yaşandı. Guy alçak sesle, "Ortaklık'tan biri olduğunu düşünüyorsun."

"Öyle miydi diye merak edip duruyorum. Beni bulacak mı, merak ediyorum. Sonumun Luis Valdez gibi olmasını istemiyorum. Yani kafamda bir mermiyle."

Tekneler gölgeler arasından beliren birer hayalet gibi nehirde kaydılar. Bir lokanta çalışanı, birkaç kâğıt fener yakarak sessizce güverteyi turladı.

Lassiter, "Basit bir profil çizdim," dedi. "Hiç gürültü yapmam. Hiç dikkat çekmem. Görüyorsunuz, saçlarımı değiştirdim." Hafifçe sırıttı ve kahverengi atkuyruğunu kuvvetle çekiştirdi. "Bu renk tonunu yerel bir şifalı bitki satıcısından aldım. Mürekkepbalığı özü ile Tanrı bilir başka neyin karışımı. Lanet derecede pis kokuyor ama artık sarışın değilim." Atkuyruğunu serbest bıraktı, gülümseyişi yitip gitti. "Ortaklık'ın benimle ilgilenmekten vazgeçeceğini umdum hep. Sonra siz çıktınız ortaya ve ben... ben çıldırdığımı zannettim."

Barmen pikaba bir plak yerleştirdi, bir Vietnam aşk şarkısı çalmaya başladı; nehrin üzerindeki pus gibi sürüklenip giden ve akıllara kazınan bir melodiydi. Rüzgâr kâğıt fenerleri salladı, gölgeler güvertede dans etti. Lassiter hemen önünde, masada dizi dizi duran beş bira şişesine baktı. Altıncısını söyledi.

"Zaman alıyor ama insan sonunda alışıyor," dedi. "Hayatın ritmine. İnsanlara, düşünce tarzlarına. Burada talihsizliğe pek sızlanılıp dövünülmüyor. Hayatı olduğu gibi kabul ediyorlar. Bu hoşuma gidiyor. Bir süre sonra buranın ait olduğum, kendimi güvende hissettiğim tek yer olduğu hissine kapıldım." Willy'ye baktı. "*Sizin* de güvende olacağınız tek yer olabilir."

Willy, "Ama ben sizin gibi değilim," dedi. "Hayatımın geri kalanını burada geçiremem."

Guy, "Onu bir sonraki uçakla Bangkok'a göndermek istiyorum," dedi.

Lassiter, "Bangkok mu?" diye homurdandı. "Dünyada en kolay öldürülebileceğiniz yer. Eve dönmek de bundan daha güvenli olmayacaktır. Valdez'e neler olduğunu hatırlayın."

Willy hayal kırıklığı içinde, "Ama *neden?*" dedi. "Valdez'i neden öldürsünler? Ya da beni? Ben hiçbir şey bilmiyorum ki!"

"Siz Bill Maitland'ın kızısınız. Direkt bağlantı sizsiniz..."

"*Neye?* Ölü bir adama mı?"

Aşk şarkısı bitti, yerini pikap iğnesinin *gıcırtılı* sesine bıraktı.

Lassiter birasını masaya koydu. "Bilmiyorum," dedi. "Onlar için neden bu kadar büyük bir tehdit unsurusunuz, bilmiyorum. Bildiğim tek şey, o uçuşta ters giden bir şeyler oldu ve Ortaklık bunu örtbas etmeye çalışıyor..." Fener ışığı altında parlayan boş bira şişelerine baktı. "Eğer sessizliği sağlamanın bedeli tek bir mermiyse, o zaman kullanacakları şey bir mermi olacaktır."

Willy, "Sence haklı mı?" diye fısıldadı.

Arabanın arka koltuğundan, ay ışığıyla gümüş renge bürünmüş akıp giden çeltik tarlalarını seyrettiler. Bir saattir tek kelime etmeden ilerliyorlardı, tekerlerden yükselen ritimle sessizliğe sürüklenmişlerdi. Ama Willy sormaya korktuğu soruyu dile getirmeden duramıyordu. "Evde daha mı güvende olacağım?"

Guy bakışlarını geceye çevirdi. "Cevabı biliyor olmayı dilerdim. Sana ne yapman gerektiğini söyleyebilmeyi dilerdim. Nereye gideceğini..."

Willy annesinin San Francisco'daki evini, ne kadar sıcak ve güvenli göründüğünü, 3. Cadde'deki o mavi Victoria tarzı binayı düşündü.

Sonra Valdez aklına geldi, Houston'daki evinde vurulup ölmüştü. Onun açısından esir kampı bile daha güvenliydi.

Şoför arabanın teybine bir kaset koydu. Bir Vietnam şarkısı tıngırdamaya başladı, hüzünlü sesli bir kadın söylüyordu. Çeltik tarlaları, gümüş renkli okyanus dalgaları gibi sallanıyordu. Şu an hiçbir şey gerçek görünmüyordu; ne melodi, ne ay ışığının aydınlattığı araziler, ne de tehlike. Sadece Guy gerçekti; dokunulabilecek, tutulabilecek kadar gerçek.

Willy başını onun omzuna yasladı. Karanlık ve sıcaklık uykuyu kaçınılmaz bir hale getirdi. Guy'ın kolu onu sarmaladı, göğsüne doğru bastırdı. Onun nefesini saçları arasında hissetti, dudakları alnına sürtünüyordu. Uyuşuk bir şekilde, *bir öpücük,* diye düşündü. Öpülmek çok güzel bir histi...

Yoldan yükselen teker homurtusu yeni bir ritim kazanmış gibiydi; bir okyanusun fısıltısını, dalgaların rahatlatıcı ıslığını andırıyordu. Guy her yerini öpüyordu artık ve arabanın arka koltuğunda değillerdi; bir gemideydiler, siyah bir denizin üstünde salınıyorlardı. Rüzgâr güvertede Vietnamca içli bir şarkı mırıldanmaktaydı. Willy sırtüstü yatmıştı ve bir şekilde çırılçıplak kalmıştı. Guy üzerindeydi, kollarını sıkı sıkı tutmuş ve güverteye bastırmıştı; dudakları boynunu, göğüslerini bir kâşif gibi keşfetmekteydi. Onunla sevişmesini ne kadar da istiyordu, o kadar ki bedeni içindeki sancıdan kurtulmak için gerilerek onunkiyle buluşmak için kıvrıldı. Ama Guy'ın dudakları eriyip gitti, ardından onun, "Uyan. Willy, uyan..." dediğini işitti.

Gözlerini açtı. Arabanın arka koltuğunda yatıyordu, başı Guy'ın kucağındaydı. Pencereden içeri şehrin solgun ışıkları giriyordu.

Guy, yüzünü okşayarak, "Saygon'a geldik," diye fısıldadı. Elinin o yeni ancak bir o kadar da tanıdık dokunuşu Willy' nin akşam sıcağında titremesine sebep oldu. "Yorulmuş olmalısın."

Willy, hâlâ rüyanın etkisinde doğrulup oturdu. Sokaklar ıssızdı. "Saat kaç?"

"Gece yarısını geçti. Sanırım akşam yemeğini unuttuk. Aç mısın?"

"Pek sayılmaz."

"Ben de öyle. Belki de bunu sadece..." Sustu. Willy, Guy'ın kendisininkine yaslı duran kolunun kasıldığını hissetti. Doğrudan ileri bakarak, "Şimdi ne var?" diye mırıldandı.

Willy, Guy'ın biraz evvel görüş alanlarına giren otele yönelen bakışlarını takip etti. İleride gerçeküstü bir manzara vardı; parlayan sokak lambaları, kapı girişlerini tutan bir polis ordusu, hazırda bulundurulan AK-47'lerin ışıltısı.

Şoför Vietnamca bir şeyler homurdandı. Willy adamın suratını dikiz aynasından görebiliyordu. Terlemişti.

Kaldırımın kenarında durdukları anda arabalarının etrafı çevrildi. Bir polis arka kapıyı hızla ardına kadar açtı.

Guy, "İçerde kal," dedi. "Bu işle ben ilgileneceğim."

Guy arabadan dışarı adımını atar atmaz üniformalı bir kol içeri uzanıp Willy'yi de sürükleyerek dışarı çıkarttı. Uykudan sersemlemiş, şaşkınlıktan afallamış bir halde, etrafındaki insanlar bağırır ve itişip kakışırken Guy'ın koluna yapıştı.

"Barnard!" Otelin merdivenlerinden sendeleyerek inip onlara doğru yaklaşan bu adam Dodge Hamilton'dı. "Neler oluyor burada?"

"Sakın bana sorma! Şehirden yeni döndük!"

Hamilton, etrafına bakınarak, "Lanet olsun, Ainh adlı şu adam da nerede?" dedi. "Az önce buradaydı..."

Sorunun yanıtı titrek bir sesle, "Buradayım," şeklinde geldi. Ainh, gözlüğü çarpılmış bir halde sinirli tavırla gözlerini kırpıştırarak, lobi merdivenlerinin tepesinde dikiliyordu. Kalabalığın arasından polis eşliğinde ilerledi. Bir limuzini işaret ederek, Guy'a, "Lütfen, siz ve Bayan Maitland benimle birlikte geleceksiniz," dedi.

Guy, "Neden, tutuklu muyuz?" diye sordu.

"Tutuklu değilsiniz."

Guy kolunu çekip polisin elleri arasından kurtardı. "Beni kandırmayın."

Ainh, ikisini birden arabaya doğru iteleyerek, "Onlar sadece önlem maksadıyla buradalar," dedi. "Lütfen girin. Hemen."

Adamın sesindeki aciliyet Willy'ye korkunç bir şeyin olduğunu söyledi. Ainh'e, "Ne oldu?" diye sordu. "Yanlış olan ne?"

Ainh sinirli bir şekilde gözlüğünü düzeltti. "İki saat evvel Cantho'daki polisten bir telefon aldık."

"Biz oradaydık."

"Onlar da öyle söylediler zaten. Ayrıca bir de ceset bulduklarını ilettiler. Nehirde yüzüyormuş..."

Willy adama baktı, sormaya korkuyordu, yanıtı biliyordu zaten. Ancak Guy'ın kolunu tutan elinin gerildiğini hissettiğinde, ona doğru yaslandığını fark etti.

Guy ifadesiz bir sesle, "Sam Lassiter mi?" diye sordu.

Ainh başını sallayarak onayladı. "Boğazı kesilmiş."

SEKİZİNCİ BÖLÜM

Oyma gül ağacı sandalyede oturan yaşlı adam, sert bir rüzgârla yere devrilecek kadar çelimsiz görünüyordu. Kucağındaki kolları iki çırpı gibiydi. Bir tutam beyaz sakalı tavandaki vantilatörün rüzgârıyla titredi. Ama gözleri cıva kadar parlaktı. Duvarlarla çevrili bahçedeki ağustosböceklerinin çığlıkları açık pencerelerden içeri girdi. Tepede, vantilatör gece yarısının sıcaklığında yavaşça dönüyordu.

Yaşlı adamın gözleri Willy'ye odaklandı. "Nereye adım atarsanız atın, Bayan Maitland," dedi. "Görünüşe bakılırsa arkanızda kan izi bırakıyorsunuz."

Guy, "Lassiter'in ölümüyle hiçbir alakamız yok," dedi. "Cantho'dan ayrıldığımızda hayattaydı."

"Sanırım yanlış anladınız, Bay Barnard." Adam, Guy'a döndü. "Sizi hiçbir şeyle suçlamadım."

"Peki kimi *suçluyorsunuz*?"

"Bu detay Cantho'daki arkadaşlarımızla ilgili."

"Yani, bizi takip eden şu polislerle mi?"

Bakan Tranh gülümsedi. "Bunu çok zor bir görev haline getirdiniz. Köşedeki o oğlan… usta bir adımdı. Bay Lassiter'in siz ayrılırken hayattaydı."

"Ya bizden sonra?"

"Restoranda yirmi dakika kadar daha oturduğunu biliyoruz. Toplamda sekiz bira içti. Sonra ayrıldı. Maalesef evine dönmeyi başaramadı."

"Adamlarınız onu göz hapsine almamış mıydı?"

"Göz hapsi mi?"

"Takibe."

"Bay Lassiter bir arkadaştı. Biz... arkadaşlarımızı göz hapsine –terim buydu değil mi– almayız."

Willy, "Ama *bizi* takip ettiniz," dedi.

Bakan Tranh'ın uysal bakışları ona yöneldi. "Siz bizim arkadaşımız mısınız, Bayan Maitland?"

"Sizce?"

"Sanırım bu pek kolay cevaplanabilir bir soru değil. Bence siz bile dostu düşmanı ayıramıyorsunuz. Bu tehlikeli bir şartlar topluluğu. Çoktan üç cinayete sebep oldu bile."

Willy başını salladı, şaşkındı. "Üç mü? Ben sadece Lassiter'den haberdarım."

Guy, "Başka kimler öldürüldü?" diye sordu.

Bakan, "Saygonlu bir polis," dedi. "Dün gece olağan izleme görevinde öldürüldü."

"Arada bir bağlantı göremiyorum."

"Ayrıca dün gece bir adam daha öldü. Yine boğazı kesilerek."

Willy, "Saygon'da işlenen her cinayetten bizi sorumlu tutamazsınız!" dedi. "Biz diğer kurbanları tanımıyoruz bile..."

"Ama dün içlerinden birini ziyaret ettiniz. Yoksa unuttunuz mu?"

Guy masanın karşısına baktı. "Gerard."

Dışarının karanlığında, ağustosböceklerinin sesi bir çığlığa dönüştü. Ardından gece tam bir sessizliğe gömüldü.

Bakan Tranh gözlerini uzaktaki duvarın ötesine dikti, sanki küflü duvar kâğıdından bir tür mesaj alıyor gibiydi. Alçak sesle, "Vietnam takvimine aşina mısınız, Bayan Maitland?" diye sordu.

"Sizin takviminize mi?" Kaşlarını çattı, sohbetin aldığı yeni yönle şaşırmıştı. "Bu... Çinlilerinkiyle aynı, öyle değil mi?"

"Geçen yıl ejderha yılıydı. Şanslı bir yıl ya da öyle olduğunu söylüyorlar. Bebekler ve evlilikler için iyi bir yıl. Ama bu sene..." Başını iki yana salladı.

Guy, "Yılan yılı," dedi.

Bakan Tranh başını sallayarak onayladı. "Yılan yılı. Tehlikeli bir sembol. Felaket alameti. Sıkıntı ve ölüm. Talihsizlikler yılı..." İç çekti ve başı önüne düştü, ince boynu aniden başını destekleyemeyecek kadar zayıflayıp kırılmıştı sanki. Sonra başını yavaşça kaldırdı. "Evinize dönün, Bayan Maitland," dedi. "Bu sizin için, buralarda gezmeniz için uygun bir yer ve yıl değil. Evinize gidin."

Willy, sadece tek bir uçuşla ulaşacağı basit lüksleri özlemle gözlerinin önüne getirerek, Bangkok'a giden o uçağa binmenin ne kadar kolay olacağını düşündü. Kokulu sabunlar, temiz su, yumuşak yastıklar. Ama hemen sonrasında bir imge diğer her şeyin üzerini silip yok etti: Sam Lassiter'in batan güneşle aydınlanan gökyüzünün önündeki yorgun ve tedirgin yüzü ve onun hayatı için yalvaran Vietnamlı kadın. Sam Lassiter güvenli ve gizli bir nehir kasabasında bunca yıl saklanmıştı. Şimdiyse ölüydü. Valdez gibi. Gerard gibi.

Willy, *doğru*, diye düşündü. Her nereye gittiyse arkasında kan izi bırakmıştı ve bunun sebebini bile bilmiyordu.

"Eve gidemem," dedi.

Bakan tek kaşını kaldırdı. "Gidemez misiniz? Yoksa gitmeyecek misiniz?"

"Beni Bangkok'ta öldürmeyi denediler."

"Buraya kıyasla orası daha güvensiz bir yer. Bayan Maitland, sizi sınırdışı etmek gibi bir niyetim yok. Ancak bizi zor bir duruma soktuğunuzu anlamalısınız. Siz misafirimizsiniz. Biz Vietnamlılar misafirlerimize hürmet ederiz. Bu çok önem verdiğimiz kutsal bir gelenektir. Eğer siz, bir misafir olarak, öldürülmüş bulunursanız, bu sanki..." Sustu ve tuhaf bir kıvraklıkla ve alçak sesle, "Konukseverlik olarak görünmeyecektir."

"Vizem hâlâ geçerli. Kalmak istiyorum. *Kalmalıyım*. Hanoi'ye geçmeyi düşünüyordum."

"Güvende olacağınızı garanti edemeyiz."

"Sizden böyle bir şey talep etmiyorum." Ardından bıkkınlık içinde, "Benim güvenliğimi kimse garanti edemez.

Hiçbir yerde," dedi.

Bakan, Guy'a baktı, tasalı gözlerini yakaladı. "Bay Barnard? Onu ikna edebilirsiniz, öyle değil mi?"

Guy, "Ama o haklı," dedi.

Willy başını kaldırıp bakınca Guy'ın gözlerindeki endişeyi, tereddütü fark etti. Yanıtları onun dahi bilmediğini görmek Willy'yi korkuttu.

"Eğer evinde güvende olacağını düşünsem onu o uçağa bizzat kendi ellerimle bindirirdim," dedi. "Ama öyle düşünmüyorum. Ta ki kaçtığı şeyin ne olduğunu öğrenene kadar."

"Ona yardım edecek arkadaşları mutlaka vardır."

"Ama siz kendiniz söylediniz, Bakan Tranh. Kim dost kim düşman belli değil. İçinde bulunulan durum oldukça tehlikeli."

Bakan, Willy'ye baktı. "Sizi Kuzey'de araştırma yapmaya iten şey nedir?"

Willy, "Babamın uçağı orada düştü," dedi. "Küçük bir kasabada, hâlâ hayatta olabilir. Belki hafızasını kaybetmiştir ya da ormandan çıkmaya korkuyordur veya..."

"Veya ölmüştür."

Willy yutkundu. "O zaman cesedini bulacağım yer orası. Kuzey."

Bakan Tranh başını salladı. "Orman iskeletlerle dolu. Amerikalılar. Vietnamlılar. Sakın unutmayın, bizim de kayıplarımız var, Bayan Maitland. Dullarımız, yetimlerimiz. Onca kemik arasında, belirli bir adamın artıklarını bulmak için..." Derin bir nefes bıraktı.

"Ama bunu denemeliyim. Hanoi'ye gitmeliyim."

Bakan Tranh'ın gözleri garip siyah bir ateşle ışıl ışıldı. Willy doğrudan ona baktı. Adamın dudaklarında mülayim bir gülümseme belirdi. Willy kazandığını biliyordu.

Adam, "Sizi korkutan hiçbir şey yok mudur, Bayan Maitland?" diye sordu.

"Beni birçok şey korkutur."

"Korkutmalı da." Hâlâ gülümsüyordu ama gözleri anlaşılmaz derecede derindi. "Şu anda da korkmanız gerektiğini anlayacak kadar aklıselim olduğunuzu umut ediyorum."

İki Amerikalı ayrıldıktan uzun süre sonra, Bakan Tranh ile Bay Ainh sigaralarını içerek gecenin içinde yükselen ağustosböceği seslerini dinliyorlardı.

Bakan, "Hanoi'deki adamlarımıza haber ver," dedi.

Ainh, "Vizesini iptal etmek daha kolay bir çözüm olmaz mı?" dedi. "Onu ülkeden ayrılmaya zorlamak?"

"Belki ama akıllıca değil." Bakan bir sigara daha yaktı, dumanı sıcak ve tatminkâr bir nefesle içine çekti. İyi bir Amerikan markası zaafiyetlerinden biri. Bunun ölümünü hızlandıracağının bilincindeydi, sağ akciğerindeki kanser dumanın her bir ölümcül molekülüyle aç kurt gibi beslenmekteydi. Savaş süresince tüm gücüyle onu öldürmeye çalışan düşmanın şimdi zaferini ilan etmesi ne kadar da ironikti ve tüm bunlar onların sigaralarına olan düşkünlüğünden kaynaklanıyordu.

Ainh, "Ya zarar görürse?" diye sordu. "Uluslararası bir

olay yaşanır."

"İşte bu yüzden zarar görmemeli." Bakan sandalyesinden kalktı. Bir zamanlar çok canlı olan yaşlı bedeni, aradan geçen senelerle birlikte ağırlaşmıştı. Bu kurumuş iskelet, iki amansız sene boyunca hayatta kalmak için savaşmıştı. Artık evde zor bela dolaşıyordu.

Ainh, "Onu korkutacak bir olay tertipleyip evine gitmesini sağlayabiliriz," diye önerdi.

"Şu 'Amerikalıya ölüm' notun gibi mi?" Bakan Tranh kapıya doğru yönelirken güldü. "Hayır, ben onun kolay kolay korkutulabileceğini düşünmüyorum. Onun ne yapacağına bakmak en iyisi. Belki biz de birkaç şey öğreniriz. Yoksa merakını yitirdin mi yoldaş?"

Ainh perişan perişan baktı. "Ben merakın tehlikeli bir şey olduğunu düşünüyorum."

"O zaman adım atmasına, riskleri sırtlanmasına izin vereceğiz." Bakan kapı girişinde gülümseyerek arkasına doğru baktı. "Neticede," dedi. "Bu *onun* kaderi."

Guy, Willy'nin valizini toplamasını seyrederken, "Hanoi'ye gitmen şart değil," dedi. "Saygon'da kalabilirsin. Beni beklersin."

"Sen ne yapacaksın?"

"Kuzeye doğru yola çıkacağım. Ne bulacağım, göreceğiz." Pencereden dışarı, aylak dolaşan iki polise baktı. "Ainh seni her açıdan koruma altında tutuyor. Burada güvende olacaksın."

"Aynı zamanda da kafayı yiyeceğim." Valizini hızla kapattı. "Kendini benim yerime tehlikeye atmayı önerdiğin için teşekkürler ama benim bir kahramana ihtiyacım yok."

"Ben kahraman olmaya falan çalışmıyorum."

"O zaman neden bu rolü üstleniyorsun?"

Guy buna verecek bir yanıt bulamayarak omuz silkti.

"Konu para, öyle değil mi? Rahip Tuck için önerilen ödül."

"Para falan değil."

"O zaman şu utanılacak sırrın." Guy bir şey söylemedi. "Ne saklamaya çalışıyorsun? Şu Ariel Grup seni nasıl bir şeyin içine soktu?" Guy sessiz kaldı. Willy valizini kilitledi. "Boş ver. Aslında bilmek istemiyorum."

Guy yatağa oturdu. Aşırı derecede bitkin bir tavırla başını elleri arasına gömdü. "Ben bir adam öldürdüm," dedi.

Willy ona baktı. Başı elleri arasında, tamamen perişan, mahvolmuş, son güç kırıntılarını kullanmış bir adama benziyordu. Willy beklenmedik bir şekilde onun yanına oturmayı, kolları arasına almayı ve sıkı sıkı kucaklamayı istedi ama sanki ayaklarını kımıldatamıyor gibiydi. Yapılan itiraftan çok etkilenmişti.

"Burada oldu. Nam'da. 1972'de." Kahkahası elleri arasında boğuldu. "4 Temmuz'da."

"O zamanlar savaş vardı. Çok sayıda insan öldürüldü."

"Bu farklıydı. Bu savaş yüzünden olmadı, yani birkaç adam vurup, harcanılan çaba karşılığında madalya alınan bir şey değildi." Başını kaldırıp Willy'ye baktı. "Öldürdüğüm adam Amerikalıydı."

Willy yavaş yavaş ona yaklaştı ve hemen yanına, yatağa oturdu. "Bu bir... kaza mıydı?"

Guy olumsuz anlamda başını salladı. "Hayır, kaza falan değildi. Bu düşünmeden yaptığım bir şeydi. İstersen refleks diyelim, öylece oluverdi."

Willy devam etmesini bekleyerek hiçbir şey söylemedi. *Devam edeceğini* biliyordu; artık geri dönüş yoktu.

Guy, "O gün erzak almak için Da Nang'daydım," dedi. "Yan sokaklardan birinde biraz dolaşmıştım, gergindim. Dar bir sokaktı, toprak bir yol, birkaç eski ev. Yön sormak için cipten indim ve o... o çığlığı işittim..."

Sustu, başını eğip ellerine baktı. "Küçük bir kız çocuğuydu. On beş, belki on altısında. Küçük bir kız, kırk beş kilodan fazla değil. Ondan çırpınıp kurtulması mümkün değildi. Ben... ben hemen tepki verdim. Ne yaptığımı, ne yapacağımı gerçek anlamda hiç düşünmedim. Onu kızın üzerinden sürükleyerek kaldırdım, yere fırlattım. Ayağa kalkıp bana saldırdı. Ona karşılık vermekten başka seçeneğim yoktu. Ona vurmayı kestiğimde adam kımıldamıyordu. Döndüm ve kıza yaptıklarını gördüm. Onca kan..."

Guy manzarayı gözlerinin önünden uzaklaştırmaya çalışıyormuşçasına alnını ovaladı. "Bu arada başkaları da gelmişti. Etrafıma bakındım, onca gözün beni seyrettiğini gördüm. Vietnamlılar. Kadınlardan biri öne çıktı, bana oradan uzaklaşmam gerektiğini, cesedi benim yerime ortadan kaldıracaklarını fısıldadı. Adamın öldüğünü ancak o zaman fark ettim."

Uzun süre birbirlerine dokunmadan, konuşmadan yan yana oturdular. Az önce birini öldürdüğünü itiraf etmişti. Yine de Willy onu ayıplayamıyordu; sadece kıza, savaşın sessiz, isimsiz şehitlerine üzülmüştü.

Willy, "Sonra ne oldu?" diye nazikçe sordu.

Guy omuz silkti. "Oradan ayrıldım. Bugüne kadar kimseye bir şey söylemedim. Sanırım ben de korkmuştum. Birkaç gün sonra şehrin diğer ucunda bir asker cesedi bulduklarını işittim. Adamın ölüm nedeni kimliği belirsiz yerliler tarafından tartaklanmış olarak kayda geçti. Ve konu böylece kapandı. Yani ben öyle olduğunu düşünmüştüm."

"Peki, Ariel Grup bunu nasıl öğrendi?"

"Bilmiyorum." Huzursuzca ayağa kalktı ve loş yola bakmak için pencereye yöneldi. "Orada yarım düzine tanık vardı, hepsi de Vietnamlıydı. Olay dilden dile aktarılmış olmalı ve Ariel Grup bir şekilde bunu öğrendi. Benim anlamadığım şey, neden bu kadar uzun bir süre bekledikleri."

"Belki de yeni öğrenmişlerdir."

"Belki de bunu kullanmak için doğru zamanı bekliyorlardı." Willy'ye bakmak için döndü. "Bu seni rahatsız etmiyor mu, yani birlikte oyuna getirilmemiz? Kistner'in villasında *karşılaşmamız*? Senin şehre gidecek bir arabaya *ihtiyaç duyman*?"

"Ve bulmanı istedikleri adamın babam çıkması."

Guy başıyla onayladı.

Willy, "Bizi kullanıyorlar," dedi. Ardından, şiddetlenen bir öfkeyle, "*Beni* kullanıyorlar," diye ekledi.

"Kulübe hoş geldin."

Willy başını kaldırıp baktı. "Bu konuda ne yapacağız?"

"Sabahleyin Hanoi'ye uçacak, sağda solda soruşturmaya başlayacağım."

"Ya ben?"

"Sen Ainh'in seni gözetim altında tutabileceği bir yerde kalacaksın."

"Kulağa berbat bir planmış gibi geliyor."

"Daha iyi bir planın var mı?"

"Evet, seninle geleceğim."

"Sadece her şeyi daha da karmaşıklaştıracaksın. Baban hayattaysa, onu bulacağım."

"Peki bulduğunda ne olacak? Onu ihbar mı edeceksin? Sessiz kalmaları karşılığında onlara teslim mi edeceksin?"

Guy, alçak sesle, "Ben sessizlikten vazgeçtim," dedi. "Artık olacakları kabulleneceğim."

Willy kapattığı valizini yataktan indirdi ve kapının yanına bıraktı. "Seninle neden tartışıyorum ki? İznini almama gerek yok. Hiç kimsenin iznine ihtiyacım yok. O *benim* babam. Yüzünü tanıyorum, sesini de öyle. Yirmi yılın ardından onu tanıyacak kişi *benim*."

"Öldürülmesi muhtemel kişi de sensin. Yoksa, heyecandan hoşlanıyor musun? Lanet olsun." Güldü. "Muhtemelen genlerinde var. Sen de baban kadar kaçıksın. O da hedefte olmaktan hoşlanırdı, öyle değil mi? Tam bir heyecan bağımlısıydı ve sen de öylesin. İtiraf et. Eğlenceli vakit geçiriyorsun!"

"Konuşana da bakın."

"Ben bu işe heyecan için girmedim. Bu işin içindeyim çünkü mecburum, çünkü bana başka şans bırakılmadı."

"Hiçbirimizin başka bir seçeneği yok!" Willy arkasını döndü ancak Guy onu kolundan yakalayıp kendine doğru çevirdi. Willy'nin o kadar yakınında dikiliyordu ki, başını kaldırıp ona bakmak boynunu ağrıttı.

Guy, "Saygon'da kal," dedi.

"Benim ayakaltından çekilmemi gerçekten de istiyor olmalısın."

"Senin güvende olmanı istiyorum."

"Neden?"

"Çünkü ben... sen..." Durdu. Birbirlerine bakıyorlardı, ikisi de nefes nefeseydi, konuşamadılar. Tek kelime etmeden Guy onu kolları arasına aldı.

Bu basit bir öpücüktü fakat Willy'yi o kadar çok etkiledi ki bacakları titredi ve sanki onu kayıtsızlığa sürükledi. Guy'ın birçok kusuru vardı; kirli sakallı bir çenesi, nasırlı elleri, eski bir gömleği. Willy otomatikman uzandı ve kollarını boynuna doladı, onu dudaklarına doğru sertçe çekti. Guy'ın cesaretlendirilmeye ihtiyacı yoktu. Bedenini onunkine bastırırken, şu hayali imgeler Willy'nin kafasında yeniden canlandı; bir geminin salınan güvertesi, gece gökyüzü, Guy'ın yukarıdan ona bakan yüzü. Eğer müsaade etse hemen orada, bu dakika olacaktı. Guy onu çoktan yatağa doğru sürüklemeye başlamıştı ve eğer o döşeğe düşerlerse ona sahip olacağının ve buna ses çıkartmayacağının farkındaydı. Neyin mantıklı olduğunu, onun açısından neyin en iyisi olduğunu düşünmedi bile. Bu adamı istiyordu.

Bu hayatımda yapacağım en büyük hata olsa bile mi?

Yatağın kenarına vuran bacakları onu gerçekliğe geri döndürdü. Kıvrıldı, onu iteleyerek kol boyu kadar uzaklaştırdı.

Willy, "Bu olmamalıydı!" dedi.

"Ama oldu."

"Yanlış iletişim kurduk ve..."

Guy yumuşak sesle, "Hayır," dedi. "Bence iletişimimiz harika."

Willy kapıya doğru yöneldi ve ardına kadar açtı. "Sanırım gitmelisin."

"Gitmeyeceğim."

"Gideceksin."

Ancak Guy'ın ayakları ağaç kökleri gibi yere saplamıştı sanki, Willy'ye kesinlikle *kalacağını* gösterdi. "Unuttun mu? Seni öldürmek isteyen birileri var."

"Beni asıl tehdit eden *sensin.*"

"Sadece bir öpücüktü. *O kadar* uzun bir zaman mı oldu Willy? Sadece öpülmek bile seni bu kadar çok mu etkiliyor?"

Willy, *Evet, öyle!* diye haykırmak istedi. *Beni bu kadar etkiliyor, çünkü daha önce hiç bu şekilde öpülmedim!*

Guy alçak sesle, "Bu gece burada kalacağım," dedi. "Bana ihtiyacın var. İtiraf ediyorum, benim de sana. Sen benim Bill

Maitland'la aramdaki bağsın. Sana dokunmayacağım, tabii eğer istediğin buysa. Ama yanından da ayrılmayacağım."

Willy'nin yenilgiyi kabullenmesi gerekiyordu. Yapacağı ya da söyleyeceği hiçbir şey onu yerinden kımıldatamayacaktı. Kapıyı kapattı. Ardından yatağa gitti ve oturdu. "Tanrım, yorgunum," dedi. "Kavga edemeyecek kadar yorgunum. Hatta korkamayacak kadar yorgunum."

"Ve işte her şey bu noktada tehlikeye giriyor, tüm enerjini harcadığında. Doğru düşünemeyecek kadar tükendiğinde."

"Pes ediyorum." Vücudundaki kemiklerin tümü aniden erimişçesine yatağa yığıldı. "Olanlar artık umurumda değil. Sadece uyumak istiyorum."

Guy'ın bir şey söylemesine gerek yoktu; ikisi de tartışmanın bittiğinin ve Willy'nin kaybettiğinin farkındaydı. Gerçek şuydu ki, Willy yanında olmasından memnundu. Gözlerini kapattığında birinin kendisini kollayacağını bilmek güzel bir duyguydu. Fikirlerinin oldukça değiştiğini Guy Barnard gibi bir adamı *güvenilir* bulduğunu fark etti.

Gerçekten de öyle hissediyordu.

Guy, yatağın yanında dikilerek onun uykuya dalışını seyretti. Çok kırılgan görünüyordu, tıpkı kâğıttan bir bebek gibi uzanmıştı.

Ama kollarının arasına aldığında hiç de kâğıtmış gibi gelmedi. Gerçekten etli kanlıydı, yumuşak ve sıcaktı, bir kadından isteyebileceği her şey onda vardı. Ona karşı ne hissettiğinden emin değildi. Bunun bir kısmı eski moda şehvetti.

Ama dahası da vardı, bu da Willy'yi onu hiç kimsenin incitemeyeceği bir yere taşımayı istemesine sebep olan ilkel bir erkek içgüdüsüydü.

Döndü ve pencereden dışarı baktı. İki polis hâlâ merdiven girişinin etrafında dolaşıyordu; sigaralarının karanlıkta parladığını görebildi. Bu gece işlerini yapacaklarını umdu çünkü tükenmişliğin eşiğini çoktan aşmıştı.

Bir sandalyeye oturdu ve uyumayı denedi.

Yirmi dakika sonra tüm vücudu dinlenmek için haykırmaya başlamıştı, pes etti ve yatağa gitti. Willy kıpırdamadı. *Ne olacaktı ki,* diye düşündü, bunu kesinlikle fark etmeyecektir. Yanına uzandı. Yatağın saklanması onu uyandırmış gibiydi; Willy inledi ve ona doğru döndü, aynen yavru bir kedi gibi kıvrılıp göğsüne yaslandı. Willy'nin saçlarının tatlı kokusu kendini sarhoş bir adam gibi hissetmesine neden oldu. Tehlikeli, tehlikeli.

Sandalyeye geçse daha iyi olacaktı.

Ama artık yapamazdı. Bu yüzden onu kucaklayarak yattı, bunun ardından neyin geleceğini düşündü.

Artık ellerinde kuzeyde bir isim, farazi bir bağlantı vardı: Nora Walker, İngiltere Kızıl Haç hemşiresi. Lassiter onun yerel hastanede çalıştığını söylemişti. Guy kadının kendileriyle konuşacağını, bunun Ortaklık'ın diğer bir oyunu olduğunu düşünüp içine kapanmayacağını umdu. Yanında Willy'nin olması büyük fark yaratabilirdi. Ne de olsa, Bill Maitland'ın kızının soru sorma hakkı vardı. Nora Walker soruları yanıtlamaya karar verebilirdi.

Willy iç çekip göğsüne iyice sokuldu. Bu hareket G ıy'ın suratına bir gülümseme yerleşmesine sebep oldu. *Seni ‹ ılgın kadın,* diye düşündü ve başından öptü. *Seni çılgınların çılgını kadın.* Yüzünü saçlarının arasına gömdü.

Karar verilmişti. İyi de olsa kötü de, bu işi onunla birlikte yürütecekti.

DOKUZUNCU BÖLÜM

Uçuş görevlisi iki motorlu Ilyushin'in koridoru boyunca ilerlerken kafasının etrafında sürü halinde dolaşan sinekleri gönülsüzce kovaladı. Klima menfezlerinden soğuk buhar kümeleri yükseldi ve döne döne kabinde ilerledi; kadın sanki bulutların arasında yüzüyor gibiydi. Sisin arasından, Willy çıkışın tepesine yerleştirilen acil durum işaretini zar zor okuyordu: Kurtulma İpi. Demek ki bir güvenlik özelliği tertibatı vardı. Mavi gökyüzünde hızla yükselen, üç kilometrelik bir iple yolcuların uzanıp gittiği uçağa dair gözünün önünde çeşitli görüntüler belirdi.

Kucağında bir yığın şekerleme vardı, bu bitkin uçuş görevlisinin nezaketinin göstergesiydi. "Emniyet kemerinizi takacaksınız," dedi.

Willy, "Zaten takılı," dedi. Ardından kadının Guy'la konuştuğunu fark etti. Willy onu dirseğiyle dürttü. "Guy, emniyet kemerin."

"Ne? Ah, evet." Kemerini taktı ve hafifçe gülümsemeyi başardı.

İşte, Willy onun kolçağa sıkı sıkı yapıştığını o an fark etti. Eline dokundu. "Sen iyi misin?"

"İyiyim."

"Hiç de öyle görünmüyorsun."

"Bu eski bir sorun. Hiçbir şey yok, gerçekten..." Pencereden dışarı baktı ve sertçe yutkundu.

Willy kendisine engel olamayıp bir kahkaha patlattı. "Guy Barnard, sakın bana *uçmaktan* korktuğunu söyleme."

Uçak ileri doğru sallandı ve asfalt pistte hoplamaya başladı. Hoparlör sisteminden Vietnamca bir şeyler hışırdadı, bunu Rusça ve ardından da bozuk bir İngilizce takip etti.

Guy, "Bak," diye itiraz etti. "Bazılarının yükseğe ya da kapalı alanlara veya yılanlara dair birtakım sıkıntıları vardır. Benim de uçaklara karşı fobim var. Savaştan bu yana."

"Turunda bir şey mi oldu?"

"Turumun sonunda." Tavana baktı ve güldü. "İşte ironi de burada. Nam'dan canlı çıkmayı başardım. Sonra o büyük güzel özgürlük kuşuna adımımı attım. İşte Tobby Wolff'la da böyle tanıştım. Hemen yanımda oturuyordu. İkimiz de kafayı bulmuştuk, pist boyunca yavaş yavaş ilerlerken şakalar patlatıyorduk. Evimize dönüyorduk." Başını iki yana salladı. "Bizler şanslı insanlardan ikisiydik. Son koltuk sırasında oturuyorduk. Darbeyle birlikte kuyruk koptu..."

Willy elini yakaladı. "Anlatmak zorunda değilsin, Guy."

Guy ona açık bir takdirle baktı. "Sende en ufak bir gerginlik yok, öyle değil mi?"

"Hayır. Ben kendimi bildim bileli uçağa binerim. Uçakların içinde kendimi hep evimde hissettim."

"Bu, yaşlı adamından miras aldığın bir şey olmalı, pilot genleri."

"Sadece genler değil, istatistik."

Ilyushin'in motoru çığlık atarak hayata geri döndü. Pistte kalkış turlarını atarlarken kabin titredi. Yer aniden uzaklaştı ve uçak sallanarak havalandı.

Willy, "Uçmanın çok güvenli olduğunu biliyorum," diye ekledi.

"Güvenli mi?" Guy motor gürültüsünü bastıracak şekilde bağırmıştı. "Görünüşe bakılırsa sen Air Vietnam'la hiç uçmamışsın!"

Hanoi'de, Bayan Hu olarak bilinen, güzel, kesinlikle gülümsemeyen ve tepeden tırnağa Vietnamlı bir eskort tarafından karşılandılar. Kadının selamlaması tamamen resmiydi, tokalaşması ise kesinlikle sertti. Güleryüzlü, hoş sohbet Bay Ainh'in tam aksine, Bayan Hu'nun sessizliğe inandığı aşikârdı. Ve Devrim'e. Şehre yaptıkları seyahat süresince kadın kendiliğinden sadece bir kez yorumda bulunmuştu. Dikkatlerini köprünün burulmuş kalıntılarına çekerek, "Hasarı görüyor musunuz? Amerikan bombalarının bir sonucu," dedi. Kısa konuşma bu kadardı. Willy kadının dik omuzlarına baktı ve bazı insanlar için, hangi taraftan olurlarsa olsunlar, savaşın hiç bitmeyeceğini fark etti.

Bayan Hu'nun yorumuna o kadar sinirlenmişti ki, Guy' ın dalgın ve endişeli bakışlarını fark etmedi. Ancak arka pencereye üçüncü kez baktığını fark edince onun neye odaklandığını anladı; hemen arkalarındaki koyu renk pencereli Mercedes onları takip ediyordu. Guy'la bakıştılar.

Mercedes onları şehre kadar izledi ama otelin önüne park ettiklerinde durmayıp yanlarından geçip gitti. İlerdeki köşeyi döndü, araçtakiler karanlık camların gerisinde belli belirsizdi.

Willy'nin kapısı açıldı. Sıcak içeri hücum etti, bu onu sersemleten türden bir darbe, sonu belirsiz bir sıcaktı.

Bayan Hu dışarıda dikilmiş bekliyordu, yüzü çoktan ter damlalarıyla dolmuştu. "Otel klimalı," dedi ve hafif bir hoşgörü ifadesiyle, "*Yabancıların* rahatı için," diye ekledi.

Oysa klima olarak adlandırılan şeyin güç bela çalıştığı ortaya çıktı. Otel eski Fransız koloni şaşaasından biraz daha fazlasını vaat ediyordu. Girişteki halı leş gibiydi ve rengi solmuştu, lobi eşyaları hurdası çıkmış gül ağacı ve yünü dökülmüş minderlerden oluşan tam bir döküntüydü. Guy resepsiyonda kayıtlarını yaptırırken, Willy valizlerin yanından bir an olsun ayrılmadı ve lobi girişini inceledi.

Saniyeler sonra koyu renk gözlüklü iki Vietnamlı kapıdan girdiğinde şaşırmadı. Onu hemen fark edip bir oyuğa doğru yöneldiler, devasa bir aşk merdiveni saksısının arkasına dolandılar. Willy adamların sigaralarından tavana doğru kıvrılarak yükselen dumanı görebiliyordu.

Guy, "Kayıtlarımız yapıldı," dedi. "Oda 308. Şehir manzaralı."

Willy koluna dokundu. "İki adam," diye fısıldadı. "Saat üç hizasında..."

"Gördüm."

"Şimdi ne yapacağız?"

"Görmezden gel."

"Fakat..."

Bayan Hu, "Bay Barnard?" diye seslendi. İkisi birden döndü. Kadın elindeki kâğıdı sallıyordu. "Resepsiyonist bir telgrafınızın olduğunu söylüyor."

Guy kaşlarını çattı. "Ben telgraf beklemiyordum."

"Bu sabah Saygon'a gelmiş, siz ayrılmadan hemen evvel. Otel buraya gönderilmesini talep etti." Guy'a hızlı ve kötü bir el yazısıyla kaleme alınan notu uzattı ve okurken sert bakışlarla onu seyretti.

Mesaj önemliyse bile Guy belli etmedi. Kâğıdı gelişigüzel cebine soktu, valizleri alıp Willy'yi bekleyen asansöre doğru dirseğiyle iteledi.

Bayan Hu, "Umarım kötü bir haber değildir," diye seslendi.

Guy kadına gülümsedi. "Bir arkadaşımdan," dedi ve asansörün düğmesine bastı.

Willy'nin gözleri çiçeğin arkasından kendilerine bakan iki Vietnamlıya kısa bir an için tekrar odaklandı, sonra kapı kayarak kapandı. Kapı kapanır kapanmaz Guy elini yakaladı. Gözlerinde, *sakın konuşma,* ifadesi vardı.

Üçüncü kata hiç konuşmadan çıktılar.

İçeri girdiklerinde Willy, Guy'ın odada gezinişini, parmaklarını abajurların altında ve çekmeceli dolaplar boyunca tedbirli bir şekilde dolaştırışını, gömme dolabı açışını ve komodinleri kontrol edişini şaşkınlık içinde seyretti. Aradığı şeyi sonunda karyola başlığının arkasında buldu; kablosuz bir mikrofon, neredeyse pul büyüklüğünde. Onu olduğu yerde bıraktı. Ardından pencereye yöneldi ve aşağı, sokağa baktı.

"Ne kadar da muhteşem," diye mırıldandı. "Bebek bakıcılığı hizmetinden yararlanacağız."

Willy yanına gitti ve nereye baktığını gördü. Siyah Mercedes aşağıya, sokağa park edilmişti. "Ya şu telgraf da neyin nesi?" diye fısıldadı.

Cevaben Guy cebindeki kâğıdı çıkartıp ona uzattı. Willy iki kez okudu ama ona hiçbir şey ifade etmedi.

Sy Amca seni soruyor. Nam'da rehber eşliğinde tur planlıyor. İyi Takipler. Bobbo.

Guy perdeyi kapattı ve öfkeyle odada dolaşmaya başladı. Bir şeyler planladığı açıktı.

Aniden durdu. "Miden için bir şey ister misin?" diye sordu.

Willy gözlerini kırpıştırdı. "Anlayamadım?"

"Pepto Bismol'un faydası olabilir. Bir süre yatıp dinlensen iyi olur. Şu eski bağırsak kurdu korkunç derecede ağrı yaratabilir."

"Bağırsak kurdu mu?" Willy ona anlamaz gözlerle baktı.

Guy ağır adımlarla masaya yöneldi ve bir yandan konuşurken diğer yandan bir parça kâğıt bulmak için çekmeceyi altüst etti. "İddiaya girerim ki bunun sebebi dün gece yediğin deniz ürünüdür. Hâlâ kendini berbat mı hissediyorsun?" Üzerine, "Evet!!!" yazdığı kâğıdı havaya kaldırdı.

Willy, "Evet," dedi. "Kesinlikle berbat haldeyim. Ben... sanırım uzansam iyi olur." Durakladı. "Öyle değil mi?"

Guy tekrar bir şeyler karalamaya başlamıştı. Kâğıtta şimdi, "Hastaneye gitmek istiyorsun!" yazılıydı.

Willy başını salladı ve banyoya gitti, birkaç kez yüksek sesle inledi ve sifonu çekti. "Biliyor musun, gerçekten de kendimi berbat hissediyorum. Belki de bir doktora görünmeliyim..." Konuyu, onun nereye varmaya çalıştığını, ancak o an lavabonun yanında dikilmiş musluktan tıslayarak akan suya bakarken anlamıştı. Ani bir takdirle, *Bu adam bir dâhi,* diye düşündü. Ona doğru dönerek, "Sence İngilizce konuşan birini bulabilir miyiz?" diye sordu.

Guy başparmağını havaya kaldırarak çok iyi gittiğini ifade etti.

"Hastaneyi deneyebiliriz," dedi. "Doktor bulamasak da seni anlayacak biri mutlaka vardır."

Willy yatağa ve yaylardan gıcırtı çıkartacak şekilde birkaç kez zıpladı. "Tanrım, kendimi korkunç hissediyorum."

Guy onun yanına oturdu ve elini alnına koydu. "Küçükhanım, gerçekten de yanıyorsun," derken gözleri ışıl ışıldı.

Willy ciddi bir tavırla, "Biliyorum," dedi.

Gülmemek için büyük bir mücadele veriyorlardı.

On dakika sonra limuzine binerlerken Bayan Hu, "Bir saat evvel hiç de hasta gibi görünmüyordu," dedi.

Guy, "Kramplar aniden başladı," karşılığını verdi.

Bayan Hu, sıkkın bir şekilde, "Bence bu iş *çok* ani oldu," dedi.

Willy arka koltuktan, "Sanırım sebebi deniz ürünleri," diye sızlandı.

Bayan Hu, "Siz Amerikalılar," diyerek dudak büktü. "Ne kadar da hassas mideleriniz var."

Hastanenin bekleme odası fırın kadar sıcaktı ve hasta kaynıyordu. Willy ve Guy içeri girerken kalabalık aniden sustu. İşitilen tek gürültü tavandaki vantilatörün ritmik tıkırtıları ve annesinin kucağında ağlayan bebeğin sesiydi. İki Amerikalı odanın karşısına, resepsiyon masasına doğru ilerlerken herkesin gözü üzerlerindeydi.

Masanın arkasındaki Vietnamlı hemşire sessiz bir şaşkınlıkla baktı. Bayan Hu yüksek sesle bir soru yöneltince gergin bir tavırla başını iki yana sallayarak karşılık verdi ve hızla sorusunu yanıtladı.

Bayan Hu, "Burada sadece Vietnamlı doktorlar var," diye tercüme etti. "Avrupalı yok."

Guy, "Batı'da eğitim gören kimse yok mu?" diye sordu.

"Neden, Batılı tıbbınızın bizimkinden üstün olduğunu mu düşünüyorsunuz?"

"Bakın, Doğu-Batı kavgası yapmak niyetinde değilim. Sadece İngilizce konuşan birini bulun. Hemşire de olur. İngilizce konuşan hemşireleriniz vardır, öyle değil mi?"

Bayan Hu somurtarak döndü ve hemşireye bir şeyler mırıldadı, o da birkaç telefon görüşmesi yaptı. Sonunda Willy'yi koridor boyunca yürütüp özel bir muayene odasına aldılar. İçeride sadece temel eşyalar vardı; bir muayene masası, bir lavabo, bir alet arabası. Pamuk topları ve dil çubukları tozlu cam kavanozlarda duruyordu. Bir sinek çıplak ampullerden birinin etrafında tembel tembel vızıldadı. Hemşire Willy'ye eski püskü bir elbise verdi ve soyunmasını işaret etti.

Bayan Hu köşede dikilmiş kendisini seyrederken soyunmak gibi bir niyeti yoktu.

Willy, "Biraz mahremiyet hiç fena olmaz," dedi.

Diğer kadın yerinden dahi kımıldamadı. "Bay Barnard kalıyor ama," diye işaret etti.

"Hayır." Willy, Guy'a baktı. "Bay Barnard gidiyor."

Guy, kapıya doğru dönerek, "Aslında tam da çıkmak üzereydim," dedi. Bayan Hu'ya bakarak, "Biliyorsunuz yoldaş, Amerika'da birini soyunurken seyretmek büyük kabalıktır," diye ekledi.

Bayan Hu, Guy'ı takip ederken, "Sadece Batılı kadınların iç çamaşırlarına dair anlatılanları teyit etmeye çalışıyordum," dedi.

Guy, “Tam olarak ne işittiniz?” diye sordu.

“Erkeklerin şehvetli ilgilerini uyandırmak maksadıyla tasarlandıklarını.”

Guy sırıtarak, “Yoldaş,” dedi. “Hanımların iç çamaşırları konusundaki bilgimi sizinle paylaşmaktan büyük haz alırdım...”

Kapı kapandı, Willy odada yalnız kalmıştı. Verilen elbiseyi giyindi ve beklemek için muayene masasına oturdu.

Birkaç dakika sonra uzun boylu, kırklı yaşlarda, üzerinde beyaz laboratuvar önlüğü olan bir kadın belirdi. Yakasındaki karttan adının Nora Walker olduğu anlaşılıyordu. Willy’yi başıyla sertçe selamladı ve hastane panosundaki bilgilere göz atmak için masanın yanında durdu. Kahverengi saçlarında gri tutamlar vardı; gözleri koyu yeşil renkteydi, bir deniz kadar akıl sır erdirilmezdi.

Kadın, İngiliz aksanıyla, “Bana sizin Amerikalı olduğunuz söylendi,” dedi. “Burada Amerikalıya pek sık rastlamayız. Sorununuz nedir?”

“Midem ağrıyordu ve kusacakmış gibiydim.”

“Ne zamandan beri?”

“Bir gündür.”

“Ya ateşiniz?”

“Ateşim yok. Ama sık sık kramp giriyor.”

Kadın başını salladı. “Batılı turistler için hiç de sıra dışı bir durum değil.” Not panosuna tekrar baktı. “Sudan olmalı. Alıştığınızdan farklı bakteri varyantları. Üstesinden gelmeniz birkaç gün alacaktır. Sizi muayene etmeliyim. Eğer uzanırsanız Bayan..." Not panosundaki yazılı isme odaklandı. Hemen o saniye sessizleşti.

Willy alçak sesle, "Maitland," dedi. "Adım Willy Maitland."

Nora boğazını temizledi. İfadesiz bir ses tonuyla, "Lütfen uzanın," dedi.

Willy itaatkâr bir tavırla masaya uzandı ve kadının karnını muayene etmesine izin verdi. Karnında dolaşan elleri bir buz kadar soğuktu.

Willy, "Sam Lassiter bize yardım edebileceğinizi söyledi," diye fısıldadı.

"Sam'le mi konuştunuz?"

"Cantho'da. Babamla ilgili görüşmüştüm."

Nora başını salladı ve birdenbire resmileşerek, "Bastırdığımda sancı var mı?" dedi.

"Hayır."

"Ya şurada?"

"Biraz."

Sonra, Nora fısıltıyla, "Sam şu aralar nasıl?" diye sordu.

Willy durakladı. "O öldü," diye mırıldandı.

Karnındaki eller dondu kaldı. "Aman Tanrım. Nasıl..." Nora kendini tutup yutkundu. "Yani, ne kadar... ağrıyor?"

Willy parmağını kaldırıp boğaz hizasında bıçakla kesiyor gibi yaptı.

Nora derin bir nefes aldı. "Anlıyorum." Hâlâ Willy'nin karnında duran elleri titriyordu. Bir an için sessiz kaldı, başı öne eğikti. Sonra dönüp ilaç dolabına gitti. "Bence antibiyotik kullanmalısınız." Bir şişe ilaç çıkarttı. "Kükürte alerjiniz var mı?"

"Sanmıyorum."

Nora boş bir ilaç etiketi çıkarttı ve doldurmaya başladı. "Kimliğinizi görebilir miyim, Bayan Maitland?"

Willy California ehliyetini çıkartıp Nora'ya uzattı. "Bu yeterli mi?"

"İş görür." Nora ehliyeti cebine attı. Ardından ilaç etiketini şişenin üzerine yapıştırdı. "Günde dört kez birer adet alın. Yarın geceye kadar bir şeyiniz kalmaz." Şişeyi Willy'ye verdi. İçinde yaklaşık iki düzine beyaz tablet vardı. Etikette ilacın adı ve nasıl kullanılacağı yazıyordu. Gizli bir mesaj, gizli bir açıklama yoktu.

Willy beklentili bir tavırla başını kaldırdı fakat Nora çoktan gitmek için arkasını dönmüştü. Kapıya yaklaşırken durakladı. "Yanınızda bir adam var, Amerikalı. O kim? Akrabanız mı?"

"Arkadaşım."

"Anlıyorum." Nora ona uzun, tedirgin bir bakış attı. "Bu ilaca alerjinizin olmadığından kesinlikle emin olduğunuzu umuyorum Bayan Maitland. Eğer yanılıyorsanız, bu ilaç tedavisi çok ama çok tehlikeli olabilir." Kapıyı açar açmaz kapının girişinde dikilen Bayan Hu'yla burun buruna geldi.

Vietnamlı kadın o dakika dikleşti. "Bayan Maitland iyi mi?" diye sordu.

"Hafif bir bağırsak enfeksiyonu. Antibiyotik verdim. Yarına kendisini daha iyi hissedecektir."

Willy, masadan inerek, "Şimdiden daha iyiyim," dedi. "Biraz temiz hava alabilirsem..."

Nora, "Mükemmel bir fikir," dedi. "Temiz hava ve sadece hafif yemekler. Süt yok." Kapıdan çıktı. "Hanoi'de iyi zaman geçirmenizi dilerim, Bayan Maitland."

Bayan Hu, Willy'ye kendini beğenmiş bir gülümsemeyle baktı. "Görüyor musunuz? Burada, Vietnam'da bile, insan en iyi tıbbi tedaviyi alabiliyor."

Willy başını sallayarak onayladı ve elbiselerine uzandı. "Aynı fikirde olduğumu söyleyebilirim."

On beş dakika sonra Nora Walker hastaneden ayrıldı, bisikletine atlayıp terzilerin bulunduğu yola doğru sürdü. Sokak kenarındaki bir erişte tezgâhından limonata ve bir kâse *pho* aldı, satıcıya bin dongluk banknot uzattı, paranın karşılıklı köşeleri büyük bir dikkatle kıvrılmıştı. Diğer müşteriler gibi kaldırıma çömelerek eriştesini yedi. Son acı suyu da içtikten sonra bir terzi dükkânına girdi. Burası terk edilmiş gibiydi. Boncuklu bir perdeden geçerek aydınlatılmış arka odaya geçti. Burada tozlu, ipekli, pamuklu ve brokar ruloları arasında bekledi.

Perde boncuklarının şıngırtısı beklediği kişinin geldiğinin işaretiydi. Nora ona doğru döndü.

Vietnamca, "Bill Maitland'ın kızını gördüm," dedi. Willy'nin ehliyetini uzattı.

Adam fotoğrafı inceleyip gülümsedi. "Benzerliği görebiliyorum."

Nora, "Bir sorun var," dedi. "Bir adamla birlikte yolculuk ediyor..."

"Bay Barnard mı?" Yüzünde diğer bir gülümseme belirdi. "Haberimiz var."

"Bu adam CIA'den mi?"

"Bizce değil. Görünüş itibarıyla bağımsız biri."

"Yani onları takip ediyorsunuz."

Adam omuz silkti. "Bu hiç de zor değil. Sokaklardaki bunca çocuk arasında, orada burada beliren sıradan bir ufaklığı kimse fark etmeyecektir."

Nora yutkundu, bir sonraki soruyu sormaya korkuyordu. "Sam'in öldüğünü söyledi, doğru mu?"

Adamın gülümseyişi yok oldu. "Üzgünüz. Görünüşe bakılırsa aradan geçen zaman hiçbir şeyi daha güvenli bir hale getirmedi."

Nora adama sırtını dönerek boğazını temizlemeyi denedi ama ağrı sabit kaldı. Alnını bir ipek rulosuna bastırdı. "Haklısın. Hiçbir şey değişmedi. Lanet olsun hepsine. *Lanet olsun."*

"Bizden ne istiyorsun, Nora?"

"Bilmiyorum." Derin bir nefes aldı ve adama doğru döndü. "Sanırım... sanırım bir mesaj yollamalıyız."

"Dr. Andersen'la temasa geçeceğim."

"Yarına yanıt almalıyım."

Adam başını iki yana salladı. "Bu bize düzenlemeler için çok az zaman bırakıyor."

"Tam bir gün. Yeterli olacaktır."

"Ama ortada..." Sustu. "Zorluklar var."

Nora adamın suratını inceledi, mükemmel bir vurdumduymazlık maskesine bürünmüştü. "Ne demek istiyorsun?"

"Parti bu işle ilgileniyor. CIA de öyle. Belki başkaları da vardır."

Nora, *başkaları,* diye düşündü. Bu haklarında hiçbir şey bilmedikleri kişiler anlamına geliyordu. Hepsi arasında en tehlikeli grup.

Nora terzi dükkânından ayrılıp akşamın acıklı parıltısına adım atarken, kendisini bir düzine çift gözün Gia Ngu Sokağı'na acele etmeksizin yaptığı ziyarette izlediğini hissetti. Dükkândan yeni aldığı parlak işlemeli bluz ona kendisini aşırı derecede dikkat çekici hissettiriyordu. Bu işlemeler olmaksızın dikkat çekici olmadığı anlamına gelmiyordu. Hanoi'de, yabancıların tümü şüpheyle izlenirdi. Ziyaret ettiği her dükkânda, yürüdüğü her sokakta onu izleyen gözler vardı.

Willy Maitland'ı da aynen böyle izleyeceklerdi.

Guy, "İlk adımı attık," dedi. "Sonraki adım onun."

"Ya hiçbir şey duymazsak?"

"O zaman korkarım ki çıkmaz sokağa saptık." Guy ellerini ceplerine daldırdı ve bakışlarını Returned Sword Gölü'nün sularının ilerisine çevirdi. Çimenlik kıyıda dolaşan bir düzine çift gibi, onlar da bu parkı yalnız kalmak, başkaları tarafından işitilmeksizin konuşma fırsatını yakalamak maksadıyla seçmişlerdi. Ağaçlardan aşağı alev kırmızısı çiçekler sarkıyordu. İlerideki patikada çocuklar çene çalıyordu.

Willy, "Şu telgrafı bana açıklamadın," dedi. "Bobbo da kim?"

Guy güldü. "Ah, Toby Wolff'un takma adı. Şu uçak kazasından sonra kendimizi askeri bir hastanede yan yana yatarken bulduk. Sanırım hemşirelere büyük üzüntü verdik. Bilirsin işte, aşırı göz kırpmalar, gereğinden fazla sinsi yorumlar. Bizi şeytani Bobbsey ikizler olarak adlandırmaya başladılar. Kısa süre sonra o Bobbo Bir, ben de Bobbo İki'ydim."

"Yani telgrafı Toby Wolff gönderdi."

Guy başını sallayarak onayladı.

"Peki ne anlama geliyordu? Sy Amca da kim?"

Guy duraklayıp etrafa düşünceli ve dikkatli bir bakış attı. Willy bunun sıradan bir bakış olmadığının farkındaydı; araştırıyordu. Gerçekten de oradaydılar. İki Vietnamlı adam bir cennet ağacının gölgesine oturmuşlardı. Büyük olasılıkla onları korumak için görevlendirilen polis memurlarıydı.

Yoksa onları tecrit etmek için mi görevlendirilmişlerdi?

Guy, "Sy Amca," dedi, "CIA için kullandığımız özel bir isim."

Willy mesajı anımsayarak kaşlarını çattı. *Sy Amca seni soruyor. Nam'da rehber eşliğinde tur planlıyor. İyi takipler. Bobbo.*

Guy, "Bu bir uyarıydı," dedi. "Ortaklık bizden haberdar. Onlar da ülkede. Belki de şu an bizi seyrediyorlar."

Willy endişeyle gölün etrafına göz attı. Hemen önlerinden bir bisiklet geçti, pedalı konik şapkalı, ciddi bir kız çeviriyordu. Çimenler üzerinde iki sevgili birbirlerine sarıldı. Gümüş rengi göl ve çiçek açan ağaçlar, bir ressamın ilgisini çekebilecek bir manzara sunuyordu.

Tabii, ağaçların altından onları izleyen iki polis dışında.

Willy, "Eğer haklıysa," dedi, "eğer CIA peşimizdeyse, onları nasıl tanıyacağız?"

"Sorun da bu." Guy ona dönünce gözlerinde gördüğü endişe Willy'yi korkuttu. "Tanıyamayacağız."

Çok yakın. Ama bir o kadar da ulaşılamaz.

Siang üç tekerlekli bir faytonun gölgesine çömeldi ve gölün karşı kıyısında dolaşan iki Amerikalıyı seyretti. Sakin sakin yürüyorlar, çiçekleri koklayan, patikada düşe kalka ilerleyen bir çocuğa gülen turistler gibi davranıyorlardı. Dürbünlü bir tüfekle hayatlarının nasıl hemen o dakika sönüp gidebileceğinin farkında değillerdi.

Ardından gözleri, onları biraz geriden takip eden iki adama takıldı. Koruma görevindeki polis memurları, diye tahminde bulundu. Her şeyi daha da zorlaştırıyorlardı ama Siang onları atlatabilirdi. Er ya da geç, mutlaka bir fırsat çıkacaktı.

Suikast ne kadar da kolay olacaktı; aynen iyi nişan alınmış bir mermi için açık bırakılan aralık bir perde gibi. Bunun artık plan dahilinde olmaması ne kadar da yazıktı.

Amerikalılar arabalarına döndü. Siang ayağa kalktı, bacaklarını sallayarak kanı tekrar hareketlendirdi ve bisikletine atladı. Bu sefil bir ulaşım aracıydı; ancak pratikti, göze çarpmıyordu. Hanoi sokaklarındaki binlerce insan arasında, eski püskü giyimli bir bisikletçi kimin dikkatini çekerdi ki?

Siang arabayı otele kadar takip etti. Bir blok ötede indi ve iki Amerikalının lobiye girişlerini gizlice seyretti. Saniyeler sonra, siyah bir Mercedes kaldırıma yaklaştı. İki memur dışarı çıktı ve Amerikalıların ardından onlar da içeri girdiler.

Şimdi düzeneği kurma zamanıydı.

Siang bisiklet sepetinden kumaşa sarılı bir çıkın aldı, kaldırımda kendisine gölge bir yer seçti ve mallarını yaydı; sigaralar, sabun ve tebrik kartları. Ardından, aynen yola dizilmiş diğer seyyar satıcılar gibi hasırının üzerine çömeldi ve gelip geçenleri elini sallayarak tezgâhına çağırdı.

Takip eden iki saat içinde sadece tek bir kalıp sabun satmayı başardıysa da bunun hiçbir önemi yoktu. İzlemek için oradaydı. Beklemek için.

Diğer tüm iyi avcılar gibi, Siang da nasıl bekleneceğini biliyordu.

ONUNCU BÖLÜM

Guy ve Willy o gece ayrı yataklarda uyudu. En azından Guy uyudu. Willy uyuyamadı; babasını, onu hayattayken gördüğü son anı düşünerek döndü durdu.

Valizini toparlıyordu. Willy yatağın yanında dikilmiş, çantasına elbiseleri atışını seyretmişti. Toparladığı şeylere bakınca babasının savaşın tatlı çılgınlığına geri döndüğünü anlamıştı. Kurşun geçirmez yeleği, Laoca-İngilizce sözlüğü, ağır altın zincirleri görmüştü; bunlar düşürülen bir pilotun hayatı karşılığında pazarlıkta kullanabileceği kullanışlı fidye türleriydi. Aynı zamanda bir de hükümet tarafından yayınlanan kan teskeresi vardı; kumaşa basılmıştı ve bir ABD Hava Kuvvetleri pilotundan araklanmıştı.

Ben Amerika Birleşik Devletleri vatandaşıyım. Dilinizi bilmiyorum. Talihsizlikler beni yiyecek ve kalacak yer bul-

mak, korunmak için sizin yardımınızı istemeye yönlendirdi. Lütfen beni güvenliğimi sağlayacak ve halkımın arasına dönmemin yolunu bulacak birisine götürün.

Bu not tam on üç farklı dilde yazılmıştı.

Paketleyip valizine attığı son şey 45'liğiydi, tetiği çok hassastı. Willy yatağın yanında dikilip silaha bakmış ve ne kadar önemli olduğunu daha o dakika anlamıştı.

Willy, "Neden geri dönüyorsun?" diye sormuştu.

Babası, tabancayı elbiseleri arasına kaydırarak, "Çünkü bu benim işim bebeğim," demişti. "Çünkü bu işte iyiyim, ayrıca maaş çekine ihtiyacımız var."

"Maaş çekine ihtiyacımız yok. Sana ihtiyacımız var."

Babası valizini kapatmıştı. "Yine annenle konuştunuz, öyle değil mi?"

"Hayır, bunları söyleyen benim babacığım. *Ben.*"

"Tabii bebeğim." Gülmüş ve saçlarını karıştırmış, bunu ona kendisini küçük bir kız gibi hissettirecek tarzda yapmıştı. Valizini yere indirmiş ve ona sırıtmıştı, tıpkı annesine yaptığı gibi, istediklerini almayı her zaman sağlayan o gülümsemeyle. "Bak ne diyeceğim, geri dönerken sana küçük bir hediye getirmeme ne dersin? Vientiane'den hoş bir şey. Belki bir yakut? Ya da safir? İddiaya girerim ki bir safirinin olmasını çok istersin."

Willy omuz silkti. "Ne gereği var?"

"Olur mu öyle şey, sen benim bebeğimsin, öyle değil

mi?"

"Bebeğin mi?" Willy tavana bakıp gülmüştü. "Ne zaman *senin* bebeğin oldum ki?"

Babasının gülümsemesi kaybolmuştu. "Ses tonun umurumda bile değil genç Bayan."

"Hiçbir şey umurunda değil zaten, öyle değil mi? Şu aptal savaşta aptal uçaklarını uçurmak dışında." Daha babası karşılık veremeden Willy onu itip odadan çıkmıştı.

Koridorda hızla koşarken babasının arkasından, "Sen sadece bir çocuksun. Bir gün anlayacaksın! Biraz büyü! O zaman anlayacaksın..." diye haykırdığını işitmişti.

Bir gün. Bir gün.

Gecenin karanlığına doğru, "Hâlâ anlamıyorum," diye fısıldadı.

Sokaktan gelip geçen araçların iniltisi işitiliyordu. Yatakta doğrulup oturdu ve parmaklarını nemli saçları arasından geçirerek etrafına bakındı. Perdeler pencerelerdeki ay ışığı altında havada uçuşan ince bir örümcek ağı gibi dalgalandı. Guy yorganını bir tarafa tepmiş yanındaki yatakta uyuyordu, çıplak sırtı karanlıkta ışıl ışıldı.

Willy ayağa kalktı ve pencereye gitti. Aşağıdaki köşede, çaputlara sarılmış üç tane üç tekerlekli fayton şoförü sokak lambasının loş ışıltısı altına çömelmişlerdi. Tek kelime bile etmiyorlardı; bitkinlik tablosu içinde birbirlerine sarılarak oturuyorlardı sadece. Willy, en az onlar kadar bitkin, onlar kadar sessiz kaç kişinin gecenin içinde dolaştığını merak etti.

Savaşı kazandıklarını düşünüyorlar.

Bir inleme ve yataktan yükselen bir gıcırtı dönmesine sebep oldu. Guy artık sırtüstü yatıyordu, yorgan tekmelenmekten yere düşmüştü. Garip bir büyülenişle yatağın yanına yaklaştı. Gölgeler arasında Guy'ın dağınık saçlarını, göğsünün yükselip alçalışını inceleyerek dikildi. Rüyasında komik şeyler görüyormuş gibi hafif bir gülümseme vardı yüzünde. Guy'ın saçlarını düzeltmeye başladı, sonra vazgeçti. Ona dokunmak, onun tarafından kucaklanmak özlemine karşı savaş verirken eli, Guy'ın bedeni üzerinde gezindi. Bir erkeğe karşı böyle şeyler hissetmeyeli uzun zaman olmuştu ve bu onu korkuttu; bu, teslimiyetin, ruhunu açmanın ilk işaretiydi.

Buna izin veremezdi. Bu adamla olmazdı.

Arkasını döndü, yatağına yöneldi ve kendini çarşafın üzerine attı. Kendisi açısından kusurlarını, birbirleri için uygun olmama sebeplerini düşünerek öylece yattı.

Anne babasının birbirlerine uygun olmayışlarıyla aynı şeydi.

Ann Maitland bunun farkına hiç varmamıştı; bu temel uyumsuzluğun. Oysa bu kızı açısından acı verici derecede açıktı. Bill Maitland kapalı bir kutu, hayatın şans oyununda ne yapacağı belli olmayan bir jokerdi. Ann sırf onunla evli olduğu için yaşadığı sürprizleri ona olan sevgisi sayesinde neşeyle kabullenmişti.

Ama Willy'nin böyle bir sevgiye, Vahşi Bill Maitland'ın genç sürümüne ihtiyacı yoktu.

Yine de, Tanrı biliyor ya, onu istemişti ve Guy hemen yanındaki yataktaydı.

Gözlerini kapattı. Tedirgin bir şekilde terleyerek sabaha kadar saatleri saydı.

"Olaylar beklenmedik şekilde gelişiyor." Biraz evvel Saygon uçağından inen Bakan Tranh sert sırtlıklı sandalyesine yerleşti ve fincanında yüzen çay yapraklarına baktı. "Bana onların sıradan turistler gibi davrandığını mı söylüyorsunuz?"

Bayan Hu nefret yüklü bir tavırla, "Tipik *kapitalist* turistler gibi," dedi. Görevi gereği tüm detayları kaydettiği not defterini açtı ve raporuna başladı. "Bu sabah saat dokuz kırk beşte, sevgili liderimizin mezarını ziyaret ettiler ama hiçbir yorumda bulunmadılar. 12.17'de, kendilerine otelde yemek servis edildi; mönüde balık, haşlama nehir kaplumbağası, buharda pişmiş sebze ve muhallebi vardı. Akşam, Savaş Müzesi'ne götürüldüler, ardından Devrim Müzesi'ne geçtiler..."

"Kapitalist turistlerin programlarına hiç benzemiyor."

"Sonra..." sayfaları taradı, "*alışverişe* gittiler." Muzaffer bir edayla not defterini çarpıp kapattı.

"Ama Yoldaş Hu, işine kendini adamış bir parti üyesi bile arada sırada alışveriş yapmalıdır."

"Antika almak için mi?"

"Ah. Geleneklere değer veriyorlar."

Bayan Hu öne doğru eğildi. "Beni kuşkulandıran şey şu, Bakan Tranh. Leopar çizgilerini gösteriyor."

Bakan gülümseyerek, "Beneklerini," diye düzeltti. Şevkli

Yoldaş Hu Amerikan deyimlerini yeniden inceliyordu. Kendi espri anlayışlarını bu kadar özümseyememiş olması ne büyük bir utançtı. "Tam olarak ne yaptılar?"

"Bu akşam, antika dükkânının ardından, Avustralya Büyükelçiliği'nde iki saat geçirdiler; net bir şekilde ifade etmek gerekirse kokteyl salonunda. Orada bazı şüpheli yabancılarla özel sohbetler ettiler."

Bakan Tranh Amerikalıların Batılı bir büyükelçilikte dinlenmelerini pek umursamadı. Yabancı bir ülkedeki diğer herkes gibi, büyük olasılıkla kendilerine benzeyen insanların arkadaşlıklarını özlemişlerdi. Onlarca yıl önce Paris'te, Tranh'ta böyle bir özlem hissetmişti. Batı Yakası kafelerinde kahvesini yudumlarken, Bohem hayatının hazlarına dalarken bile, arada sırada simsiyah bir saç görmeye, kendi dilinin nazik tınısını işitmeye hasret kalmıştı. Yine de Paris'i o kadar sevmişti ki...

Bayan Hu, "Siz de görüyorsunuz ki Amerikalılar dikkatle izleniyor," dedi. "İçiniz rahat olsun, Bakan Tranh. Ters giden hiçbir şey olmayacak."

"Tabii, bizimle işbirliğine devam edeceklerini düşünürsek."

"İşbirliği mi?" Bayan Hu'nun çenesi incinmiş bir gururla havaya kalktı. "Onları takip ettiğimizin farkında değiller."

Çıkarlar açısından doğru insan olan Bayan Hu'nun önsezi açısından bu kadar zayıf kalması ne kadar da kötüydü. Bakan Tranh'ın ona karşı çıkacak gücü yoktu. Fanatikler ile bağnazların nadiren mantıklı hareket ettiklerini öğreneli çok olmuştu.

Başını eğdi, çay yapraklarına baktı ve iç çekti. "Tabii ki haklısınız, yoldaş," dedi.

Willy, muşamba kaplı masanın karşısından, "Üzerinden bir gün geçti, niye kimse bizimle temas kurmadı?" diye fısıldadı.

Guy, "Belki de bize yeterince yaklaşamamışlardır," dedi. "Ya da belki de hâlâ bizi inceliyorlardır."

Willy, gözleri gürültülü kafeyi tararken, *Tıpkı herkesin bize bakması gibi,* diye düşündü. Bakışını kahve fincanları ve çorba kâseleri yığılı masalara yönelttiğinde, yemek yiyenler ile üzerlerinden duman tüten tepsiler taşıyan garsonlar pişirme yağı ve sigara dumanları arasında yok olup gittiler. *Hepsi bizi seyrediyor,* diye düşündü. Uzak bir köşede, iki polis memuru oturuyor, küllerini önlerindeki fincan tabağına silkiyorlardı. Ve küçük suratlar kirli sokak pencerelerinden içeri baktı, bunlar Amerikalıları kısa bir an da olsa görmeye çalışan çocuklardı.

Sıska ve sessiz garson masalarına iki kâse erişte çorbası bıraktı ve kanatlı bir kapıdan geçip ortadan kayboldu. Mutfakta çömlekler takırdadı ve sesler yankılandı. Kanatlı kapılar, tepsilerinin altında bükülen garsonlar girip çıktıkça çarparak açılıp kapandı.

Polis memurları bakıyorlardı.

Willy gergin bir şekilde yemek çubuklarına uzandı ve

hemen yemeye başladı. Bu gösterişsiz bir yemekti; erişte, biberli et suyu ve sığıra benzeyen ince ince dilimlenmiş bir et. Guy etin su bufalosu olduğunu söyledi. Lezzetli ancak sert. Başını eğdi, etrafındaki bakışları önemsemeyerek sessizce yedi. Ancak kırmızıbiberi ısırıp limonata bardağına uzanırken farkında olmadan çubuklarını elinden bıraktı.

"Bu aylak turist rolünü daha fazla oynayabilir miyim, bilmiyorum." İç çekti. "Ne kadar daha beklememiz gerekecek?"

"Ne kadar gerekirse o kadar. İşte, bu ülkede öğrenilen diğer bir şey de bu. Sabır. Doğru zamanı beklemek, doğru şartları."

"Yirmi yıl, beklemek için uzun bir süre."

Guy kaşlarını çatarak, "Biliyorsun," dedi. "Beni rahatsız eden kısmı da bu. Aradan tam yirmi yıl geçmiş olması. Ortaklık bugüne kadar çoktan kapanmış olması gereken bir konuyla neden hâlâ ilgileniyor ki?"

"Belki de bu işle ilgilenmiyorlardır. Belki Toby Wolf yanılmıştır."

"Toby hiç yanılmaz." Guy etrafına, kalabalık odaya baktı, gözleri endişeliydi. "Beni rahatsız eden bir şey daha var, hem de en başından beri. Bizim Bangkok'taki güya rastlantısal karşılaşmamız. İkimiz de aynı yanıtları, aynı adamı arıyoruz." Durakladı. "Ancak bu küçük paranoyaya rağmen, bir de içimden bir his bu..."

"Rastlantı mı diyor?"

"Kader diyor."

Willy başını iki yana salladı. "Ben kadere inanmam."

"İnanacaksın." Tavandaki vantilatörün çevresinde dolanıp duran sigara dumanı pusuna baktı. "Konu bu ülke. Seni değiştiriyor, gerçeklik hissini, kontrol hissini yok ediyor. Olayların bir sebebi olduğunu, ne kadar savaşırsan savaş *olacak olanları* düşünmeye başlıyorsun. Sanki başımıza gelecekler en başından yazılmış, kitabı değiştirmek imkânsızmış gibi."

Bakışları buluştu. Willy yumuşak bir sesle, "Ben kadere inanmam Guy," dedi. "Hiç inanmadım.

"Senden inanmanı istemiyorum."

"İkimizin bir araya gelmesi gerektiğine de inanmıyorum. Bu sadece bir rastlantıydı."

"Ama bir şey –şans, kader, komplo, her ne olarak adlandırmak istiyorsan o– bizi bir araya getirdi." Öne doğru eğildi, bakışlarını bir an olsun Willy'nin suratından ayırmamıştı. "Dünyadaki çılgınca yerlerin tümü arasında burada, aynı masada, aynı pis Vietnam kafesindeyiz. Ve..." Durakladı, kahverengi gözleri sıcaktı, çarpık gülümsemesi, ciddiyetinde geçici bir pırıltıydı. "Ben teslim olup bunu takip etme zamanımızın geldiğini düşünmeye başladım. İçgüdülerimizi takip etme zamanının."

Duman perdesinin arkasından birbirlerine baktılar. Ve Willy, *İçgüdülerimi takip etmekten başka bir şey istemezdim, ki bu da otele geri dönüp seninle sevişmek. Bundan pişmanlık duyacağımı biliyorum. Ama istediğim şey bu. Belki de seninle tanıştığım günden bu yana yapmak istediğim şey bu,* diye düşündü.

Guy masanın karşısına uzandı; elleri buluştu. Parmakları birbirine geçerken, sanki aralarında büyülü bir şey oluşmuş, sanki bu ta en başından ayarlanmış, kaderin –iyi, kötü ya da umarsızca– onları yönlendirdiği bir şeymiş gibi. Ayrı değil, birlikte, aynı kucaklaşmaya, aynı yatağa.

Guy, "En iyisi odaya geri dönelim," diye fısıldadı.

Willy başını sallayarak onayladı. Beraberce gülümsediler, kurnazca, vaat dolu bir gülümseme. Willy' nin aklında çoktan imgeler oluşmaya başlamıştı; düğmeleri yavaşça çözülen gömlekler, açılan kemer tokaları. Sırtta ve omuzlarda parlayan ter. Willy sandalyesini masadan yavaşça iteleyip uzaklaştırdı.

Ancak ayağa kalktıklarında, şaşırtıcı derecede tanıdık bir ses onlara seslendi.

Dodge Hamilton masa labirenti arasından hantal hantal onlara doğru yürüdü. Solgun ve terliydi, hemen yanlarındaki sandalyeye oturdu.

Guy, hayretler içerisinde, "Burada ne işin var?" diye sordu.

Hamilton, alnını mendille silerek, "Burada olduğum için çok şanslıyım," dedi. "Uçağın motorlarından biri Da Nang' dan buraya kadar duman çıkarttı. Tepelerden birine çarpacağımızı düşünmek hiç de hoş değildi."

Willy, "Ama ben, senin Saygon'da kalacağını düşünmüştüm," dedi.

Hamilton mendilini cebine koydu. "Öyle yapmayı dilerdim. Ama dün Maliye Bakanlığı'ndan bir telgraf aldım. Sonunda röportaj yapmaya razı olmuş – aylardır uğraştığım bir şeydi. Dolayısıyla Saygon'dan kalkan son uçağa sıkıştım, geldim." Başını iki yana salladı. "Az kalsın son uçuşum olacaktı, nokta. Tanrım, bir içkiye ihtiyacım var." Willy'nin bardağını işaret etti. "Ne içiyorsun?"

"Limonata."

Hamilton döndü ve garsona seslendi. "Selam, bakar mısın! Şundan, şu limonlu şeyden bir tane alabilir miyim?"

Willy, Hamilton'u düşünceli bir tavırla bardağının üzerinden seyrederken, bir yudum aldı. "Bizi nasıl buldun?"

"Ne? Ah, bu hiç de zor olmadı. Otel kâtibi beni buraya yönlendirdi."

"*O* nereden biliyormuş?"

Guy iç çekti. "Görünüşe bakılırsa herkesin attığımız her adımdan haberi var."

Hamilton, garson masaya bir peçete koyup üzerine limonatayı bırakırken kuşkuyla kaşlarını çattı. "Büyük olasılıkla içinde ölümcül bir bakteri vardır." Bardağı kaldırdı ve iç çekti. "Ben tehlikeyle yaşayabilirim. Pekâlâ, gökyüzünün güvenilir Ilyushin'lerine! Hiç çarpışmasınlar. En azından ben içlerindeyken."

Guy bardağını samimi bir şekilde şerefe kaldırdı. "Amin. Şu andan itibaren bence hepimiz gemilerle seyahat edelim."

Hamilton, "Ya da üç tekerlekli faytonlarla," dedi. "Bir düşün Barnard, Çin'i bir ucundan diğer ucuna pedal basarak geçebiliriz!"

Willy, "Bence uçak daha güvenli," dedi ve bardağına uzandı. Bardağını kaldırırken, ıslak peçetesinden masa örtüsüne koyu renkli bir lekenin dağıldığını fark etti. Bunun, bu küçük mavi damlanın ne olduğunu anlayabilmesi birkaç dakikasını aldı. Mürekkep. Peçetesinin arkasında bir şey yazıyordu...

Hamilton, "Bu uçağına bağlı," dedi. "Bugünden sonra, artık Rus teknolojisiyle işim yok. Kelime oyunu için kusuruma bakmayın ama ben esaslı bir şekilde Ilyushin'lerden soğudum."

Willy'yi telaşlı tahminlerden kurtaran, Guy'ın attığı kahkaha oldu. Başını kaldırdı ve Hamilton'un kaşlar çatmış halde kendisine baktığını gördü. *Dodge Hamilton,* diye düşündü. Her zaman yakınlarda bir yerlerdeydi, daima seyrediyordu.

Peçetesini buruşturarak avucuna aldı. "Eğer sizin için sorun yoksa otele döneceğim."

Guy, "Ters giden bir şey mi var?" diye sordu.

"Yorgunum." Ayağa kalktı, peçete hâlâ avucundaydı. "Ve biraz da midem bulanıyor."

Hamilton hemen limonata bardağını yana doğru iteledi. "Viskiden vazgeçmemem gerektiğini *biliyordum.* Gidip sana bir şey getirebilir miyim? Belki muz? Bu meyve şifalı, biliyorsun."

Guy, Willy'nin ayağa kalkmasına yardımcı olarak, "İyi olacak," dedi. "Onunla ben ilgilenirim."

Sokağın sıcaklığı ve kargaşası dayanılmazdı. Willy,

Guy' ın koluna yapıştı; konuşmaya, şüphelerini dillendirmeye korkuyordu. Ancak Guy onun heyecanını çoktan fark etmişti. Onu kalabalığın arasından otele doğru sürükledi.

Odalarına döndüklerinde Guy kapıyı kilitleyip perdeleri çekti. Willy peçeteyi açtı. Yatağın yanındaki lambanın ışığında, akmış mesajı çözmeye uğraştılar.

"02.00. Otelin arkasındaki dar sokak. Dikkatli olun."

Willy, Guy'a baktı. "Ne düşünüyorsun?"

Guy yanıtlamadı. Guy odada dolaşırken Willy onu seyretti; düşünüyor, riskleri tartıyordu. Sonra peçeteyi aldı, küçük parçalara ayırdı ve banyoya girerek gözden kayboldu. Willy sifon sesini işitti, kanıtın ortadan kaybolduğunu biliyordu. Guy banyodan çıktığında, yüz ifadesi donuk ve anlaşılmazdı.

"Neden uzanmıyorsun," dedi. "Kötü bir mideyi rahatlatmanın güzel bir uyku çekmekten daha iyi bir yolu olamaz." Lambayı söndürdü. Willy fosforlu saate bakınca yedi buçuk olduğunu gördü. Uzun bir bekleyiş olacaktı.

O gece neredeyse hiç uyuyamadılar.

Karanlık odalarında saatlerin geçmesini beklediler. Dışarıda sokağın gürültüsü, insan sesleri, üç tekerli fayton tıngırtıları sessizliğe gömüldü. Soyunmamışlardı; yataklarında gergin bir şekilde yatıyorlardı, tek bir kelime edecek cesaretleri yoktu.

Willy sonunda rüyasız bir uykuya daldığında zaman gece yarısını geçmiş olmalıydı. Dürtüklenip uyandırıldığında ona sanki aradan birkaç dakika geçmiş gibi geldi. Guy'ın dudakları alnına sürtündü, sonra "Harekete geçme zamanı," diye fısıldadığını işitti.

Willy doğruldu, anında uyanmıştı, kalbi deli gibi çarpıyordu. Ayakkabıları elinde, onu kapıya kadar parmak ucunda takip etti.

Sonunda, durgun ve pis bir suyla kaplı dar sokakta durdular. Willy karanlıkta sadece karşı duvara yaslanmış üç bisikleti seçebildi. Eline bir bohça itelendi. Bunda pijama altını andırır bir pantolon, bir bluz ve taze saman kokan konik bir şapka vardı. Üstünü değiştirmesi için Guy'a da elbise verilmişti.

Sessizlik içinde üstlerini değiştirdiler.

Bisiklete binip Nora'yı arka sokaklarda kilometrelerce takip ettiler. Gölgeler arasında, her şey kendine has bir yaşama bürünmüştü. Ağaç dalları onları yakalamak için uzandı. Yol bir yılan gibi kıvrıldı. Willy yön duygusunu tamamen kaybetti; daireler çiziyor olabilirlerdi. Nora'nın karanlıklar arasında yüzen kafasını takip ederek hemen pedal çevirdi.

Asfalt yollar yerini toprak yollara, binalar kulübelere ve bostanlara bıraktı. Sonunda şehrin bir kenar mahallesinde bisikletlerinden indiler. Yol kenarında eski bir kamyon vardı. Şoför mahallinde bir sigara közü parlıyordu. Kapı gıcırdayarak açıldı ve Vietnamlı bir adam atlayarak araçtan indi. O ve Nora kısa bir süre fısıldaştı. Ardından adam sigarasını fırlattı ve kamyonetin arkasını işaret etti.

Nora, "Binin," dedi. "Sizi buradan götürecek."

Willy, "Nereye gidiyoruz?" diye sordu.

Nora kamyonetin brandasını yana doğru çekti ve içeri tırmanmalarını işaret etti. "Soru soracak zaman yok. Acele edin."

"Siz bizimle gelmiyor musunuz?"

"Gelemem. Ortadan kaybolduğumu fark ederler."

"*Kimler* fark eder?"

Nora'nın çoktan aceleci bir hal alan sesi panikledi.

"Lütfen. *Hadi* girin."

Guy ve Willy arka tampona tırmanıp yavaşça pirinç çuvallarının arasına süzüldüler.

Nora, "Sabırlı olun," dedi. "Uzun bir yolculuk olacak. İçerde yiyecek ve su var, size yetecektir."

Guy, "Şoför kim?" diye sordu.

"İsim yok. Böylesi daha güvenli."

"Peki ona güvenebilir miyiz?"

Nora durakladı. "Güvenilir kimse var mı?" dedi. Sonra brandayı çekti ve onları geceden izole etti.

Dairesine dönmek için uzun bir bisiklet yolculuğu yaptı. Hızla pedal çevirdi, bedeni geceyi yarıp geçiyor, şapkası rüzgârda titriyordu. Yolu çok iyi biliyordu; karanlıkta dahi tehlikelerin, beklenmedik çukurların nerede olduklarından haberdardı.

Bu gece başka bir şeyin daha kokusunu alıyordu; bir varlık, kötü bir şey gecenin içinde yüzüyordu. Bu his o kadar güçlüydü ki durup arkasına bakmak zorunda kaldı. Tam bir dakika boyunca nefesini tutup bekledi. Ayın önünde hızla kıvrılan bulutlar haricinde hiçbir şey kımıldamadı. *Bu benim hayal gücüm,* diye düşündü. Onu takip eden falan yoktu. Onu hiç kimse takip etmiş *olamazdı.* Amerikalıları götürüp geri dönerken çok dikkatli davranmıştı, biri onları takip etmiş olsa kesinlikle fark ederdi.

Biraz daha rahatlamış halde eve kadar pedal bastı.

Bisikletini park etti ve dairesine uzanan köhne basamakları tırmandı. Kapı kilitli değildi. Bunun ne anlama geldiğini eşikten içeri girene kadar fark etmedi. Ama artık çok geçti.

Kapı arkasından kapandı. Hızla döndüğü anda bir ışık parlayıp yüzünü aydınlattı. Kör olmuş bir halde, geriye doğru bir adım attı. "Kim... ne..."

Arkasından uzanan eller onu çekiştirerek vahşi bir güçle kucakladı. Boğazına bir bıçak yaslandı.

Bir ses kulağına, "Tek kelime etme," diye fısıldadı.

Işığı tutan kişi yaklaştı. İriyarı bir adamdı, o kadar iriydi ki gölgesi duvarı kaplıyordu. "Sizi bekliyorduk, Bayan Walker," dedi. "Onları nereye götürdünüz?"

Nora yutkundu. "Kimleri?"

"Otele gidip onlarla buluştunuz. Oradan nereye gittiniz?"

"Ben..." Bıçak aniden etini yakınca inledi; boynundan aşağı sıcak bir kan damlasının indiğini hissedebiliyordu.

Adam, "Yavaş olun, Bay Siang," dedi. "Önümüzde koca bir gece var."

Nora ağlamaya başladı. "Lütfen. Lütfen, ben hiçbir şey bilmiyorum..."

"Tabii ki biliyorsun ve bize anlatacaksın, öyle değil mi?"

Adam bir sandalye çekip oturdu. Nora adamın dişlerinin gölgeler arasında fildişi gibi parladığını görebiliyordu. "Sadece konu bunu ne zaman yapacağın."

Willy, dalgalanan brandanın altından seher vaktini görebiliyordu; ağaçların arasından süzülüp gelen ışık, yolda dalgalanan toz, çeltik tarlalarının parlak yeşilliği... Saatlerdir seyahat ediyorlardı ve pirinç çuvalları artık sırtlarında beton etkisi yapmaya başlamıştı. En azından yiyecek içecekleri vardı. Açık bir sandıkta bir şişe su, bir dilim Fransız ekmeği ve dört lop yumurta bulmuşlardı. Bu yeterli görünmüştü, ilk başta. Ancak gün ilerleyip ve sıcaklık boğucu bir hal alınca, o bir şişe su gittikçe daha değerli olmuştu. Bunu paylaştılar, her yarım saatte, bir yudum aldılar; bu sadece boğazlarını ıslak tutmaya yetiyordu.

Öğlen kamyon tırmanışa geçti.

Willy, "Nereye gidiyoruz?" diye sordu.

"Sanırım batıya, dağlara. Belki de Dien Bien Phu yoluna."

"Laos'a doğru mu?"

"Babanın uçağının düştüğü yere." Kamyonun gölgeleri arasında Guy'ın pis ve tıraşsız suratı yorgun bir azim maskesine bürünmüştü. Willy kendisinin de bu kadar korkunç görünüp görünmediğini merak etti.

Guy terden sırılsıklam olan gömleğini çıkarıp bir kenara attı, etraflarında dönüp duran sivrisineklerin saldırısına artık açıktı. Çıplak bedenindeki yara izi gölgeler arasında dalgalanıyor gibiydi. Sessiz bir merakla Willy ona doğru uzanmaya başladı, ardından bunu yapmamasının daha iyi olacağına karar verdi.

Guy, elini tutup yara izine doğru yönlendirerek, "Sorun değil," dedi. "Acımıyor."

"Yaralandığında canın çok yanmış olmalı."

"Hatırlamıyorum." Willy'nin şaşkın bakışları karşısında ekledi. "Yani, bilincim yerinde değildi demek istedim. Ama uçak düşmeden evvel olan biteni bu kadar net bir şekilde hatırlayabiliyor olmam çok komik. Yanımda oturan Toby şakalar yapıyordu; pilotun İsimsiz Alkolikler'den eski bir arkadaşına ne kadar benzediği türünden şeyler. Uçuş okulunda en iyi askeri pilotların hep sarhoşlar arasından çıktığına dair bir şeyler duymuştu; ayık bir adamın bizim içinde bulunduğumuz türden bir hurda yığınını uçurmak türünden hayalleri olamazdı. İniş pistine alçalırken güldüğümüzü hatırlıyorum. Sonra..." Başını salladı. "Onu enkazın arasından çekip çıkarttığımı söylüyorlar. Ardından kemerini çözmüşüm ve uçak patlayıp havaya uçmadan evvel onu dışarı sürüklemişim. Bu yüzden beni kahraman ilan ettiler." Su şişesinin kapağını açtı, bir yudum aldı. "Ne komik."

Willy, "Kulağa bunu hak etmişsin gibi geliyor," dedi.

"Bence kulağa kafamı bir yere çarpmışım da ne yaptığımı bilmiyormuşum gibi geliyor."

"Dünyadaki en iyi kahramanlar gönülsüz olanlardır. Cesaret korkusuzluk değildir, korkuya rağmen hareket etmektir.

"Öyle mi?" Guy güldü. "O zaman bu beni iyilerin de

iyisi yapar." Kamyon aniden yavaşlayıp durunca gerildi. Uzaktan bir ses haykırarak emirler verdi. Birbirlerine dehşet içinde baktılar.

Willy, "Neler oluyor?" diye fısıldadı. "Ne diyorlar?"

"Yolun kapatıldığına dair bir şeyler... askerler herkesi durduruyor. Bir tür kontrol..."

"Tanrım. Şimdi ne..."

Guy parmağını dudaklarına yasladı. "Seslere bakılırsa önümüz kalabalık gibi. Sıranın bize gelmesi biraz zaman alabilir."

"Geri gidebilir miyiz? Dönebilir miyiz?"

Guy kamyonun arkasına doğru ilerledi ve brandadaki bir aralıktan dışarı baktı. "Hiç şansımız yok. Sıkışıp kalmışız. İki yanda da kamyonlar var."

Willy karanlıkta çılgınca arandı. Boş bir çuval, bir sandık, içine saklanabilecekleri kadar büyük herhangi bir şey var mı diye bakındı.

Askerlerin sesleri yaklaştı.

Willy, *Buradan kaçıp kurtulmalıyız*, diye düşündü. Guy çoktan yerinden kalkıp çömelmişti. Dışarısı çeltik tarlalarıyla çevriliydi. Onları gizleyecek bir şey yoktu, hemen o dakika fark edilirlerdi.

Willy, *Bize zarar vermeyeceklerdir,* diye düşündü. *Buna cesaret edemezler. Biz Amerikalıyız.*

Sanki bu çılgın dünyada, pasaporttaki bir kartal her tür korumayı beraberinde getirirmiş gibi.

Askerler hemen dışarıdaydı; seslerine bakılırsa iki kişiydiler. Kamyon şoförü kontrolden geçmeden yoluna devam etmeye, tatlı sözlerle iknaya çalışıyor, gülüyor, sigara uzatıyordu. Bu adamın sinirleri çelik kadar güçlü olmalıydı; sesinde en ufak bir endişe yoktu.

Rüşvet girişimi başarısız oldu. Ayak sesleri çakıl taşı döşeli yol kenarından ilerledi, kamyonun arkasına yöneldi.

Guy içgüdüsel olarak Willy'yi pirinç çuvallarının arkasına doğru itti, sonra önüne geçip ona siper oldu. İlk olarak onu görecekler, onunla yüzleşeceklerdi. Kaçınılmaz olanı beklemeye başladı.

Bir el uzanıp brandayı yakaladı...

Ve durdu. Uzaktan bir araba kornası duyuluyordu. Lastikler cayırdadı, bunu metalik bir gümbürtü ile şoförlerin öfkeli bağırışları takip etti.

Brandayı tutan el geri çekildi. Kanat kayarak kapandı. Askerler arasında kısa bir konuşma yapıldı, sonra adımlar çakıl taşlarını ezerek oradan uzaklaştı.

Şoförün yerine geçip gaza yüklenmesi sadece birkaç saniye aldı. Kamyon, Guy'ın ayaklarını yerden keserek öne doğru fırlattı. Guy devrilerek hemen Willy'nin yanına, pirinç çuvallarının üzerine düştü. Kamyonları tam hız yol almaya başlayınca sere serpe uzandılar, o kadar ucuz kurtarmışlardı ki edilecek tek kelime yoktu. Birdenbire ikisi de gülmeye başladı, çuvalların üzerinde yuvarlanıyorlardı, rahatlamışlardı.

Guy onu kendine çekip dudaklarından sertçe öptü.

Willy şaşkınlık içinde geri çekilerek, "Bu da ne içindi?" diye sordu.

Guy, "Bu," diye fısıldadı, "tamamen içgüdüseldi."

"İçgüdülerini hep dinler misin?"

"Sonuçlarına katlanabileceğimi düşündüğüm her an."

"Ve bu yaptığını sana ödetmeyeceğimden bu kadar eminsin, öyle mi?"

Karşılık olarak Guy onu saçlarından yakaladı, başını çuvalların arasına kıstırdı ve onu tekrar öptü. Bu seferki daha uzun ve şehvetliydi. Willy'nin bedeni hazla, ani bir arzuyla doldu, o kadar şiddetli bir histi ki sesini çıkaramadı.

Guy, "Bence," diye mırıldandı, "sen de bunu en az benim kadar istiyorsun."

Willy öfkeli bir iniltiyle onu iteleyerek savurdu ve üstüne çıktı, Guy'ı altında hareketsiz bırakmıştı. "Guy Barnard, seni sefil pislik, sana hak ettiğin şeyi vereceğim."

Guy güldü. "Burada mı?"

"Evet, öyle."

"Peki, tam olarak ne hak etmişim ben?"

Kısa bir an için Willy ona toz ve karanlığın arasından baktı. Sonra yavaşça yüzünü onunkine yaklaştırdı. Yumuşak sesle, "Bunu," dedi.

Öpüşü bu sefer farklıydı. Daha sıcaktı. Daha açtı. Willy istekli bir kadına dönüşmüştü; Guy bunu biliyordu ve aynı şekilde karşılık verdi. Willy'nin tehlikeli bir oyun oynadığına, birlikte geri dönülmez noktaya doğru ilerlediklerine dair uyarılmasına gerek yoktu. Willy onun hemen altında hareketlenmeye başladığını, kendi bedeninin bu yeni sertliğe ev sahipliği yapmak için kıvrandığını hissedebiliyordu. Ve onu öptüğü, bedenleri birbirine geçmiş halde durdukları süre boyunca, kendi kendine, *Buna pişman olacağım. Nefes aldığımdan nasıl eminsem, bunun bedelini ödeyeceğimden de o kadar eminim. Ama o kadar uygun görünüyor ki...* diye düşünmüştü.

Kendini çekti, nefes nefeseydi.

Guy sırıtıp bakarken, "Pekâlâ!" dedi. "Bayan Willy Maitland, çok şaşırdım."

Willy saçlarını geriye doğru iteleyerek doğruldu. "Bunu yapmak istememiştim."

"Evet, istedin."

"Bu çok aptalcaydı."

"O zaman neden yaptın?"

"Bu..." Guy'ın gözlerinin içine baktı. "Tamamen içgüdüseldi."

Guy güldü. Gülerken geriye doğru yuvarlandı, etrafı pirinç çuvallarıyla çevriliydi. Kamyon bir çukura girdi, bu da Willy'nin olduğu yerden havalanmasına, sonra da Guy'ın yanına yuvarlanmasına sebep oldu.

Guy hâlâ gülüyordu.

Willy, "Sen çılgının tekisin," dedi.

Guy kolunu onun boynuna doladı ve sıcak bir tavırla kendisine doğru çekti. "Sadece sen söz konusu olduğunda öyleyim."

Siang koyu renk camlı siyah limuzinde direksiyonu sıkıca kavrayarak oturmuş, berbat anayola –ya da bu ülkede anayol olarak adlandırılan şey her neyse ona– küfrediyordu. Komunizm ile güzel yolların neden bir arada barınamadıklarını hiçbir zaman anlayamamıştı. Üstüne bir de şu trafik, öfkesine tuz biber ekmişti. Yol kenarında silahlı askerlerin dikildiğini görünce bir an için endişelenmişti. Ancak arka koltuktaki adamdan yükselen sakinleştirici birkaç kelime ve havada sallanan bir Sovyet diplomatik pasaportu sorunu çözmelerine yeterli olmuş, hiçbir zorlukla karşılaşmadan yollarına devam etmelerine izin verilmişti.

Batıya ilerlemeye devam ettiler; bir tabela, burasının Dien Bien Phu'ya giden anayol olduğunu söylüyordu. Siang, Fransızların yenilgiye uğratıldıkları, Doğu'nun Batı karşısında zafer kazandığı şehre doğru ilerliyor olmalarının garip bir işaret olduğunu düşündü. Asırlar evvel, bir Asyalı bir dörtlük kaleme almıştı:

Güneyde dağlar yatar,
Vietnamlıların memleketi.
Onlara karşı ilerleyenlerin
Yenilecekleri çok aleni.

Siang dikiz aynasından arka koltuktaki adama baktı. *O* konuyu muhakkak ki Doğu- Batı açısından dikkate almıyordu. *Onun* ulus, anavatan ya da vatanseverlik türünden kaygıları yoktu. Bir keresinde Siang'a gerçek güç, bunu nasıl kullanacaklarını, koruyacaklarını bilen özel insanların ellerindedir demişti. *Kendisi* de aynen bunu yapıyordu.

Siang'ın bundan en ufak bir şüphesi yoktu.

Mutlu Vadi'de, Amerikan askerlerinin "Golf Kursu"nda buluşmuş gibi toplandıkları bir askeri üstte ilk karşılaştıkları günü anımsadı. Sene 1967'ydi. Siang'ın o günlerde farklı bir adı vardı. On üç yaşında ince yapılı bir oğlandı, ayakları çıplaktı, diğer yetimlerin arasındaki aç bir varlıktı. Amerikalıyı gördüğünde etkilendiği ilk şey iriyarılığı olmuştu. Muazzam derecede etli suratı sıcaktan insanda dehşet uyandıracak kadar kızarmıştı; botları bir dev için yapılmıştı; elleri bir çocuğun kolunu kırıp ikiye katlayacak kadar güçlü görünüyordu. Hava çok sıcaktı ve Siang alkolsüz içecek satıyordu. Adam bir Coca Cola almış, birkaç yudumda içip bitirmiş ve boş şişeyi geri vermişti. Siang şişeyi alırken, adamın bakışlarının kendisini incelediğini, ölçüp biçtiğini fark etmişti. Sonra adam yürüyüp gitmişti.

Ertesi gün ve bir hafta boyunca her gün, Amerikalı, Coca Cola almak için askeriyeden çıkıp gelmişti. Her ne kadar diğer bir düzine çocuk ona haykırmış, ellerindeki içecekleri sallamış olsalar da, adam sadece Siang'dan alışveriş yapmıştı.

O haftanın sonunda, adam Siang'a yeni bir gömlek, üç adet mısırlı biftek konservesi ve hayret uyandıracak miktarda nakit para vermişti. Ertesi sabah vadiden erken saatte ayrılacağını söylemiş, oğlandan bulabileceği en güzel kızı ayarlamasını ve o gece kendisine getirmesini istemişti.

Siang'ın daha sonradan fark edeceği üzere, bu sadece

bir sınavdı. Aslına bakılırsa Amerikalı, Siang askeriyenin kapısında olağanüstü derecede güzel bir kızla belirdiğinde çok şaşırmış gibiydi. Siang'ın parayı alıp ortadan kaybolacağını düşündüğü çok açıktı.

Siang'ın hayret yüklü bakışları arasında, adam kıza dokunmadan geri göndermiş, oğlandan kalmasını istemişti; Siang'ın ilk başta korktuğu üzere sevgili olarak değil, yardımcı olarak. Adam, "Güvenebileceğim birine ihtiyacım var," demişti. "Eğitebileceğim birine..."

Şimdi bile, onca yıl sonra Siang, Amerikalıya baktığında o küçük oğlanın hissettiklerini hissediyordu. Dikiz aynasına, Mutlu Vadi'de tanıştıklarından bu yana çok az değişen o surata baktı. Yanaklar o günlere kıyasla daha dolgun ve kırmızı olabilirdi ama gözler aynıydı; eskisi kadar sert ve her şeyi gören. Aynen zihni gibi. Bu gözler onu neredeyse korkuttu.

Siang dikkatini tekrar yola verdi. Arka koltuktaki adam bir şarkı mırıldanıyordu: "Yankee Doodle". Taşıdığı Sovyet pasaportu dikkate alındığında tuhaf bir seçim. Siang tüm bunlardaki ironiye güldü.

Adama ilişkin hiçbir şey göründüğü gibi değildi.

ON BİRİNCİ BÖLÜM

Kamyon sonunda kenara çekip durduğunda günün geç bir saatiydi. Willy, pirinç çuvalları arasında yarı uyur yatarken, uyuşuk bir şekilde sırtüstü döndü ve kafasının yerine gelmesini bekledi. Bedeninin gönderdiği sinyaller, *perişanlık* kelimesine yeni bir anlam katıyordu. Her bir kası ağrıdı; her bir kemiğini sanki paramparça olmuş gibi hissetti. Kamyonun motoru sustu. Yeni sessizlikte sivrisinekler karanlıklar arasında vızıldadı. Bu o kadar garip bir karanlıktı ki Willy zorlukla nefes alıyordu.

"Uyanık mısın?" diye bir fısıltı işitti. Guy'ın terden parlayan suratı tam tepesinde belirdi.

"Saat kaç?"

"Akşam oldu herhalde. Beş falan olmalı. Saatim durdu."

Willy oturdu, sıcaktan başı dönüyordu. "Neredeyiz?"

"Emin değilim. Sanırım sınırın yakınında..." Guy ayak sesleri onlara doğru yaklaşırken gerildi. Vietnamca konuşan adamların sesleri iyice yaklaştı.

Branda hızla yukarı doğru atıldı. Gün ışığının ani parıltısı, içeri bakan iki adamın yüzlerini karartmış ve ifadesizleştirmişti.

Adamlardan teki onlara dışarı çıkmalarını işaret etti. "Beni takip edin," dedi. "Hiçbir şey söylemeyin."

Willy dışarı çıkmak için büyük bir çabayla fırladı ve yumuşak orman topraklarına düştü. Guy da onu takip etti. Kısa bir süre oldukları yerde sersem halde gözlerini kırpıştırarak, saatler sonra ilk temiz havayı içlerine çekerek sallandılar. Akşam güneşinin ince hareleri yeri benek benek renklendirmekteydi. Yukarıdaki dallarda, göremedikleri bir kuş onları uyarırcasına çığlık attı.

Vietnamlı adam yürümelerini işaret etti. Tam ormana doğru ilerlemeye başlamışlardı ki aniden bir motor sesi işitildi. Willy telaşla döndü, kamyonun yola koyulduğunu gördü. Guy'a baktı ve gözlerinden kendi kafasından geçen düşüncenin aynısının geçtiğini anladı, *Artık geri dönüş yok.*

Vietnamlı, "Durmak yok. Yürüyün, yürüyün!" dedi.

Ormana girdiler.

Adamın nereye gittiklerini bildiği kesindi. Takip edeceği bir patika olmaksızın, onları sarmaşık ve ağaç kümeleri arasından ıssız bir kulübeye getirdi. Kapı girişine hırpani bir ABD ordu battaniyesi asılmıştı. İçeride, toprak zemini saman bir döşek kaplamaktaydı ve uyku paletinin etrafında bir dantel kadar ince bir sivrisinek ağı dolanıyordu. Alçak bir masada muzlardan, kırılmış hindistancevizlerinden ve soğuk çaydan oluşan mütevazı bir kahvaltı vardı.

Adam, "Siz burada bekleyin," dedi. "Uzun sürebilir."

Guy, "Kimi bekliyoruz?" diye sordu.

Adam yanıtlamadı; belki de soruyu anlamamıştı. Döndü ve bir hayalet gibi dışarı süzülüp ormanda kayboldu.

Willy ile Guy uzun süre kapı girişinde oyalandı, bekliyor, ormanın fısıltılarını dinliyorlardı. Sadece rüzgârda gürültü çıkartan palmiyelerin sesleri, bir kuşun yalnız çığlığı işitildi.

Willy, ne kadar bekleyeceklerini merak etti. Saatlerce mi? Günlerce mi? Başını kaldırıp ıslak yaprakları günün son ışıklarıyla parlayan yoğun bitki örtüsüne baktı. "Acıktım," dedi ve kulübenin loşluğuna geri döndü.

Muzların hepsini bir solukta yediler, hindistancevizinin gümüş renkli kısmını kabuğundan ayırıp kemirdiler, çayı son damlasına kadar içtiler. Willy hayatı boyunca hiç bu kadar lezzetli bir yemek yememişti! Sonunda, mideleri dolu bir halde, bacakları tükenmişlikten titreyerek, sivrisinek ağının içine girip kıvrıldılar ve yan yana uykuya daldılar.

Akşam karanlığında yağmur yağmaya başladı. Bu muazzam bir sağanaktı, şiddet açısından mason yağmurlarını andırıyordu ancak yine de havayı rahatlatmamıştı. Willy, karanlıklar arasında, elbiseleri terden sırılsıklam, uyanık halde uzanıyordu. Yukarıdaki gölgelerde sivrisinek ağı dalgalandı ve asılı kalan bir hayalet gibi aşağı indi.

Willy ağların arasından el yordamıyla dışarı çıktı. Biraz hava almazsa boğulacaktı.

Guy'ı uyur halde bıraktı ve kapı girişine yöneldi, yağmurdan iyice nemlenen havayı derin derin içine çekti. Serin sis sarmalı dayanılmazdı; dışarı, sağanak yağmurun altına çıktı.

Orman, etrafta binlerce zil varmış gibi çatırdıyordu. Su yüzünden aşağı kayarken gök gürültüsünün eşlik ettiği karanlıkta titredi.

Uykulu bir ses, "Orada ne yapıyorsun?" diye seslendi. Willy döndü ve kapı girişinde dikilen Guy'ı gördü.

Güldü. "Duş alıyorum!"

"Elbiselerin üzerindeyken mi?"

"Burası çok güzel! Hadi, sen de gel!"

Guy tereddüt etti, sonra arkasından o da fırladı.

Willy, kollarını yağmur damlalarını kucaklayacakmışçasına ileri doğru uzatarak, "Bu harika bir şey, değil mi?" diye haykırdı. "Sıcağa daha fazla dayanamadım. Tanrım, kendi kokuma bile dayanamıyordum."

"Sen bu kokunun kötü olduğunu mu düşünüyorsun? Bir de küf kokusunun bekle." Yüzünü gökyüzüne kaldırarak tatminkâr bir homurtu çıkarttı. "İşte, demek böyle duş alınabiliyormuş. Aynen çocuklar gibi. Savaş sırasında buradayken, onların sık sık üzerlerinde elbise, dışarıda koşturduklarını görürdüm. Yağmur altında dans eden onca küçük kahverengi vücuttan daha sevimli bir şey olamaz. Utanç yok, mahcubiyet yok."

"Tıpkı olması gerektiği gibi."

Guy, "Doğru," dedi. Yumuşak bir sesle, "Aynen olması

gerektiği gibi," diye ekledi.

Birdenbire Willy, Guy'ın kendisini seyrettiğini hissetti. Dönüp ona baktı. Palmiyeler takırdadı, yağmur ağaçların yapraklarında trampet çalmaya başladı. Guy tek kelime etmeksizin ona yaklaştı. O kadar yakınında dikiliyordu ki Willy aralarında dalgalanan sıcaklığı hissedebiliyordu. Ama yerinden kıpırdamadı, konuşmadı. Yüzünden aşağı inen damlalar gözyaşları kadar sıcaktı.

Guy, "Peki biz burada giysilerimiz üzerimizde ne yapıyoruz?" diye mırıldandı.

Willy başını olumsuz manada salladı. "Düşündüğün şeyi biz yapmamalıyız."

"Belki de yapmamalıyız."

"Bir gecelik ilişki... işte bu öyle olur..."

"Hiç olmamasından daha iyidir."

"Ve sonra sen çekip gideceksin."

"Bunu bilemezsin. Ben de bilemem."

"Ben biliyorum, gideceksin..."

Willy arkasını dönüyordu ki Guy onu çevirdi, elleriyle yüzünü kaldırdı. Dudaklarının ilk dokunuşunda Willy her şeyin bittiğini, savaşın kaybedildiğini biliyordu.

Son direnç kırıntıları da yok olup giderken, *Hiç olmamasından daha iyidir,* diye düşündü. *Bir kez beraber olduktan sonra seni kaybetmek, hayatım boyunca yapsam nasıl olurdu diye düşünmekten daha iyi.* Uzandı, kollarını boynuna doladı ve öpücüğüne bir o kadar aç, bir o kadar ateşli şekilde karşılık verdi. Bedenleri birbirine o kadar sıkı yaslanmıştı ki, ateşleri nemli elbiselerinden süzülerek birbirine karıştı.

Guy çoktan Willy'nin bluzunun düğmelerini açmaya başlamıştı. Willy, kumaş sırtından sıyrılırken ve yağmur çıplak omuzlarından aşağı kayarken titredi. Sonra Guy'ın avucunun sıcaklığı memesinin etrafına kapandı, Willy arzudan ürpermişti.

Kulübenin karanlığına doğru tökezleyerek ilerlediler. Artık birbirlerinin elbiselerini yırtarcasına çekiştiriyor, ıslak giysileri sağa sola fırlatıyorlardı. Sonunda aralarında hiçbir engel, hiçbir savunma kalmadığında birbirlerine baktılar. Guy, Willy'nin yüzünü yukarı doğru çevirdi ve dudaklarını nazikçe dudaklarına bastırdı. Bugüne kadar hiçbir öpücük Willy'nin ruhunu bu şekilde delip geçmemişti. Karanlıklar içinde yüzdü; yer ayağının altından çekildi. Guy'ın kendisini yatırmasına izin verdi ve sivrisinek ağının etraflarını bir fısıltıyla sarmaladığını fark etti.

Beyazlık yukarıda dalgalanırken, *Bulutlarda sevişmek,* diye düşündü. Ardından gözlerini kapatıp nerede olduğunu tamamen unuttu. Etrafta sadece yağmurun patırtısı ve Guy'ın ellerinin, dudaklarının büyülü dokunuşu vardı. Bir erkekle sevişmeyeli, kendini hazzın kollarına bırakmayalı o kadar uzun zaman olmuştu ki. Acının. Bu iş bittiğinde, o hayatından çekilip gittiğinde acı *duyacaktı*. Guy gibi bir adamla böyle bir son kaçınılmazdı.

Willy bu uyarıları göz ardı etti; Onu aşağı, kendine doğru çekti ve, "Şimdi. Lütfen," diye fısıldadı.

Guy zaten kendi gereksinimlerine, şahsi önceliklerine

karşı savaşıyordu. Willy'nin sessiz yalvarışı onun son kontrol kırıntısını da tuz buz etti.

"Pes ediyorum," diyerek inledi. Willy'nin ellerini sıkı sıkı yakalayarak başının üzerine sabitledi; onu, gönüllü tutsağını altına sıkıştırdı.

Sertliği Willy'yi tamamen doldurdu, nefesini şaşkınlık içinde tutmasına neden oldu. Ancak bu hayreti hızla eriyip hazza dönüştü. Artık Guy'a uygun hareket ediyordu Guy da ona. İkisi de o kutsal azabı acının yeni doruklarına taşıyordu.

Dünya yok olup gitti; gece sis ve sihir eşliğinde dönüp duruyor gibiydi. İkisi de birbirlerini doruğa taşıdı ve birlikte, haz ve azap arasında, kaçınılmaza teslim olmayı istemeksizin gidip geldiler. Ardından, uçurumdan düşerken deli gibi yağan yağmurun, inleyen ağaçların ormanda sebep olduğu sesler çığlıklarına eşlik etti.

Willy toprağa ulaştığında bile, hâlâ yüzüyordu. Yukarıda, karanlıktaki ağ uzayın boşluğundan düşen ipek bir paraşüt gibi kabardı.

Konuşmaya gerek yoktu; orada öylece, kolları ve bacakları birbirine geçmiş halde yatmak ve gecenin ritimlerini dinlemek yeterliydi.

Guy, Willy'nin yanağına düşen bir tutam saçı nazikçe geriye doğru iteledi. "Neden öyle dedin?" diye sordu.

"Ne dedim?"

"Gideceğimi. Seni bırakacağımı."

Willy ondan uzaklaştı ve sırtüstü uzandı. "Çünkü yapacaksın."

"Öyle yapmamı mı istiyorsun?"

Willy cevap vermedi. Bunca şeyden sonra, çorak ruhu için ne fark ederdi ki? Peki, Guy sorduğu sorunun yanıtını gerçekten de duymak ister miydi; yani bu geceden sonra Willy'nin onu elinde tutmak, kendini sevdirmek için her şeyi yapacağını?

"Willy?"

Willy sırtını ona döndü. "Bunu neden konuşuyoruz?"

"Çünkü ben konuşmak istiyorum."

"Ama ben istemiyorum." Doğrulup oturdu ve dizlerini göğsüne doğru çekerek kendini korumak istercesine kollarıyla dizlerini sardı. "Bunun, bundan sonra ne olacağına, buradan hangi noktaya varacağımıza dair çene çalmanın kimseye bir faydası olmaz. Bunu daha önce de yaşadım."

"Erkeklere gerçekten güvenmiyorsun, öyle değil mi?"

Willy güldü. "Güvenmeli miyim?"

"Bunun sebebi şu yaşlı adamın seni bırakıp gitmesi mi? Yoksa başka bir şey mi? Kötü bir aşk ilişkisi mi? Ne?"

"Bunların hepsi diyebilirsin."

"Anlıyorum." Uzun bir sessizlik yaşandı. Willy çıplak sırtını okşayan elin dokunuşuyla ürperdi. "Seni başka kim terk etti? Yani baban dışında."

"Sadece sevdiğim bir adam. Bana beni sevdiğini söyleyen biri."

"Ama sevmemişti."

"Sanırım kendine göre sevmişti." Willy omuz silkti. "Pek uzun süreli değildi zaten."

"Bu geçici bir şeydi o zaman, sevgi değildir."

"Şarkı sözüne benzedi." Willy güldü.

"Berbat bir şarkı."

Bir an için Willy sessiz kaldı. Alnını dizlerine bastırdı. "Haklısın. Berbat bir şarkı."

"Başkaları kötü giden gönül ilişkilerinin üstesinden gelebiliyor..."

"Ben de geldim." Willy başını kaldırdı ve ağlara baktı. "Ona âşık olmam sadece bir ayımı aldı, çekip gidişini seyretmem bir yıldan fazla. Öğrendiğim tek şey, ilişkinin tek bir günde bitmediği. Sevgililerin çoğu ayağa kalkıp öyle aniden çekip gitmiyor. Bunu yavaş yavaş, adım adım, her seferinde inciterek yapıyorlar. İlk olarak, 'Evlenmek şart mı ki, sadece bir kâğıt parçası,' diye başlıyorlar. Sonunda, 'Zamana ihtiyacım var,' diyorlar. Bunu, 'Bir insan nasıl sonsuza kadar söz verebilir ki?' takip ediyor. Belki de bu işin babamın yaptığı gibi ele alınması en iyisi. Mazeret yok. Sadece çekip gitti."

"Birini terk etmenin iyi yolu diye bir şey yok."

"Haklısın." Willy ağı yana doğru çekti ve ayağa kalktı. "İşte, bu yüzden böyle bir şeyin başıma tekrar gelmesine izin vermiyorum."

"Buna nasıl engel oluyorsun?"

"Hiçbir erkeğe beni terk edip gitme şansı tanımıyorum."

"Yani, ilk önce sen mi terk ediyorsun?"

"Erkekler bunu hep yapıyor."

"Bazı erkekler."

Willy, açık bir öfke dalgasıyla, *Sen de dahil,* diye düşündü. "Peki, sen kız arkadaşını nasıl terk ettin, Guy? Onun hamile olduğunu öğrenmeden önce mi, sonra mı?"

"Bu olağandışı bir durumdu."

"Hep öyledir zaten."

"Biz aylar önce ayrılmıştık. Doğana kadar bebekten haberim yoktu. Öğrendiğimde de yapabileceğim bir şey kalmamıştı, hiçbir şeyi değiştiremezdim. Ginny çoktan bir başkasıyla evlenmişti."

"Ah." Willy sustu. "Bu işi kolaylaştırdı demektir."

"Kolay mı?" İlk defa Guy'ın sesinde öfke hissediyordu. Ağzından dökülen korkunç kelimeleri geri alabilmeyi, onun ses tonundaki acıyı silebilmeyi çok isterdi. "Sende erkeklerin tümünün aynı olduğuna dair çılgınca bir fikir var," dedi. "Hepimiz sorumluluklardan uzaklaşmaya çalışıyor, geriye dönüp incittiğimiz insanlara bakmıyoruz. Sana bir şey söyleyeyim mi, Willy, Y kromozonuna sahip olmak kişiyi iğrenç bir insan haline getirmiyor."

Willy, eline nazikçe dokunarak, "Bunları söylememeliydim," dedi. "Özür dilerim."

Guy gölgeler arasında sessizce uzandı, tavana bakıyordu. "Sam şimdi üç yaşında. Ben onu toplamda iki kez gördüm, bir kez Ginny'nin verandasında, bir kez da anaokulunun bahçesinde. Oraya onu görmeye gittim, nasıl bir çocuk olduğunu, mutlu görünüp görünmediğini anlamaya. Sanırım öğretmenler beni görmüş. Üzerinden fazla zaman geçmeden Ginny beni aradı, deli gibi bağırıyordu. Evliliğini mahvettiğimi söyledi. Hatta beni bir sınırlama emri çıkartmakla tehdit etti. Ona bir daha..." Boğazını temizlemek için durdu. "Sanırım hayatında yer almaya çalışarak ona hiçbir faydamın olmayacağını fark ettim. Sam'in bir babası var; duyduğum kadarıyla iyi de bir baba. Bunun kavgasını mahkemede vermeye kalkışmam durumunda herkes zarar görürdü. Belki daha sonra, biraz daha büyüdüğünde gerçeği ona söyleme şansım olur. Ona, hayatının bir parçası olmayı ne kadar istediğimi söyleyebilirim."

Willy ani bir üzüntüyle, *Ya benim hayatım?* diye düşündü. *Onun bir parçası olmayacaksın, öyle değil mi?*

Ayağa kalktı ve etrafa saçılan giysilerini toplamak için el yordamıyla karanlıkta yerleri yokladı. Omzundan arkaya doğru, "Sana küçük bir tavsiye, Guy," dedi. "Sakın oğlundan vazgeçme. Bu terk edilmiş bir çocuğun tavsiyesi, babalar değerli varlıklardır."

Guy alçak sesle, "Biliyorum," dedi. Sustu, ardından, "Bunu hiçbir zaman atlatamayacaksın, öyle değil mi? Yani babanın çekip gidişini," dedi.

Willy ıslak bluzunu silkeledi. "Bazı şeyler vardır ki çocuklar asla unutmaz."

"Ya da affedemez."

Yağmur yavaşlayarak bir fısıltıya dönüşmüştü. Saz çatıda böcekler vızıldadı. "Sence onu affetmeli miyim?"

"Evet."

"Sanırım *beni* incitmesini affedebilirim, ama annemi değil. Onun neler yaşadığına bizzat şahit olduğum..." Cümlenin ortasında sustu.

İkisi de aynı şeyi aynı anda işitmişlerdi; dışarıdaki çamurlar arasından yaklaşan ayak seslerini.

Guy palette yuvarlandı ve zıplayıp Willy'nin yanında dikildi. Ayakkabılar yere sürtüldü, sonra eşikte bir adamın gölgesi belirdi.

Davetsiz misafir elindeki feneri kaldırdı. Işık dalgası ikisini sanki dondurulmuş bir görüntüdeymişçesine çevreledi: Willy bluzunu çıplak göğüslerinin önünde tutuyordu; Guy ise bir savaşçı gibi çömelmişti. Yüzü donuk yeşil pançonun gölgesinde saklı olan yabancı feneri yavaşça indirdi ve masaya bıraktı. "Gecikme için özür dilerim," dedi. "Yollar bu gece çok kötü." Fenerin yanına beze sarılı bir çıkın fırlattı. "Rahat olun, Bay Barnard, sizi öldürmek isteseydim, şimdiye ölmüş olurdunuz." Durakladı ve ekledi. "İkiniz de."

Guy, "Siz de kimsiniz?" diye sordu.

Adam pançosunun şapkasını arkaya doğru itelerken su damlaları yerlere saçıldı. Saçları sarıydı, hatta fener ışığında neredeyse beyaz denilebilirdi. Kendini tanıtırken başını salladı. "Ben Doktor Gunnel Andersen," dedi. "Nora geleceğinizi söylemişti." Pançosunu silkeleyip kuruması için asarken, yağmur damlaları dört bir yana saçıldı. Sonra masaya oturdu. "Lütfen, elbiselerinizi giyin."

Guy pantolonunu yukarı çekerken, "Nora size nasıl ulaştı?" diye sordu.

"Acil tıbbi durumlarda kullanmak için kısa dalga telsizimiz var. Frekansların tümü hükümet tarafından kontrol edilmiyor."

"Siz İsveç heyetinde misiniz?"

"Hayır, ben Birleşmiş Devletler için çalışıyorum." Andersen'in cansız bakışları, ıslak elbiselerinin içine girmeye çalışan Willy'ye odaklandı. "Biz köylerde tıbbi hizmet veriz. İnsani yardım. Sıtma, tifo, burada hepsi var. Büyük olasılıkla da olmaya devam edecek." Masaya bıraktığı çıkını açmaya başladı. "Sanırım bir şey yemediniz. Pek fazla sayılmaz ancak yapabileceğimin en iyisi buydu. Mahsul açısından kötü bir yıldı, protein de zor bulunuyor." Çıkında soğuk pilav, sebze ve içi ancak mikroskopla görülebilecek kadar küçük domuz parçaları olan sos dolu bambu bir kutu vardı.

Guy hemen yemeğin başına oturdu. "Muz ve hindistancevizinden sonra bu bana tam bir ziyafet gibi geldi."

Dr. Andersen hâlâ köşede oyalanıp duran, onları şüpheyle seyreden Willy'ye göz attı. "Aç değil misiniz, Bayan Maitland?"

"Midem kazınıyor."

"O zaman neden yemiyorsunuz?"

"Önce sizin kim olduğunuzu öğrenmek istiyorum."

"Size söyledim."

"Adınız hiçbir anlam ifade etmiyor. Nora'yla bağlantınız ne? Ya babamla?"

Dr. Andersen'in gözleri bir su kadar şeffaftı. "Yanıt almak için yirmi yıl beklediniz, eminim birkaç dakika daha bekleyebilirsiniz."

Guy, "Willy, bir şeyler yemen lazım. Gel, otur," dedi.

Açlık sonunda onu da masaya çekti. Dr. Andersen çatal

falan getirmemişti. Willy ile Guy pilavı yerken parmaklarını kullandılar. Willy yemek yerken, İsveçlinin gözlerini kendinden bir an olsun ayırmadığının farkındaydı.

Dr. Andersen, "Bana güvenmediğinizi görüyorum," dedi.

"Ben artık hiç kimseye güvenmiyorum."

Adam başını sallayarak gülümsedi. "O zaman benim aylarımı alan şeyi birkaç gün kadar kısa sürede öğrenmişsin demek ki."

"Kuşkulanmayı mı?"

"Şüpheyi. Korkuyu." Adam kulübeye, duvarlarında dans eden gölgelere göz gezdirdi. "Benim gittikçe artan endişe olarak isimlendirdiğim şeyi. Bir işte hiçbir şeyin doğru gitmediği hissini. Ortada, hemen görünenlerin altında, birtakım... sırların, korkunç... bir şeyin yattığı hissini."

Fenerin ışığı dalgalandı, neredeyse sönüyordu. Doktor başını kaldırıp yağmurun dövdüğü çatıya baktı. Kapı eşiğinden giren rüzgâr beraberinde orman kokusu getirdi.

Adam, "Siz de hissediyorsunuz," dedi.

Guy, "Bildiğim tek şey, ortada çok fazla rastlantı olduğu," dedi. "Kaderin çok sayıda küçük rolü. Sanki patikalar hepimiz için önceden hazırlanmış da biz sadece bunları takip ediyormuşuz gibi."

Andersen başını salladı. "Hepimizin çizilmiş yolları vardır. Biz genelde en az dirençle karşılaşacağımız yolu seçeriz. Ne zaman o yoldan çıksak, her şey tehlikeli bir hal alır." Gülümsedi. "Biliyorsunuz, şu anda, Stockholm'deki evimde oturmuş kahvemi yudumluyor, pasta ve kurabiyelerle göbeğimi büyütüyor olabilirdim. Ama ben burada olmayı seçtim."

Willy, "Peki hayat tehlikeli bir hal aldı mı?" diye sordu.

"Şu anda endişelendiğim şey kendi hayatım değil. Sizi buraya getirmek bir riskti. Ama Nora bunun doğru zaman olduğunu düşündü."

"Yani bu onun kararıydı, öyle mi?"

Adam başıyla onayladı. "Bunun bir araya gelmeniz için son şans olabileceğini düşündü."

Willy donup kaldı, adama bakıyordu. "Siz... siz *bir araya gelmek* mi dediniz?"

Dr. Andersen onunla göz göze geldi. Yavaşça başını salladı.

Willy konuşmayı denedi ama sesi kısılmıştı. Bu üç kelimenin taşıdığı önem onu hissiz bir sessizliğe sürüklemişti.

Babası yaşıyordu.

Sonunda konuşan Guy oldu. "Nerede?"

"Buranın kuzeybatısındaki bir köyde."

"Esir mi?"

"Hayır, hayır. Bir misafir, bir arkadaş."

"Kendi isteğiyle orada kalıyor, öyle mi?"

"Evet." Andersen, henüz konuşmayı başaramayan Willy'ye baktı. "Bunu kabullenmek sizin açınızdan zor olabilir, Bayan Maitland, ancak mutluluğu bu ülkede bulan Amerikalılar da *var*."

Willy ona hayretler içinde baktı. "Anlamıyorum. Bunca yıldır hayattaydı... eve dönebilirdi..."

"Çok sayıda asker dönmedi."

"Ama *onun* böyle bir şansı vardı!"

"Bunu yapmak için sebepleri de vardı."

"Sebepler mi? Eve gelmek için bir sürü sebebi vardı!"

Willy'nin keder yüklü çığlığı odada asılı kaldı sanki. Kısa bir an için iki adam da konuşmadı. Sonra Andersen ayağa kalktı. "Açıklamayı bizzat babanız yapmalı..." deyip kapıya yöneldi.

"Peki, kendisi neden burada değil?"

"Yapılması gereken düzenlemeler vardı. Zamanlama, yer..."

"Onu ne zaman göreceğim."

Doktor tereddüt etti. "Duruma bağlı."

"Hangi duruma?"

Doktor kapıda arkasına dönüp ona baktı. "Babanızın *sizi* görmek isteyip istemeyeceğine."

Andersen ayrıldıktan uzun süre sonra, Willy kapı girişinde dikildi, dışarıdaki yağmuru seyrediyordu.

Karanlığa, "Neden beni görmek *istemesin* ki?" diye bağırdı.

Guy sessizce gelip hemen arkasında dikildi. Kolları omzuna dolandı, onu kendine doğru çekerek sıkıca kucakladı.

"Neden istemesin?"

"Willy, kes artık."

Willy dönüp başını Guy'ın göğsüne bastırdı. "Sence bu

o kadar da korkunç bir şey mi?" diye hıçkırdı. "Yani babam olmak?"

"Tabii ki hayır."

"Öyle olmalı, ona acı vermiş olmalıyım."

"Sen sadece küçük bir çocuktun, Willy! Kendini suçlayamazsın! Bazen insanlar... değişir. Bazen durum..."

Willy, "*Neden?*" diye haykırdı.

"Hey, erkeklerin hepsi çekip gitmez. Bazılarımız, iyi de olsa kötü de olsa, etrafta dolaşırız."

Nazikçe onu tekrar palete getirdi. Gümüş renkli sivrisinek ağının gerisinde, kendisine sarılmasına izin verdi; bu kucaklaşma arzu yüklü değildi, sadece sakinleştiriciydi. Bir dostun kollarıydı. Bu ona doğru görünüyordu, o akşamın erken saatlerinde sevişmeleri de öyle. Ancak Guy'ın kolları arasındayken bile, tüm bunların ne zaman değişeceğini, *onun* ne zaman değişeceğini merak etmeden duramadı.

Bir gün onun da kendisini terk edip gideceği, bunun sadece kolların anlık bir birleşmesi, sıcaklık ve ruhun anlık paylaşımı olduğu düşüncesi Willy'yi her şeyden çok incitti. İncineceğini düşünüyordu ve bu kesinlikle hazır olmadığı bir şeydi.

Dışarıda, yapraklar yağmurun altında takırdadı.

Tüm gece yağmur yağdı.

Şafak vakti cip belirdi.

Vietnamlı şoför kendini Guy'ın önüne atarak, "Sadece kadını alacağım," diye ısrar etti. Adam parmağıyla kulübeyi gösterdi. "Sen kal Amerikan askeri."

Guy, "O bensiz hiçbir yere gitmiyor," dedi.

"Bana sadece kadın dediler."

"O zaman gitmiyor."

İki adam yüz yüze gelip karşılıklı dikildi, gözlerinde meydan okuma vardı. Şoför omuz silkti ve cipe döndü. "O zaman kimseyi götürmem."

Willy, "Guy, lütfen," dedi. "Burada beni bekle. Sorun olmayacaktır."

"Bundan hoşlanmadım."

Willy direksiyonun arkasına geçen ve motoru çalıştıran şoföre baktı. "Başka seçeneğim yok," dedi ve cipe bindi.

Şoför freni bıraktı ve cipi çevirdi. Uzaklaşırlarken Willy arkaya baktı ve Guy'ın ağaçlar arasında tek başına dikildiğini gördü. Bir şey söylemiş gibi geldi –belki de adını– ancak tam o sırada orman onu yuttu, görünmez hale getirdi.

Willy dikkatini yola –ya da yol denen düzlüğe– yoğunlaştırdı. Ormanın içinde uzanan çamurlu bir patikadan başka bir şey değildi. Dallar aracın camına çarptı; yapraklardaki sular uçtu ve suratlarına saçıldı.

Willy, "Ne kadar daha gideceğiz?" diye sordu. Şoför yanıtlamadı. Willy tekrar, "Nereye gidiyoruz?" diye sordu. Yine yanıt alamadı. Arkasına yaslandı ve olacakları beklemeye başladı.

Ormanın içine doğru yaptıkları birkaç kilometrelik yolculuğun ardından çamur patika sonlandı. Yoğun bir yeşillik duvarının önünde durdular. Şoför motoru kapattı. Yaprak sayvanından ancak çok az miktarda güneş ışığı içeri sızıyordu, etraf loştu. Bir kuşun çığlığı sessizliği yırttı.

Şoför dışarı çıkıp aracın arkasına doğru yürüdü. Willy, onun arka koltuğu kaplayan kamuflaj brandasını toplayışını seyretti. Ardından brandanın altından bir bıçak çıkardığını gördü. Adamın elinde büyük bir bıçak vardı.

Willy'ye doğru döndü. Birkaç saniye kadar birbirlerine baktılar, bakışları jilet keskinliğindeki çeliğin ışıltısı üzerinde buluştu. Ardından Willy adamın gözlerinde eğlence ifadesi fark etti.

Adam, "Şimdi yürüyeceğiz," dedi.

Willy yanıt olarak sadece başını sallayabildi. Tek kelime etmeden cipten indi ve onu ormana doğru takip etti.

Adam ağaçların arasında sessizce ilerledi, geçerken çıkarttığı tek ses elindeki bıçağın ıslığı ve kesme sesiydi. Sarmaşıklar dallardan birer örtü gibi sarkmaktaydı; sivrisinek bulutları durgun gölcüklerden sürü halinde kalktı. Adam durmaksızın ilerledi, çalılar arasında sanki bir hayalet gibi kaybolup gidiyordu. Willy, ağaç kargaşası arasında, onun yırtık pırtık gömleğinin sırtını güç bela takip edebiliyordu.

Sivrisinekleri öldürmeye çalışmaktan vazgeçmesi pek uzun sürmedi. Bunun ümitsiz bir durum olduğunu anladı ve kendisini emip kurutmalarına izin verdi; kanı herkese açıktı. Sadece ilerlemeye, bir ayağını diğerinin önüne koymaya odaklandı. Mesafelerin ağaçlar arasındaki boşluklarla, sürenin adımlarla ölçüldüğü zamansız bir boşluk içinde kayıp gidiyordu.

Sonunda durduklarında yorgunluktan sendeliyordu. Yenik düşerek, en yakın ağacın dibine oturdu ve adamın bir sonraki emrini bekledi.

Şoför, "Burada," dedi.

Willy hayret içinde başını kaldırıp ona baktı. "Ama sen ne..."

Onun şaşkın bakışları arasında adam döndü ve hızlı adımlarla ormanın dışına doğru yöneldi.

Willy, "Bekle!" diye haykırdı. "Beni burada bırakmayacaksın, değil mi!"

Adam ilerlemeye devam etti.

Willy, "Lütfen, bana söylemelisin!" diye bağırdı. Adam durdu ve arkasına baktı. "Neredeyim? Burası neresi?"

Bu soruya, "*Onu* bulduğumuz yer," şeklinde bir yanıt geldi. Ardından adam hareketlenerek ormanın içinde kayboldu.

Willy olduğu yerde döndü, ormanı taradı, etrafına baktı ve bir kurtarıcının belirmesini bekledi. Hiç kimseyi göremedi. Adamın son kelimeleri kafasının içinde yankılandı.

Burası neresi? Onu bulduğumuz yer.

Willy, "*Kimi?*" diye bağırdı.

Umutsuzluk içinde, zikzaklar halinde gökyüzünü kesen dallara baktı. İşte onu, ağaçların arasındaki köpekbalığının yüzgecini andıran o devasa silueti o zaman gördü.

Bu bir uçağın kuyruğuydu.

ON İKİNCİ BÖLÜM

Willy biraz daha yaklaştı. Ağaçların ve bitki örtüsünün arasında, bir zamanlar uçak olan şeyi fark etti. Sarmaşıklar sivri uçlu metalin üzerine kıvrım kıvrım dolanmıştı. Gövde payandaları orman zemininden gökyüzüne doğru uzanıyordu, aynen ölü bir hayvanın kaburgaları gibi çıplak ve boştu. Willy durdu, gözleri dalların arasındaki kuyruğa odaklandı. Yıllar içinde oluşan pas ve çürüme üzerindeki yazıları belirsizleştirmişti ama seri numarası yine de seçilebiliyordu: 5410.

Bu Air America uçuş 5078'di. Kalkış noktası: Vientiane, Laos. Varış noktası: Kuzey Vietnam ormanındaki paramparça olmuş bir ağaç tepesi.

Ormanın sessizliğinde başını eğdi. İnce bir güneş ışığı huzmesi dalların arasından geçti ve ayağında dans etti. Çevresini kaplayan ağaçlar aynen katedral duvarları gibi yükseliyordu. Bu paslanmış savaş sunağının böylesi kirlenmemiş, huzurlu bir yerde durması ne kadar da manidardı.

Sonunda kendini gövdeyi –ondan geriye kalanları– incelemeye zorlarken gözleri yaşlarla doldu. Gövdenin büyük kısmı yanmış ya da çürümüş, geriye sadece küçük bir döşeme parçası ile birkaç ufalanan payanda bırakmıştı. Kanatlar yoktu, büyük olasılıkla aldıkları darbelerle kopmuşlardı. Willy kokpitten geriye kalanları görmek için öne doğru yürüdü.

Güneş ışığı dağılmış ön pencereden içeri ışıl ışıl uzanıyordu. Navigasyon cihazı yerinden çıkartılmıştı; kavrulmuş telleri gösterge panelindeki deliklerden dışarı sarkıyordu. Gözleri uçağın gövdesine yöneldi, mermi delikleriyle kalbura dönmüştü. Parmaklarını metalin üzerinde dolaştırdı, ardından da çekti.

Tam geriye doğru bir adım atıyordu ki, bir sesin, "Ondan geriye pak fazla bir şey kalmadı. Aynı şey benim için de geçerli sanırım," dediğini işitti.

Willy hızla arkasına döndü. Ve donup kaldı.

Adam ağaçların arasından çıktı, paçavralar içerisindeydi, ona doğru yaklaşıyordu. Willy'nin fark ettiği şey yürüyüş şekli oldu, en küçük detayına kadar yıpranmış beden değil. Ya da yüzü.

Kesinlikle yüzü değil.

Adamın kulakları, kaşları yoktu. Saçlarından geriye her ne kaldıysa yoluk tutamlar halinde uzamıştı. Willy'ye birkaç metreye kadar yaklaştı ve durdu, daha da yaklaşmaktan korkuyordu sanki.

Birbirlerine baktılar, konuşmadılar, belki de cesaret edemediler.

Sonunda adam, "Büyümüşsün," dedi.

"Evet." Willy boğazını temizledi. "Sanırım büyüdüm."

"İyi görünüyorsun, Willy. Gerçekten iyi. Henüz evlenmedin mi?"

"Hayır."

"Evlenmelisin."

"Evlenmedim."

Bir sessizlik yaşandı. İkisi de başlarını önlerine eğdi, sonra tekrar kaldırdılar; ikisi de ortak bir zemin arayan birer yabancıydı.

Adam yumuşak bir sesle, "Annen nasıl?" diye sordu.

Willy yeni gözyaşı dalgasını gözlerini kırpıştırarak savuşturdu. "O... ölüyor." Babasının şaşkın sessizliğinde rahatsız bir cezalandırılış hissetti. "O kanser," diye devam etti. "Aylar önce doktora görünmeye zorladım ama o nasıldır bilirsin. Kendini hiç düşünmez. Kendine hiçbir zaman..." Sesi çatallandı, yitip gitti.

Adam, "Bilmiyordum," diye fısıldadı.

"Nasıl bileceksin ki? Sen ölüydün." Willy gözlerini gökyüzüne kaldırdı ve birdenbire güldü, sessiz ağaçların arasında garip bir ses olarak yankılandı. "Bize yazmak hiç aklına gelmedi mi? Mezardan tek bir mektup atmak?"

"Bu her şeyi daha da fazla zorlaştırmaktan başka işe yaramazdı."

"*Neden* daha zor? Olduğundan mı?"

Adam, "Ben gitmiş, ölmüşken, Ann hayatına devam etmekte," dedi, "başka birini... bulmakta özgürdü. Onun için daha iyi gelecek, ona uyacak birini."

"Ama yapmadı! Denemedi bile! Düşünebildiği tek şey *sensin*."

"Unutur diye düşünmüştüm, beni aklından çıkartır demiştim."

"Yanlış düşünmüşsün."

Adam başını önüne eğdi. "Üzgünüm Wilona."

Kısa bir sessizliğin ardından, "Ben de öyle," dedi.

Ağaçta bir kuş öttü, tatlı melodileri aralarındaki sessizliği deldi.

Willy, "Sana ne oldu?" diye sordu.

"Şunu mu kastediyorsun?" Adam belli belirsiz yüzünü işaret etti.

"Ben... Her şeyi kastediyorum."

Adam, "Her şeyi," diye tekrarladı. Ardından gülerek başını kaldırıp dallara baktı. "Nereden başlasam acaba?" Açıklık alanda, ağaçların arasında kaybolmuş bir adam gibi dolaşarak yürümeye başladı. Sonunda uçak gövdesinin yanında durdu. Keskin kenarlı enkaza bakarak, "Bu çok komik," dedi. "Bilincimi hiç kaybetmedim. Ağaçlara çarptığımda, etrafımdaki her şey kırılıp parçalandığında bile, yere düşene kadar kendimdeydim. Cenneti ne zaman göreceğim, diye düşündüğümü anımsıyorum. Hatta cehennemi. Sonra her şeyi alevler sardı. 'İşte yanıtım. Sonum...' diye düşündüm."

Durdu ve derin bir nefes verdi. "Beni buraya yakın bir yerde buldular, ağaçların altında tökezleyerek dolaşıyordum. Yüzümün büyük kısmı yanmıştı. Ancak pek fazla şey hissettiğimi hatırlamıyorum." Kafasını eğip yara izleriyle dolu ellerine baktı. "Acı sonradan belirdi, yanıkları temizlemeye kalkıştıklarında. Sinirler iyileştiğinde. Bağırarak ölmeme izin vermelerini söyledim ama yapmadılar. Sanırım çok değerliydim."

"Amerikalı olduğun için mi?"

"Pilot olduğum için. Bilgi almak için, ticaret için kullanılabilecek birisiydim. Belki de Parti hattını eve kadar yayabilecek birisi..."

"Onlar... canını yaktılar mı?"

Adam başını iki yana salladı. "Yeterince acı çektiğimi düşünmüşlerdi sanırım. Bu ikna etmenin çok daha sessiz bir şekliydi. Sonu gelmez tartışmalar. Ben iyileştikçe merhametsiz iddialar. Düşmanın beynimi yıkamasına izin vermeyeceğime yemin etmiştim. Ama zayıf düşmüştüm. Evimden uzaktaydım. Ayrıca savunamayacağım şeyler –birçok şey– söylediler. Bir süre sonra... bir süre sonra... her şey anlam kazandı. Bu ülkenin yuvaları olduğuna, bizim onların yuvasına dadanan hırsızlar olduğumuza dair iddialar. Kim evine giren hırsızla kapışmazdı ki?"

Nefesini bıraktı. "Artık bilmiyorum. Tüm bunlar kulağıma çok anlamsız geliyor, çok yoruldum. Tartışmaktan yoruldum. Ülkelerinde ne yaptığımı açıklamaya çalışmaktan yoruldum. Tanrı bilir neyi savunmaya çalışmaktan yoruldum. Onlarla anlaşmak çok daha kolaydı. Bir süre sonra buna gerçekten inanmaya başladım. Onların bana söylediklerine inandım." Başını önüne eğdi. "Bazılarına göre, bu beni vatan haini yapıyor."

"Bazılarına göre. Bana değil."

Adam sessizdi.

Willy, "Neden eve dönmedin?" diye sordu.

"Şu halime bak Willy, beni kim geri isterdi ki?"

"*Biz* istedik."

"Hayır, istemediniz. Dönüştüğüm insan değildi istediğiniz." Sahte bir kahkaha attı. "Herkes beni işaret edecek, arkamdan fısıldaşacak, yüzümden bahsedecekti. Senin istediğin baba böyle biri mi? Annenin istediği koca? Orada insanlar bir burnunun, kulaklarının ve kaşlarının olmasını bekliyor." Başını salladı. "Ann... Ann çok güzeldi. Ben... ben onun yanına dönemezdim."

"Ama burada neyin var ki? Kendine, giysilerine bir bak, ne kadar cılızsın. Açlıktan ölüyor, boş yere harcanıp gidiyorsun."

"Köydekiler ne yiyorsa onu yiyorum. Bu kadarı yaşamak için yeterli." Gömlek görevi gören üzerindeki paçavrayı çekiştirdi. "Elbiseler, hiçbir zaman çok önem verdiğim şeyler olmadı."

"Sen ailenden vazgeçtin!"

"Ben... ben başka bir aile buldum, Willy. Burada."

Willy ona baktı, şaşkındı.

Aciz bir tavırla, "Bir karım var, adı Lan. Çocuklarımız oldu. Bir kız, iki oğlan... sekiz ve on yaşında. İngilizce konuşabiliyorlar ve biraz da Fransızca..." dedi.

"*Biz* evde seni bekliyorduk!"

"Ama ben buradaydım. Lan buradaydı. O benim hayatımı kurtardı Willy. Enfeksiyonlar, yüksek ateşler, sonu gelmez acılar süresince beni hayatta tutan o oldu."

"Ölmek için yalvardığını söyledin."

"Bana tekrar yaşama isteği aşılayan Lan'dı."

Willy, bir zamanlar baba olarak adlandırdığı yarım suratlı adama baktı. Kirpiksiz gözler ona kırpılmadan karşılık verdi. Hakkında varılacak hükmü bekliyordu.

Willy hâlâ bir suratının ve normal bir hayatının olduğunu düşündü. Onu kınamaya ne hakkı vardı ki?

Başını çevirdi. "Pekâlâ. Anneme ne söyleyeyim?"

"Bilmiyorum. Belki de hiçbir şey."

"Tüm bunları bilmeye hakkı var."

"Belki de bilmemesi daha iyi olur."

"Kimin için daha iyi? Senin mi, onun mu?"

Adam başını eğip kirli terlikler içerisindeki ayaklarına baktı. "Sanırım bunu hak ettim. Her ne dersen de, bunu duymayı hak ettim. Ama Tanrı biliyor ki, ona dair her şeyi telafi etmek istedim. Ve sana. Para gönderdim; yirmi, belki de otuz bin dolar. Aldınız, öyle değil mi?"

"Kimin gönderdiğini hiç bilemedik."

"Bilmeniz gerekmiyordu. Nora Walker bu işi Bangkok'taki bir banka aracılığıyla ayarladı. Sahip olduğum her şeydi. Altından geriye kalan para."

Willy şaşkın bir bakış attı ve babasının gözlerinin uçağın gövdesine doğru kaydığını fark etti. "Altın mı taşıyordunuz?"

"Bunu o zamanlar bilmiyordum. Bu, Air America'daki küçük kuralımızdı; kargoyla ilgili soru sorma. Sadece uçağı uçur. Ama uçak düştükten, ben enkazdan sürünerek çıktıktan sonra gördüm. Etrafa altın külçeleri saçılmıştı. Bu çılgıncaydı. Oradaydım, yüzümün yarısı yanmış halde dikiliyordum ve 'Artık zenginim. Eğer bu işten canlı kurtulursam, *zenginim,*' diye düşündüğümü anımsıyorum." Sonra kendi deliliğine, ölmek üzere olan bir adamın küller arasında sevinçten uçtuğu saçmalığına güldü. "Altının bir kısmını gömdüm, bir kısmını çalıların arasına attım. Sanırım bunların geri dönüş biletim olacağını düşündüm. Eğer esir alınırsam, bunlar sayesinde özgürlük pazarlığı yapabilirdim."

"Ne oldu?"

Adam ağaçlara doğru baktı. "Beni buldular. Kuzey Vietnam ordusu askerleri. Altının büyük kısmını da öyle." Omzunu silkti. "Sonra altınlarla birlikte beni de aldılar."

"Ama sonsuza kadar değil. Sen kalmak zorunda değildin..." Willy sustu. "Bizi *hiç* düşünmedin mi?"

"Sizi düşünmeyi hiç bırakmadım. Savaştan sonra, tüm bunlardan sonra – delilik bitti, buraya geri döndüm, kazıp bulamadıkları altınları çıkarttım. Nora'dan bunları size ulaştırmasını istedim." Willy'ye baktı. "Görmüyor musun? Sizi hiç unutmadım. Sadece..." Sustu, sonra sesi bir fısıltıya dönüştü. "Ben geri dönemezdim."

Ağaçların dalları tıkırdadı. Hafif bir yeşillik yağmuru yaratacak şekilde yapraklar aşağıya düştü.

Adam arkasını döndü. "Sanırım Hanoi'ye dönmek istersin. Seni götürecek birini..."

"Baba?"

Adam durdu, ona bakacak cesareti yoktu.

"Şu küçük oğulların. Sen... onların İngilizce bildiklerini söyledin, değil mi?"

Adam başıyla onayladı.

Willy sustu. "O zaman birbirimizi anlarız, yani oğlanlar ve ben," dedi. "Demek istiyorum ki, onların benimle tanışmak isteyeceklerini farz ederek..."

Babası gözlerini elinin tersiyle sildi. Willy'ye döndüğünde yaşlar hâlâ ışıldıyordu. Sonra gülümseyip elini ona uzattı.

Willy gideli çok olmuştu.

Üç saat geçmişti ve Guy çok endişeliydi. Korkudan kafayı yemek üzereydi. Ters giden bir şeyler vardı. Bunu söyleyen onun şu eski içgüdüsü, şu yaklaşmakta olan korkunç son hissiydi ve eli kolu bağlıydı. Zihninde bir düzine farklı imge beliriyordu, her biri diğerinden daha beterdi. Willy çığlık atıyordu. Ölüyordu. Ya da ormanda çoktan ölmüştü. Sonunda cipin homurtusunu işittiğinde paniğin eşiğindeydi.

Direksiyondaki Dr. Andersen'di. Guy ona doğru uzun adımlarla yaklaşırken, adam neşeyle "Günaydın, Bay Barnard!" diye seslendi.

"Willy nerede?"

"Güvende."

"İspatlayın."

Andersen kapıyı ardına kadar açıp binmesini işaret etti. "Sizi ona götüreceğim."

Guy içeri geçti ve kapıyı hızla çarptı. "Nereye gidiyoruz?"

"Uzun bir yolculuk olacak." Andersen cipi vitese taktı. Dönüp toprak bir patikaya çıktılar. "Sabırlı olun."

Gece inen sağanak patikayı çamura çevirmişti, orman her iki yanda uzanıyordu, yakın ve boğucuydu. Onlarca kilometre gitmiş olmalıydılar; ormanın içine hapsolmuş bir yoldaydılar, mesafeyi tahmin etmek imkânsızdı. Andersen sonunda arabayı yolun kenarına çektiğinde, Guy durmaları için en ufak bir neden göremedi. Ancak aşağı inip ağaçların arasında dikildiğinde, çalıya doğru uzanan küçük patikayı fark etti. Arkada ne olduğunu göremedi; orman her şeyi gizliyordu.

Andersen, etraftaki birkaç dağınık dalı toplayarak, "Buradan yürüyeceğiz," dedi.

Guy, Andersen'in topladığı dalları cipin üzerine yerleştirmesini seyrederken, "Kamuflaja ne gerek var?" diye sordu.

"Köy için bir koruma."

"Neden korkuyorlar?"

Andersen arka koltuğun brandasının altına uzanıp bir AK-47 çıkarttı. İlgisizce silahı omzuna astı. "Her şeyden," dedi ve ormana yöneldi.

Patika otuz metrelik ağaçlar ve karmaşık sarmaşıklardan oluşan gölgeli bir dünyaya uzanıyordu. Andersen'in sırtını seyrederken, Guy otomatik tüfeği güçlükle taşıyan bir doktorun yarattığı ironiye takıldı. Bunu ne tür bir düşmanın üzerinde kullanmayı planladığını merak etti.

Çürüyen bitki örtüsünün, sıcakta kavrulan çamurun kokusu çok tanıdıktı. Amerikan askerleri sık sık "Lanet olası ormanın tümü ölüm kokuyor," derdi. Guy yürüyüşünün sessiz bir süzülüşe dönüştüğünü, reflekslerinin aşırı hızlandığını hissetti. Beş duyusu da aşırı derecede hassastı; Andersen' in botunun altında kırılan dal sesi bir silah sesi kadar şaşırtıcıydı.

Köyden gelen sesleri, henüz orayı göremeden işitti. Ormanın derinliklerinde bir yerde çocuklar gülüyordu. Ardından akan suyun sesini ve bir bebeğin çığlığını işitti.

Andersen çalıları iteleyerek ilerledi ve dal perdesinin son katmanı da aralanınca, Guy yüksek ağaç kümesinin altında çember halinde dizilmiş kulübeleri gördü. Orta avluda, çocuklar bir ileri bir geri teperek çakılla oynuyorlardı. Guy ile Andersen ormandan çıktığında, çocuklar oldukları yerde donup kaldılar. Kızlardan biri seslenince anında kulübelerden bir düzine yetişkin fırladı. Hepsi de sessizlik içinde Guy'a bakıyorlardı.

Sonra, kulübelerden birinin kapı girişinde tanıdık bir figür belirdi. Willy, Guy'a doğru yaklaşırken, Guy içinde aniden onu kolları arasına almak, hemen orada, köylülerin, tüm dünyanın gözü önünde öpmek arzusu hissetti. Ama yerinden kımıldayamıyor, sadece onun gülümseyen yüzüne bakıyordu.

Willy, "Onu buldum," dedi.

Guy başını salladı. "Ne?"

"Babam. Burada."

Guy döndü ve kulübeden başka birinin çıktığını gördü. Korkunç hayalet elini uzattı; tek parmağının ucu yoktu.

William Maitland gülümsedi. "Na Co'ya hoş geldiniz, Bay Barnard."

Dr. Andersen'in cipini fark etmek, kamuflaja rağmen kolaydı. Bir gece evvel yağmurun bu kadar şiddetli yağması büyük şanstı; onca çamur olmasaydı, Siang cipin ardında bıraktığı izi kesinlikle bu kadar rahat takip edemezdi.

Dalları alıp bir tarafa attı ve cipin içini hızla kontrol etti. Arka koltukta, yeşil branda bezinin altında, bir testi içme suyu, birkaç eski alet ve karalamalarla doldurulmuş, günlük olduğu açık bir not defteri vardı. Kapağın içinde "Dr. Gunnel Andersen" yazılıydı.

Siang cipten ayrıldı, ormana doğru birkaç adım attı ve gölgelerin arasını araştırdı. Ayak izlerini bulması sadece birkaç saniyesini aldı. İki erkek. Dr. Andersen ve biri, ama kim? Barnard mı? İzi kısa bir süre daha takip etti ve birkaç ağacın gerisinde, ayak izlerinin net bir patikaya yöneldiğini gördü, bunun eski ve oturmuş bir patika olduğundan en ufak şüphe yoktu. Na Co köyü ilerde olmalıydı.

Adamın beklediği limuzine döndü. Siang, "Ormana girmişler," dedi. "Orada bir köy patikası var."

"Peki, burası doğru yer mi?"

Siang omuz silkti. "Bu dağlarda çok sayıda köy vardır.

Ama cip Dr. Andersen'e ait."

"O zaman doğru köydür." Adam arkasına yaslandı, tatmin olmuştu. "Adamlarımızın bu gece burada olmalarını istiyorum."

"Bu kadar çabuk mu?"

"Ben böyle çalışırım; vur kaç. Adamlar hazır."

Paralı asker ekibi görev için iki gündür bekleniyordu. Tayland'da toplanmışlardı, en gelişmiş silahlarla donanmış tam on beş adam. Emir verilir verilmez tek bir soru sormaksızın yola çıkacaklardı.

Adam, "Onlara köpeklere de ihtiyacımız olduğunu söyle," dedi. "Düşmanı temizlemek için. Tüm köy yok edilecek."

Siang sustu. "Ya çocuklar?"

"Ardımızda yetim bırakmamalıyız, öyle değil mi?"

Bu Siang'ı biraz rahatsız etti ama hiçbir şey söylemedi. Bu adama ihtiyacı vardı ve onunla tartışmaması gerektiğini biliyordu. Ya da güçle.

Adam, "Cipte telsiz var mı?" diye sordu.

Siang, "Evet," dedi.

"Söküp al."

"Andersen görecektir..."

"Andersen hiçbir şey görmeyecek."

Siang aniden anlayarak başını salladı.

Adam limuzinle uzaklaştı, iki kilometre uzaktaki bir buluşma noktasına yöneldi. Siang araç gözden kaybolana kadar bekledi, sonra cipe doğru hızlı adımlarla ilerledi, telsize bağlı telleri çekip koparttı ve panele olabildiğince hasar verdi. Bir ağacın altında kendine serin bir nokta bulup oturdu. Gözlerini kapatarak görevini yapması için gereken gücü toparladı.

Kısa süre sonra destek gelecekti. Bu gece, ücretleri hayli pahalı olan adamlar bu yolda hep beraber dikileceklerdi. Kurbanları kesinlikle düşünmeyecekti; kadınları, çocukları. Bu savaşın bir sonucuydu. Her çatışmada masum zayiatlar olurdu. Bunu kabullenmeyi, kaçınılmaz olarak görüp üzerinden silkip atmayı öğrenmişti. Tetiği çekmek duygulardan arındırılmış net bir kafa gerektirirdi. Bu ne de olsa, savaşın ta kendisiydi.

Başarının ta kendisi.

Maitland, "Willy tehlikenin farkında mı?" diye sordu.

Guy, kapı girişinde dikilerek, "Bilmiyorum," dedi. Bir yandan da yaprakların saçıldığı avluya, köy çocuklarının Willy'nin etrafını sardıkları, cıvıldaşarak sorular yağdırdıkları yere bakıyordu. Dalgın dalgın, *çocukların şamatası muhteşem,* diye düşündü. Döndü ve Bill Maitland'ın suratındaki yara izi karmaşasına baktı. "Tehlikeyi *ben* bile anlamış değilim."

"Bana bir şeyler yaşadığınızı söyledi."

"Bir şeyler mi? Ölü bedenler sağımıza solumuza dökülüp duruyor desek daha iyi olur. Her seferinde takip..."

"Sizi kim takip etti?"

"Yerel polis. Belki başkaları."

"Ortaklık mı?"

"Bilmiyorum. Kendilerini tanıtmadılar."

Maitland, aniden heyecanlanarak kulübeyi arşınlamaya başladı. "Eğer sizi buraya kadar takip ettilerse..."

"Siz kimlerden saklanıyorsunuz? Ortaklık'tan mı? Yerel polisten mi?"

"Birkaç grup diyebilirim."

"Ki bunlar da?.."

"Herkesten."

"Bu durum gerçekten de çemberi daraltıyor."

Maitland uyku paletine oturdu ve başını ellerine yasladı. "Ben yalnız kalmak istedim. İşte o kadar, sadece yalnız kalmak."

Guy yara izi dolu kafa derisine baktı ve neden ona karşı en ufak bir acıma hissetmediğini merak etti. Adamın en azından biraz acınmayı hak ettiği kesindi. Ama o anda, Guy'ın hissettiği tek şey Maitland'ın sadece kendini düşünmesinden kaynaklı rahatsızlıktı. *Willy daha iyi bir babayı hak ediyor*, diye düşündü.

"Kızınız sizi buldu," dedi. "Bunu değiştiremezsiniz. Onu iteleyip tekrar geçmişe gömemezsiniz."

"Öyle yapmak istemiyorum ki. Beni bulduğu için çok mutluyum!"

"Ama bugüne kadar ona hayatta olduğunuzu söyleme zahmetine bile girişmediniz."

"Yapamazdım." Maitland başını kaldırıp baktı, gözleri acı doluydu. "Tehlikede olan hayatlar, korumam gereken insanlar vardı. Lan, çocuklar..."

"Onların canını kim yakacaktı ki?" Guy içeri girip onun karşısında dikildi. "Yirmi yıl oldu ve siz hâlâ korkuyorsunuz. Neden? Nasıl bir işe bulaştınız?"

"Ben sadece bir maşaydım, uçakları uçurdum, işte o kadar. Kargo umurumda bile değildi!"

"Kargo neydi? İlaç mı? Silah mı?"

"Bazen."

"Hangisi?"

"İkisi de."

Guy'ın ses tonu sertleşti. "Peki, kime hizmet ediyordunuz?"

Maitland sertçe doğruldu. "Ben hiçbir zaman düşmanla iş yapmadım! Sadece emirlere uydum!"

"Son uçuştaki emirler neydi?"

"Bir yolcuyu taşıyordum."

"İlginç bir kargo. Kimdi?"

"Adı beyannamede yoktu. VIP bir Lao olduğu kanısına varmıştım. Anlaşıldığı üzere, öldürülmesi gereken biri." Yutkundu. "Düşmemize sebep olan şey düşman ateşi değildi. İçeride bir bomba patladı. *Bizim* tarafımızdan yerleştirilen bir bomba. Bizi öldürmek istediler."

"*Neden?*"

Uzun bir sessizlik yaşandı. Sonunda Maitland ayağa kalkıp kapı girişine doğru ilerledi. Orada, daire şeklinde dizilmiş kulübelere baktı. "Sanırım yaşlılarla konuşma zamanımız geldi."

"Onlar bana ne anlatabilirler ki?"

Maitland döndü ve ona baktı. "Her şeyi."

Lan'ın bebeği kulübenin köşesinde ağlıyordu. Onu memesine yerleştirdi ve ileri geri salladı, bir yandan çocuğunu pışpışlıyor, diğer yandan gölgeler arasından gelen fısıltıları büyük bir dikkatle dinliyordu.

Hepsi dinliyorlardı; çocuklar, aileler. Willy söylenenleri anlayamadı ancak çok önemli bir şey üzerine tartıştıklarını söyleyebilirdi.

Kulübenin ortasında köyün ileri gelenlerinden üç kişi oturuyordu –iki erkek ve bir kadın– buruşuk suratları Çin buhurdanlıklarından döne döne yükselen dumanla sanki bir tül perdenin gerisinde kalmış gibiydi. Kadın, Vietnamca bir şeyler mırıldanırken sigarasından derin bir nefes çekti. Gökyüzünü, ardından da Maitland'ı işaret etti.

Guy, Willy'ye fısıldadı. "Babanın ölüm zamanının gelmediğini söylüyor. Ama diğer iki adam, Amerikalı ve Lao, öldüler çünkü bu onların kaderlerine yazıydı..." Sessizleşti, yaşlı kadının ses tonundan büyülenmişti. Ses sanki bir tütsü gibi etrafa yayılıyor, dinleyenlere fısıltılar halinde ulaşıyordu.

Guy, "Adam onunla aynı fikirde değil," dedi. "Lao'yu öldürenin kader olmadığını söylüyor."

Yaşlı kadın başını öfkeli bir şekilde iki yana salladı. Şimdi Lao'nun gerçek ölüm sebebine dair bir fikir çatışması yaşanmaya başlamıştı. Muhalif olan yaşlı adam sonunda kalktı ve ayağını sürüyerek kulübenin uzak bir köşesine ilerledi. Orada toprak zemini kaplayan hasırı bir tarafa kıvırdı ve kumaşa sarılı bir çıkın çıkarttı. Titrek ellerle yıpranmış kenarları çekiştirdi. Saygılı bir şekilde içindeki nesneyi alıp çıkarttı.

Kulübenin loşluğunda bile altının parıltısını fark etmemek imkânsızdı.

Willy, "Bu o madalyon," diye fısıldadı. "Lassiter'in bize bahsettiği madalyon."

Babası, "Bunu Lao takıyordu," dedi.

Yaşlı adam çıkını Guy'ın ellerine bıraktı. Guy, temkinli bir şekilde madalyonu eski püskü kumaşların arasından çıkarttı. Her ne kadar patlamadan dolayı hasar almış olsa da şekli hâlâ ayırt edilebiliyordu: Üç başlı bir ejderha; uzun sivri dişleri açıktaydı, pençeleri savaşmaya hazırdı.

Yaşlı adam fısıldayarak korku ve hayret kelimeleri sarf etti.

Maitland, "Buna benzer bir madalyonu daha evvel de görmüş," dedi. "Yıllar önce, Laos'ta, Prens Souvanna'nın boynunda sallanıyormuş."

Guy keskin bir nefes aldı. "Bu kraliyet arması. O yolcu..."

Maitland, "Kralın üvey kardeşiydi," dedi. "Prens Lo Van."

Topluluktan gergin bir mırıltı yükseldi.

Willy, "Anlamıyorum," dedi. "Ortaklık neden onun ölmesini istesin ki?"

Guy, "Bu hiç de mantıklı değil," dedi. "Lo Van tarafsızdı, bizden yana olmaya başlamıştı. Ayrıca dürüst birisiydi, temiz bir liderdi. Desteğimizle, bizlere Laos'ta ayak basacak sağlam bir yer yaratabilirdi. Bu da terazi kesesini bizim açımızdan daha da ağırlaştırırdı."

Maitland, "Öyle olması da *istenmişti*," dedi. "O altın sandığı kendisinindi. Laos'a götürülecekti."

Willy, "Ordu satın alması için mi?" diye sordu.

"Kesinlikle."

"Peki, onu neden öldürdüler? O bizden yanaydı, dolayısıyla..."

Guy, "Ama uçağı havaya uçuranlar öyle değildi," dedi.

"Yani, bombayı komünistler mi koydu demek istiyorsunuz?"

"Hayır, çok daha tehlikeli biri, bizden biri."

Yaşlılar suskunlaştı. Misafirlerini seyrediyorlar, bir öğretmenin sorunun yanıtını bulmaya çalışan öğrencilerini inceleyişi gibi inceliyorlardı onları.

Yaşlı kadın tekrar konuşmaya başladı. Maitland tercüme etti.

"Savaş süresince bazılarımız Pathet Lao'yla, yani Laos'taki komünistlerle birlikte yaşadık. Saklanılacak çok az yer vardı; bu yüzden mağaralarda uyuduk. Ama bahçelerimiz, tavuklarımız, domuzlarımız vardı, hayatta kalmak için her şeye sahiptik. Bir gün, daha mağaraya yeni gelmiştim ki, bir uçak sesi işittim. Bunun düşman Amerikalılar olduğunu düşündüm. Tüfeğimi aldım ve vurup düşürmek için dışarı çıktım. Ama hücre kumandanım beni durdurdu. Uçağın inmesine neden izin verdiğini bir türlü anlayamamıştım. Üzerinde düşman işaretleri, Amerikan bayrağı vardı. Hücre kumandanımız uçağın yükünü boşaltmamızı emretti. Kasalar dolusu silah ve mühimmat taşıdık. Sonra uçağı afyonla doldurduk, hem de çuvallar dolusu. Sonra pilot aşağı indi ve onun yüzünü gördüm. Ne Lao, ne de Vietnamlıydı. Sizin gibiydi. Bir Amerikalıydı."

Guy alçak sesle, "Rahip Tuck," dedi.

Kadın onlara baktı, gözleri karanlıktı ve ifadesinin okunması imkânsızdı.

Maitland, "Onu ben de gördüm," dedi. "Takasa geldiğinde buranın batısındaki bir kampta tutuluyordum. Şunu rahatça söyleyebilirim ki, lanet olası ülkenin tümü tam bir afyon fabrikasıydı, her iki taraf da para kazanıyordu. Hepsi de savaş paravanı ardında. Sanırım Lo Van bu yüzden öldürüldü. Etrafı kargaşa içerisinde tutmak için. Savaş zamanı insan birçok kazanç sağlayabilir."

Guy, odaya şöyle bir bakınarak, Vietnamca "Pilotun yüzünü başka kimler gördü?" diye sordu. "Onun neye benzediğini başka kimler biliyor?"

Köşede birbirlerine sokulmuş oturan bir adamla kadın ellerini yavaşça kaldırdı. Belki de kendilerini ele vermekten korkan başkaları da vardı.

Maitland, "O kampta benimle birlikte dört savaş esiri daha vardı," dedi. "Hepsi de pilotun yüzünü gördü. Bildiğim kadarıyla hiçbiri evine sağlam ulaşamadı."

Tütsülü kamışlar yanıp kül olmuşlardı ancak dumanları hâlâ karanlıkta asılıydı. Hiç kimse ses çıkartmadı, çocuklar bile.

Willy, etrafındaki insanlara bakarak, *Bu yüzden korkuyorsunuz,* diye düşündü. *Şimdi bile, onca yılın ardından, savaş hâlâ hayatlarınızı gölgelendiriyor.*

Ve benimkini de öyle.

Guy, "Bizimle birlikte geri dön Maitland," dedi. "Hikâyeni anlat. Bunları geride bırakmanın tek yolu bu. Özgür olmanın."

Maitland kulübesinin kapı girişinde, avluda oynayan çocukları seyrederek dikildi.

Willy, "Guy haklı," dedi. "Hayatını saklanarak harcayamazsın. Buna bir son vermenin zamanı geldi."

Babası dönüp ona baktı. "Ya Lan ne olacak? Çocuklar? Eğer ayrılırsam, Vietnamlıların ülkeye tekrar girmeme izin vereceklerini nereden bileceğim?"

Guy, "Bu alman gereken bir risk," dedi.

"Bir kahraman olarak, bana söylediğin şey bu mu?" Maitland başını olumsuz anlamda salladı. "İzninle *sana* bir şey söyleyeyim, Barnard. Bu dünyanın gerçek kahramanları, dışarı çıkıp aptalca riskleri yüklenenler değil. Hayır, onlar kendilerine ihtiyaç duyulan, ait oldukları yerlerde oyalananlar. Belki hayat biraz sıkıcı bir hal alıyor. Belki karıları ve çocukları onları deliye çeviriyor. Ama oradan ayrılmıyorlar." Anlamlı bir şekilde Willy'ye baktı, sonra gözlerini Guy'a çevirdi. "İnan bana, bunu bilecek kadar çok hata yaptım."

Maitland tekrar kızına baktı. "Bu gece ikiniz Hanoi'ye dönün. Eve gitmeli, hayatına devam etmelisin, Willy."

Guy, "Tabii eve *ulaşabilirse,*" dedi.

Maitland sessizdi.

"Sence ne kadar şansı var?" Guy acımasızca üzerine gidiyordu. "Bir düşün. Onu bildikleriyle rahat bırakacaklarını mı düşünüyorsun? Onu canlı tutacaklarını mı?"

Maitland, "Pekâlâ, bana ödlek deyin!" diye haykırdı. "Canınız ne istiyorsa onu deneyin. Bu hiçbir şeyi değiştirmeyecek. Buradan ayrılamam." Kulübeden hızla çıktı.

Kapı girişinden baktıklarında, avluyu geçip Lan'ın ağaçların altında oturduğu yere doğru ilerlediğini gördüler. Lan gülümsedi ve bebeklerini kocasına uzattı. Uzunca bir süre orada, kızını sallayarak, birinin gelip kolları arasından alacağından korkuyormuşçasına göğsüne yakın tutarak oturdu.

Willy, onu seyrederken, *İşte, dünya tam orada, kollarının arasında,* diye düşündü. *Onu bırakmak seni çıldırtır.*

Guy, "Fikrini değiştirmesini sağlamalıyız," dedi. "Onu bizimle gelmeye ikna etmeliyiz."

Tam o an Lan başını kaldırıp baktı ve gözleri Willy'ninkilerle buluştu. Willy, "O dönmeyecek, Guy," dedi. "Babam buraya ait."

Guy, "Ama sen de onun ailesisin," diye itiraz etti.

"Ama şu anda ona ihtiyaç duyan ben değilim." Başını

kapı pervazına yasladı. Bir yaprak dalgalanarak düştü ve avlu boyunca yuvarlandı. Altı çıplak, yeni yeni yürüyen bir çocuk onun peşine takıldı. "Yirmi yıl boyunca bu adamdan nefret ettim..." Willy iç çekti. Ardından gülümsedi. "Sanırım büyüme zamanım geldi."

"Ters giden bir şeyler var. Andersen şimdiye kadar dönmüş olmalıydı."

Maitland ormanın dibinde dikilmiş, toprak yola bakıyordu. Doktorun cipinin park edildiği yerden, lastik izleri kuzeye yöneliyordu. Kamuflaj için kullandığı dallar yolun kenarına saçılmıştı ve araçtan eser yoktu.

Willy ile Guy yolda dolaşmaya başladı, Andersen'in gecikmesi kafalarını karıştırmıştı.

Maitland, "Onu beklediğini biliyor," dedi. "Daha şimdiden bir saat gecikti bile."

Guy bir çakıla vurdu ve çalıların arasına kayışını seyretti. "Görünüşe bakılırsa bu gece Hanoi'ye gitmiyoruz. Arabasız olmaz." Kararmaya başlayan gökyüzüne baktı. "Güneş neredeyse battı. Sanırım köye dönmeliyiz."

Maitland yerinden kımıldamadı. Hâlâ yolun ilerisine bakıyordu.

Willy, "Tekeri patlamış olabilir," dedi. "Ya da benzini bitmiştir. Her ne olursa olsun, bu gece bizden kurtulamayacakmışsın gibi görünüyor baba." Uzanıp koluna girdi. "Guy haklı. Geri dönme zamanı."

"Henüz değil."

Willy gülümsedi. "Bizi başından def etmeye bu kadar

mı isteklisin?"

"Ne?" Kızına baktı. "Hayır, hayır, tabii ki değil. Sadece..." Bakışlarını tekrar yola doğrulttu. "Ters giden bir şeyler var sanki."

Willy, ani huzursuzluğunu paylaşarak onu seyretti. "Bir sorun olduğunu düşünüyorsun."

Maitland, "Buna hazır değiliz," diye amansızca ekledi.

Guy, ona bakmak için dönerek, "Ne demek istiyorsun?" dedi. "Köyün kendini savunacak silahları olmalı."

"Belki iş gören bir tüfeğimiz, onlarca yıldır kullanılmayan birkaç eski yadigâr vardır. Bir de Andersen'in tüfeği. Onu burada bıraktı."

"Kaç mermi?"

"Yeterli değil..." Maitland'ın çenesi aniden kapandı. Yaklaşan bir arabanın sesiyle hızla arkasına döndü.

Guy, "Hemen siper alın!" diye emretti.

Willy saklanmak için çoktan en yakın çalının arkasına yönelmişti. Aynı zamanda, Guy ve Maitland diğer tarafa, yolun karşısındaki yaprakların arasına doğru sıçradı.

Willy zor bela saklanma fırsatı buldu. Tam yere eğilmişti ki bir cip köşeyi dönüverdi. Çalılıkların arasından aracın asker dolu olduğunu gördü. Araç ilerleyip yaklaşırken, Willy dalların altında kendine telaşla tünel açtı, yüzünü yırtan dikenlerin farkında bile değildi, yaprakların arasına kıvrılarak cipin geçmesini bekledi. Avucunda bir şey hareketlendi. İçgüdüsel olarak geri çekildi ve siyah, şişko bir kınkanatlı böceğin aşağı düşüp gölgelerin arasına doğru hızla seğirttiğini gördü. Ancak o zaman, bakışları böceği takip ederken, dallardan gelen garip çıtırtıyı ve toprağın da hareket edip titrediğini fark etti.

Aman Tanrım, tam yuvalarının üzerinde yatıyordu!

Çığlığını bastırarak yana doğru kaçtı.

Ve kendini bir insan eline bakar halde buldu. Burnundan on beş santim kadar uzakta tebeşir kadar beyaz bir eldi ve işaret ediyormuş gibi görünüyordu.

Çığlık atmak istese de, en ufak bir ses çıkartamadı; boğazı düğümlenmişti. Gözleri kol boyunca yavaşça ilerledi, vücuda kadar gitti ve ardından, amansızca yüze odaklandı.

Gunnel Andersen'in cansız gözleri ona bakıyordu.

ON ÜÇÜNCÜ BÖLÜM

Asker dolu cip yanlarından kükreyerek geçti.

Willy çığlığını elinin tersiyle bastırdı, içindeki patlama tehlikesi taşıyan dehşet çığlığıyla umutsuzca savaşıyordu. Bu savaşım o kadar şiddetliydi ki, dişleri parmak boğumlarından kan akmasına sebep oldu. Cip geçer geçmez kontrolünü kaybetti. Tökezleyip ayağa fırladı ve geri geri sendeledi.

"O ölmüş!" diye haykırdı.

Guy ve babası hemen onun yanında belirdi. Guy'ın kolunun beline dolandığını, onu kendisine yakın tuttuğunu hissetti. "Sen neden bahsediyorsun?"

"Andersen!" Çılgın gibi çalıları işaret etti.

Babası yere çömelip dalları yana doğru iteledi. Cesede bakarken, "Aman Tanrım," diye fısıldadı.

Ağaçlar etrafında sallanmaya başladı. Willy dizlerinin üzerine kaydı. Öğürmeye başladığında ormanın tümü berbat, yeşil bir kaleydoskop içinde dönmekteydi.

Babasının garip derecede ifadesiz bir ses tonuyla, "Boğazı kesilmiş," dediğini işitti.

Guy, "Temiz iş, çok profesyonelce," diye mırıldandı. "Sanki saatlerdir buradaymış gibi görünüyor."

Willy başını kaldırmayı başardı. "Neden? Onu neden öldürdüler?"

Babası çalıları bırakıp cesedin üzerini kapatmasına izin verdi. "Konuşmasını önlemek için. Bizim yolumuzu..." Aniden ayağa fırladı. "Köy! Geri dönmeliyim!"

"Baba! Bekle..."

Ama babası çoktan ormana dalmıştı.

Guy, Willy'yi kolundan yakaladı. "Harekete geçmeliyiz, hadi."

Willy patikada koşup tökezleyerek onu takip etti. Güneş çoktan batmaya başlamıştı; gökyüzü dalların arasında, korkunç bir kan kızıllığında parlıyordu.

Hemen ileride, babasının, "Lan! Lan!" diye haykırdığını işitti. Ormandan çıkar çıkmaz bir düzine köylünün karısını kolları arasına almış, onu sıkı sıkı kucaklayan Maitland'ı seyrettiklerini gördüler.

Guy, "Bu insanların buradan uzaklaştırılmaları gerek!" diye haykırdı. "Maitland! Onlara söyle, Tanrı aşkına! Buradan ayrılmalılar!"

Maitland karısını bıraktı ve Guy'a döndü. "Hangi cehenneme gideceğiz ki? En yakın köy buradan kırk kilometre uzakta! Aramızda yaşlılar, bebekler var." Karnı burnunda hamile bir kadını işaret eti. "Şuna bak! Sence kırk kilometre yürüyebilir mi?"

"Yapmalı. Hepimiz yapmalıyız."

Maitland sırtını döndü ama Guy onu tekrar kendisine doğru çevirdi, söyleyeceklerini dinlemeye zorladı. "Bir düşün! Andersen'i öldürdüler. Bundan sonra sen varsın. Aynen buradaki herkes, senin hayatta olduğunu bilen herkes gibi. Saklanabileceğimiz bir yer olmalı!"

Maitland köy yaşlılarından birine döndü ve Vietnamca bir şey sordu.

Yaşlı adam kaşlarını çattı. Ardından kuzeydoğuyu, dağları işaret etti.

Willy, "Ne dedi?" diye sordu.

"Buradan yaklaşık beş kilometre uzakta bir yer olduğunu söylüyor. Yamaçlarda eski bir mağara. Orayı daha evvel kullanmışlar, başka zamanlarda, başka savaşlarda..." Başını kaldırıp gökyüzüne baktı. "Güneş neredeyse battı. Hemen şimdi, nehri geçebilmemiz için hâlâ yeterince aydınlıkken, buradan ayrılmalıyız."

Köylüler çoktan dağılıp eşyalarını toplamaya başlamışlardı. Yüzyıllar boyu süren savaş onlara hayatta kalmanın acele etmek olduğunu öğretmişti.

Maitland'ın ailesinin toparlanması beş dakika aldı. Lan, ailesinin temel eşyalarının toplanmasına öncülük etti; battaniyeler, yiyecek, ailenin değerli tenceresi. Kelimeler ya da gözyaşlarına vakit harcamadı. Ancak dışarıda, arkasına dönüp kulübeye son bir kez baktığında gözleri sulandı. Süratle, gerçekçi bir şekilde, gözyaşlarını sildi.

Hırpani topluluk ormana doğru yönelirken, günün son ışığı dalların arasından ışıldadı. Willy, yirmi dört yetişkin, on bir çocuk ve üç bebek saydı. *Hepimiz aklımızı kaçıracak kadar korktuk.*

Çocuklar da dahil sessizce ilerlediler; bu kadar sessiz kalmaları doğaüstüydü, ağaçlar arasında hızla ilerleyen hayaletleri andırıyorlardı. Hızlı akan nehrin kıyısında durakladılar. Su dolabı akıntıyla dönüyordu, bir de bambu borulardan yapılma, suyu sulama kanallarına yönlendiren şık bir heykel vardı. Nehir küçük çocukların geçemeyeceği kadar derindi, karşı kıyıya kucakta taşındılar. Islanmış ve çamurlara bulanmış bir halde karşı kıyıya doğru bata çıka ilerlediler, ardından da dağlara yöneldiler.

Gece çöktü. Dolunayın ışığıyla, hayali bir rüzgâr ve gölge ülkesinde seyahat ettiler, zifiri karanlık refakatçi ruhlarla titriyor gibi görünüyordu. Çocuklar yorulmuştu ve tökezliyorlardı. Yine de hiç kimse onları ilerlemeleri için tatlı dille ikna etmek durumunda kalmadı; kovalanma korkusu hepsini harekette tutmaya yetiyordu.

Sonunda sarp kayalıkların dibinde durdular. Devasa bir kaya duvar ay ışığı altında gümüş renkte parlıyordu. Köyün yaşlıları aralarında alçak sesle fikir alışverişinde bulundular, bu noktadan sonra nasıl hareket edileceğini tartıştılar. Sonunda herkese öncülük eden yaşlı kadın oldu. Karanlıklar arasında emin adımlarla ilerleyerek onları dağa yontulan bir dizi taş merdivene götürdü ve yukarı çıkarttı, uçurumun kıyısından geçirip sık çalılıklarla dolu gibi görünen bir yere ulaştırdı.

Genel bir perişanlık mırıltısı işitildi. Ardından köy erkeklerinden biri dalları yana itip bir mum yaktı. Önlerinde boşluk uzanıyordu. Kolunu boşluğa, engin karanlığa soktu. Sanki içerisi zayıf alev ışığını yutmuş gibiydi. Devasa bir mağaranın ağzındaydılar.

Adam içeri emekleyerek girdi; ancak heyecanlı kanatlar büyük bir aceleyle yanından geçmeye kalkışınca hemen geri çıktı. Sinirleri gerilmiş topluluktan bir kahkaha yükseldi.

Willy, titreyerek *yarasalar,* diye düşündü.

Adam derin bir nefes aldı ve mağaraya girdi. Kısa süre sonra diğerlerine seslenerek onu takip etmelerini söyledi.

Guy, Willy'yi dirseğiyle dürttü. "Hadi. İçeri."

Willy duraksayarak yutkundu. "Başka seçeneğim yok mu?"

Guy'ın yanıtı anında geldi: "Kesinlikle hayır."

Köy terk edilmişti.

Siang kulübeleri teker teker aradı, her yerin altını üstüne getirdi ve döşekleri bir tarafa attı. Her köyde sık rastlanılan yeraltı tünelleri var mı diye baktı. Barış zamanında, bu tüneller depo amaçlı kullanılmıştı; savaş zamanında ise saklanma yeri ya da kaçış yolu görevi görmüşlerdi. Hepsi boştu.

Hayal kırıklığı içinde toprak bir çanağı kaptı, yere atarak kırdı. Ardından dışarı, avluya fırladı, askerler ay ışığı altında bekliyorlardı, suratları kamuflaj boyasıyla karartılmıştı.

On beş kişiydiler, hepsi de hızlı birer profesyoneldi, ona

tepeden bakan kaba saba Amerikalılar. Sadece bir saatlik bir önceden bildirimle doğrudan Tayland'dan getirilmişlerdi. Aynen beklendiği gibi, Lao hava savunması büyük delikli bir elek gibiydi, hava sahalarında alçaktan uçan tek bir uçağın, düşürmek bir yana, varlığını tespitten bile uzaktı. Vietnam sınırının hemen içerisinde bırakıldıkları noktadan buraya yürüyerek gelmeleri sadece dört saat almıştı. Operasyon kusursuzdu.

Şu ana kadar.

Bir ses, "Görünüşe bakılırsa çok geç kaldık," dedi.

Siang döndüğünde müşterisinin gölgeler arasından çıktığını gördü, bu devler topluluğuna biri daha katılmış oldu.

Siang, "Sadece birkaç saatlik bir mesafede olmalılar," dedi. "Akşam yemekleri dahi yenilmeden bırakılmış."

"O zaman pek uzağa gitmemişler demektir. Kadınlar ve çocuklarla imkânsız." Adam askerlerden birine döndü. "Esirden ne haber? Konuştu mu?"

"Tek bir kelime dahi etmedi." Askerler bir köylüyü ileri doğru iteledi. Adamı yolun yirmi kilometre ötesinde yakalamışlardı, Ban Dan'a doğru koşuyordu. Daha doğrusu onu köpekler yakalamıştı. Şu tazılar yararlı hayvanlardı ve canlı bir şahidin çok işe yarayacağı bir operasyonda kesinlikle zaruriydi. Bu hayvanların karşısında köylünün kaçıp kurtulma şansı olmamıştı. Şimdi yere diz çökmüş halde duruyordu, siyah saçı ay ışığıyla gümüş bir renk almıştı.

"Onu konuşturun."

Siang, "Zaman kaybı olur," diye homurdandı. "Bu kuzeyliler inatçıdır. Hiçbir şey söylemeyecektir."

Askerlerden biri köylüyü tekmeledi. Adam yerde kıvranarak yatarken bile hakaret yüklü birkaç söz sarf etmeyi başardı.

Asker, "Ne? Ne dedi?" diye sordu.

Siang huzursuzca yerinde kımıldandı. "Lanetlendiğimizi söylüyor. Hepimizin ölü birer adam olduğumuzu."

Asker güldü. "Batıl inanç saçmalıkları!"

Siang etrafındaki karanlığa baktı. "Yardım almak için bundan başka ulaklar da yolladıklarından eminim. Sabaha..."

Müşterisi, "Sabaha işimizi bitirmiş, buradan çekip gitmiş olacağız," dedi.

Siang, "Tabii onları bulabilirsek," karşılığını verdi.

"Koca bir köyü bulmak mı? Sorun değil." Adam döndü ve askerlerden birine emir verdi. "Köpekler işte bu işe yarar."

Mağarada bir düzine mum ışıldadı. Dışarıda, rüzgâr sert esiyordu; esinti mağaranın girişini kapatan battaniyeyi salladı. Dans eden gölgeler arasında mırıltılı sesler, kuşatma altındaki bir köyün çılgınca fısıltıları yankılandı. Çocuklar taş topladı ya da sarmaşıkları bükerek ip yaptı. Kadınlar bambu saplarını yonttu, bunları sivrilterek punji kazıklarına dönüştürdü. Sadece bebekler uyudu. Dışarının karanlığında, erkekler yüzyıllardır anavatanlarını koruyan ölümcül tuzakların aynılarını kurdular. Bu, savaşların güç ya da silahtan ziyade zekâ ve umutsuzlukla kazanıldığı bir orman mücadelesiydi.

Çoğunlukla da umutsuzluk.

Guy, eski bir tabancanın namlusuna bakarken, "Bunun silindiri sıkışmış," diye homurdandı. "Bununla sadece tek bir atış yapılabilir, o kadar."

Maitland, "Nasıl olsa sadece iki mermi kaldı," dedi.

"Bu da onu neredeyse beş para etmez kılıyor." Guy silahı Maitland'a geri verdi. "İntihar hariç."

Bir an için Maitland silahı elinde tarttı, düşünüyordu. Karısına döndü ve onunla nazikçe Vietnamca konuştu.

Lan silaha sanki ona dokunmaya korkuyormuşçasına baktı. Ardından gönülsüzce aldı ve mağaranın gölgeleri arasında bir yere kaldırdı.

Guy, Andersen'in tüfeğine uzanıp hızla gözden geçirdi. "En azından bu bebek düzgün çalışıyor."

Maitland, "Evet. Eski AK-47'ler kadar iyi başka bir şey daha yok," dedi. "Bir tanesinin çamurun içinden çıktıktan sonra bile ateş ettiğini görmüştüm."

Guy güldü. "Bu model müthiş, öyle değil mi?" Willy yaklaşırken etrafına bakındı. "Nasıl gidiyor?"

Willy yorgun bir şekilde toprağa, onun yanına oturdu. "Tüm bir orduyu şişe geçirmeye yeter miktarda kazık yonttuk."

Babası, "Daha fazlasına ihtiyacımız olacak," dedi. Mağara girişine göz attı. "Artık kazma sırası bende..."

Guy, "Biraz evvel oradaydım," dedi. "Çukurların hepsi hazır."

"O zaman diğer tuzaklar için yardıma ihtiyaç duyacaklar..."

"Onlar ne yaptıklarını biliyor. Biz sadece ayaklarına dolanıyoruz."

Willy, "Buna inanmak zor," dedi.

"Neye?"

"Bir orduyu sarmaşık ve bambularla kendimizden uzak tutabileceğimize."

Maitland, "Bu daha evvel yapıldı," dedi. "Çok daha büyük ordulara karşı. "Ayrıca bu yola savaş kazanmak için çıkmadık. Sadece ulaklarımız görevlerini yapana kadar kendimizi korumak zorundayız, o kadar."

"Bu ne kadar sürecek?"

"En yakın köy kırk kilometre ötede. Eğer telsizleri varsa, sabaha doğru yardım alabiliriz."

Willy etrafına, her biri yorgunluktan yıkılıp kalmış uyuyan çocuklara baktı. Guy koluna dokundu. "Sen de dinlenmelisin."

"Uyuyamam."

"O zaman sadece uzan. Hadi."

"Ya siz ikiniz?"

Guy şarjörü yerine geçirdi. "Biz nöbetteyiz."

Willy kaşlarını çattı. "Bizi bu gece bulacaklarını gerçekten düşünmüyorsun, öyle değil mi?"

"Tüm yol boyunca arkamızda takibi kolay bir iz bıraktık."

"Ama gün ışığına ihtiyaçları olacaktır..."

Babası, "Eğer yerli bir rehberleri varsa olmaz," dedi. "Mağaraları bilen biri. Biz yolumuzu karanlıkta bulduk. Aynısını onlar da yapabilir." Tüfeği kavradı ve omzuna attı. "İlk nöbeti Minh ve ben alacağız, Guy. Git ve biraz uyu."

Guy başıyla onayladı. "Birkaç saat sonra nöbeti devralırım."

Babası ayrıldıktan sonra Willy'nin bakışları tekrar uyuyan çocuklara, üvey kardeşlerine kaydı. Bir battaniye yığınına kıvrılmışlardı. *Onlara ne olacak?* diye düşündü. *Hepimize?* Uzak bir köşede, iki yaşlı kadın bambu yontuyorlardı; bıçaklarından yükselen sürtünme sesi Willy'nin titremesine sebep oldu.

"Korkuyorum," diye fısıldadı.

Guy başını salladı. Mum ışığı yüzünde sert gölgeler oluşturuyordu. "Hepimiz korkuyoruz. İstisnasız her birimiz."

"Bu benim hatam. Yalnız kalmayı becerebilseydim, diye düşünmekten kendimi alamıyorum..."

Guy onun yüzüne dokundu. "Kendini sorumlu hissetmesi gereken kişi benim."

"Neden?"

"Çünkü seni kullandım. İnkâr etmeme rağmen seni kullanmayı planladım. Ve eğer sana bir şey olursa..."

Willy, elini tutarak, "Ya da sana," dedi. "Sakın cesedinin başında ağlamama sebep olacak bir şey yapma, Guy Barnard. Çünkü buna dayanamam. Bana söz ver."

Guy, Willy'nin elini dudaklarına bastırdı. "Söz veriyorum. Şunu bilmeni istiyorum ki, buradan kurtulduktan sonra, ben..." Gülümsedi. "Seni daha sık görmek istiyorum. Tabii izin verirsen."

Willy cevaben gülümsedi. "Bunda ısrarcı davranacağım."

Kendi kendine, *Birbirimize nasıl da aptalca yalanlar söylüyoruz,* diye düşündü. *Birlikte bir geleceğimiz varmış gibi davranıyoruz.* Ölümle yüzleşince, her şey hakkında sözler verebiliyordu.

Willy, "Ya bizi bulurlarsa?" diye fısıldadı.

"Hayatta kalmak için ne gerekiyorsa yapacağız."

"Makineli tüfeklere karşı sopalar ve taşlarla mı? Bu çok hızlı sonlanacak bir savaş olacaktır."

"Kendimizi savunabilecek durumdayız. Patikalara tuzaklar kuruldu. Dünyanın en zeki savaşçılarından bazıları da bizim yanımızda. Orduları kendilerinden uzak tutmak için zekâlarından fazlasına ihtiyaç duymayan adamlar." Bakışlarını loş mum ışığının tepesinde asılı duran karanlığa odakladı. "Bu mağaranın kutsal olduğu söyleniyor. Burası antik bir mabet, hiç kimsenin hatırlayamadığı kadar eski. Şuradaki tüneli takip edersen, sarp kayalığın doğu zeminine ulaşırsın. Bu insanlar zeki. Kesinlikle kendilerini köşeye sıkıştırtmıyorlar. Kaçmak için hep bir yolları var." Gölgeler arasında uyuklayan ailelere baktı. "Taş Devri'nden bu yana savaşıyorlar ve bunu çıplak ayakla, sadece tek bir avuç dolusu pirinçle yapabilirler. İş hayatta kalmaya gelince *bizler* acemiyiz."

Dışarıda rüzgâr uludu; ağaçların inlediğini işitebiliyorlardı, çalılar sarp kayalıklara sürtünüyordu. Çocuklardan biri uykusunda ağladı, bu annesinin kucaklayışıyla anında yatıştırılan bir ağlamaydı.

Willy, *küçükler bir şey anlamadı,* diye düşündü. Ama

korkmaları gerektiğini biliyorlardı.

Guy onu kolları arasına aldı. Birbirlerine sarılıp yere çöktüler. Kelimelere gerek yoktu; Guy'ın orada olması, kalplerinin birlikte çarptığını hissetmek yeterliydi.

Ve gölgeler arasında, iki yaşlı kadın bambu sopalarını sivriltmeye devam etti.

Guy nöbeti devralmak için kalktığında Willy hâlâ uyuyordu. Onu bırakıp gitmek kolay değildi. Sert zeminde birbirlerine sarıldıkları birkaç kısa saat süresince, vücutları bir şekilde erimiş, bir daha ayrılamayacak şekilde birbirine geçmişti sanki. Willy'yi tekrar görmeyecek olsa bile, o hayatından bir anda kayıp gitse bile, her zaman Guy'ın bir parçası olarak kalacaktı.

Guy battaniyeyi üzerine örttü ve geceye karıştı.

Gökyüzü büyüleyici bir yıldızlar deniziydi. Maitland'ı sarp kayalıkların tepesindeki çıkıntıda kıvrılıp yatar halde buldu. Düz kayanın üzerinde, hemen adamın yanında yerini aldı.

Maitland, "Tam bir ölüm sessizliği var," dedi. "Şu ana kadar."

Birlikte yıldızların altında rüzgârı, yamaca çarpan çalıları dinleyerek oturdular. Bir kaya, takırdayarak dağdan aşağı düştü. Guy kafasını kaldırınca, daha yukarıdaki bir çıkıntıda bir köylü siluetinin karanlık gökyüzüne karşı hareketlendiğini fark etti.

Maitland, "Uyuyabildin mi?" diye sordu.

Guy başını olumsuz manada salladı. "Biliyor musun, aslında hangi şartlar altında olursa olsun rahatça uyuyabilen biriyimdir. Helikopter sesinde, tüfek sesinde. Ama şimdi değil. Burada değil. Şu kadarını söyleyebilirim ki bu benim savaş tarzım değil."

Maitland tüfeği Guy'a verdi. "Evet. İnsanın sevdikleri tehlike altındayken savaşın şekli değişiyor, öyle değil mi?" Ayağa kalktı ve karanlıklar arasında yürüyerek uzaklaştı.

Sevdiğimiz insanlar mı? Bu Guy'ın içini bir merak hissiyle, *âşık* olup olmadığı düşüncesiyle doldurdu. Bu, onu kesinlikle şaşırtmazdı. Bunun olacağının en başından beri farkındaydı: Bill Maitland'ın kızına kapılmıştı.

Bu hiç planlamadığı bir şeydi, kesinlikle istemediği bir şey. Hissettiği şeyin *aşk* kelimesiyle adlandırılabileceğinden bile emin değildi. Birlikte cehennemde bir hafta geçirmişlerdi. Sivrisinek ağının altında, kulübedeki o geceyi anımsayarak, *Ve cennette,* diye düşündü. Onun canının yanacağı düşüncesine dayanamadığının, onu güvende tutmak için her şeyi yapacağının farkındaydı. Bu duygu *aşk* olarak adlandırılabilir miydi?

Gecenin içinde bir yerlerde, bir hayvan çığlık attı.

Tüfeği tutan eli gerildi.

Şafağın sökmesine dört saat kalmıştı.

Saldırı ilk ışıkla birlikte geldi.

Guy tüfeği kendisinden sonraki nöbetçiye vereli çok olmuştu, bir mermi sesi işitildiğinde sarp yamaçtan aşağı bakıyordu. Saklanmak için eğildi. Bir çalılığın arkasına doğru güçlükle ilerlerken, otomatik tüfek sesleri ve yukarıdaki kayalık çıkıntıdan gelen bir çığlık işitti. Kendisini gözeten adamın yaralandığının bilincindeydi. Ne kadar kötü yaralandığını anlamak için başını kaldırıp baktı. Sabah sisinde, adamın kanlı kolunun kayanın ucundan hareketsiz sarktığını seçebildi. Daha fazla makineli tüfek sesi işitildi, mermiler sarp yamaç yüzeyini taradı. Karşılık ateşi açılmadı; köyün tek tüfeği oradaki ölü adamın elinde duruyordu.

Guy aşağı baktı ve diğer köylülerin de kayaların arasında kendilerine sığınacak bir yer aradıklarını gördü. Silahsız halde mağarayı ne kadar savunabilirlerdi ki? Artık güvendikleri tek şey kurulan bubi tuzaklarıydı, saldırganları uzak tutacak şeyler tuzak telleri, çukurlar ve kazıklardı.

Guy tüfeğin durduğu düz kayaya tekrar baktı. O değerli AK-47, hayatta kalmakla katledilmek arasındaki dünyanın en büyük farkını yaratabilirdi.

Birkaç metre ilerideki bir kayayı hedefledi, yol boyunca birkaç çalı öbeği vardı. Başka bir yol, farklı bir seçenek yoktu. Çömeldi, ilk noktaya erişmek için gerildi.

Willy, silah seslerini işittiğinde bir kazan pirinç ve et suyunu karıştırıyordu. Ayağa fırlarken aklına gelen ilk şey, *Guy,* oldu. *Aman Tanrım, yaralandı mı acaba?*

Fakat daha iki adım atamadan babası kolundan yakaladı. "Hayır, Willy!"

"Yardıma ihtiyacı olabilir..."

"Oraya çıkamazsın!" Karısına seslendi. Her nasılsa, Lan onu onca kargaşa arasından işitti, Willy'yi mağaranın arkalarına doğru çekti. Kadınlar çocukları çoktan kaçış tüneline yönlendirmeye başlamışlardı. Willy çaresizce adamların ilkel silahlarını kapıp dışarı fırlamalarını seyretti.

Uzaktan daha fazla silah sesi yankılandı ve ufalanan kayalar dağ yamacından aşağı yuvarlandı.

Willy, *bizim karşılık ateşimiz nerede?* diye düşündü. *Neden kimse onlara ateş etmiyor?*

Dışarıda, bir şey sıçrayarak yuvarlandı ve ateş aldı. Mağarayı bir duman kapladı, çıkan duman o kadar mide bulandırıcıydı ki, Willy'nin temiz hava arayışıyla geri çekilmesine neden oldu.

Babası, "Geri çekilin, geri çekilin!" diye bağırdı. "Hepiniz tünele!"

"Ya Guy'a ne olacak?"

"O başının çaresine bakabilir! Git, çocukları da alıp hemen buradan uzaklaşın!" Willy'yi sertçe tünele doğru itteledi. "*Hadi, kımılda!*"

Başka seçenek yoktu. Willy tam kaçmak için dönmüştü ki, yine silah sesleri işitti. Bir parçasını savaş halindeki sarp kayalıklarda terk ediyormuş gibi hissetti kendini.

Çocuklar çoktan tünele girmişti. Hemen ileride, Willy bir bebek ağlayışı işitiyordu. Sesi takip ederek zifiri karanlığa daldı.

Geçitte aniden bir ışık dalgalandı. Bu bir mumdu. Mumun ışığında, onları mağaraya getiren yaşlı kadının köselemsi yüzünü gördü. Şimdi de korkmuş kadın ve çocuk kafilesine öncülük ediyordu.

Willy, arkaya geçerek mum ışığını güçlükle takip etti. Yaşlı kadın hızlı ilerliyordu; nereye gittiğini bildiği açıktı. Belki de buradan daha önce başka bir savaşta, başka bir dövüşte de kaçmıştı. Daha önceki bir tehlikeden canlı kurtulan biriin izinde gidiyor olmak onu biraz rahatlattı.

Aşağı inen ilk basamak tam bir sürprizdi. Bir an için Willy'nin tabanı hiçlikle buluştu, ardından kaygan taşa değdi. Dengesini sağlamak için elini tünel duvarına yaslarken, bu şekilde ne kadar daha gidilecek diye merak etti. Parmakları kurumuş parafin topaklarıyla buluştu, bunlar eski mumların kalıntılarıydı. Kendinden önce acaba kaç kişi bu basamaklardan ilerleyerek yollarını bulmuştu? Diğer sayısız mültecinin korkusu karanlığa işliyor gibiydi.

Tünel sola doğru keskin bir dönüş yaptı ve daha da aşağılara uzandı. Ne kadar yol kat ettiklerini merak etti; ona sanki kilometreler gibi görünmeye başlamıştı. Silah sesleri uzaktan gelen *pat pat pat*'lara dönüşmüştü. Dışarıda olan biteni düşünmemeli, sadece önünde dalgalanan küçük ışığa odaklanmalıydı.

Birden bire ışık daha da parlak bir hal almış, göz kamaştıran bir ışıltıya bürünmüş gibi göründü. Döner dönmez aniden hayrete düştü. Bu mum değildi. Gün ışığıydı!

Geçitte neşe mırıltıları yankılandı. Bir anda, hep birlikte ileri doğru atıldılar, çıkışa ve gözleri kör eden güneş ışığına doğru ilerlediler.

Willy gözlerini acı içinde kırpıştırarak ağaçlara, gökyüzüne ve dağ yamacına baktı. Sarp yamacın diğer tarafındaydılar. Güvendeydiler. Şimdilik.

Uzaktan silah sesleri işitildi.

Yaşlı kadın onlara ilerlemelerini, ormana girmelerini emretti. Willy başta bu acelenin sebebini anlayamadı. Farkına varmadığı yeni bir tehlike mi vardı? Ardından kadını korkutan şeyin ne olduğunu işitti; köpekler.

Diğerleri de havlamaları duymuştu. Panik herkesin ormana doğru koşturmalarına sebep oldu. Sadece Lan kımıldamadı. Willy onun olduğu yerde hareketsiz dikildiğini fark etti. Lan köpekleri dinliyor, nerede ve ne kadar uzakta olduklarını anlamaya çalışıyordu. İki oğlu, annelerinin kaçmaya dair gösterdiği dirençten dolayı telaş içerisinde, sersem sersem onu seyrediyorlardı.

Lan oğullarını ileri doğru iteleyip kaçmalarını emretti. Oğlanlar kafalarını iki yana salladı; anneleri olmadan oradan ayrılmayacaklardı. Lan bebeği büyük oğluna verdi ve onları tekrar iteledi. Küçük oğlan ağlamaya başlamıştı, başını sallıyor, annesinin dibinden ayrılmıyordu. Ama annenin emrine karşı gelmek imkânsızdı. Hıçkırarak, abisinin yönlendirmesiyle kaçan diğer çocukların arasına karıştı.

Willy, "Sen ne yapıyorsun?" diye haykırdı. Kadın delirmiş miydi?

Lan, büyük bir sükûnetle köpek seslerinin geldiği tarafa döndü.

Willy ilerdeki ormana baktı; çocukların, ağaçların arasında kaybolduğunu gördü. Ne kadar küçük ve ne kadar savunmasızlardı. Ne kadar uzağa kaçabileceklerdi ki?

Bilinçli bir şekilde ayaklarını sürüyerek yürüyen Lan'a baktı tekrar, köpeklere doğru daireler çiziyordu. Willy o an Lan'ın ne yaptığını anladı. Kendi kokusunu bırakıyordu. Köpeklerin kendisini takip etmelerini sağlamaya, onları çocuklardan uzak tutmaya çalışıyordu. Bu şekilde kadın kendini kurban olarak sunuyordu.

Havlamalar kuvvetlendi. Willy'nin içgüdüleri onu koşmaya zorladı. Ancak Guy'ı ve babasını, onların koruyuculuk rolünü otomatikman nasıl sırtlandıklarını, kendilerini düşmanın önüne nasıl attıklarını düşündü. Çocuklardan sonuncusunun ormana girip gözden kaybolduğunu gördü. Zamana ihtiyaçları vardı, hiç kimsenin onlara veremeyeceği zamana.

Willy de toprakta dolanmaya başladı.

Lan dönüp şaşkınlık içinde ona baktı ve Willy'nin yaptığı şeyi gördü. Tek kelime etmediler; iki kadın arasındaki o bakışma, o üzgün ve bilinçli gülümseme yeterliydi.

Willy elbisesinin tek kolunu yırttı ve kumaş parçasını ayağının altına alıp çiğnedi. Köpekler kokuyu kesinlikle alacaktı. Sonra güneye, sarp kayalıkların dibine yöneldi. Çocuklardan uzağa. Lan da köylülerin kaçtıkları yönden uzaklaştı.

Willy acele etmedi. Nasıl olsa artık hayatını kurtarmak

uğruna koşmuyordu. Köpeklerin kendisine yetişmelerinin ne kadar zaman alacağını merak etti ve yakalandığında onları kendisinden uzakta tutup tutamayacağını. İhtiyaç duyduğu tek şey bir silahtı. Bir sopa. Uzanıp yere düşmüş bir dalı aldı, sürgünlerini koparttı ve birkaç kez havada salladı. İşe yarar ve ağırdı; köpeklere yapacakları şeyi ikinci kez düşündürtecek türdendi. Av olabilirdi ancak kolay teslim olmayacaktı.

Havlama sesleri yaklaşıyordu, bu uğursuz bir sesti, amansız ve korkutucu. Ama artık başka bir şeyle, ritmik, monoton, yaklaştıkça şiddetlenen ve yerleri titretiyor etkisi bırakan bir gümbürtüyle de iç içe girmekteydi. Bu silah sesi değildi...

Kayalık bir tümseğe tırmandı ve kollarını sallamaya başladı. Bu onların –Guy'ın– tek hayatta kalma şanslarıydı.

Tüm dikkatini sabah sabah gökyüzünde sallanıp duran iki siyah iğne deliğine odakladı, çok geç olana kadar da köpeklerin yaklaştığını görmedi.

Görüş alanından büyük bir hızla kahverengi bir şey geçti. Bir çift çene boğazına doğru atılırken hızla döndü. Tepkisi sadece refleksti. Kıvrılıp uzaklaştı ve elli kiloluk kürk ve diş doğrudan omzuna çarptı. Yere düşmüş bir halde, güçlü çene koluna yapışmışken sadece çığlık atabildi.

Ayak sesleri gümbür gümbür yaklaştı. Bir ses, "Geri çekilin! *Geri çekilin* dedim!" diye bağırdı.

Köpek onu bıraktı ve hırlayarak geri çekildi.

Willy yavaşça başını kaldırdı ve kamuflaj giysili iki adamın tepesinde dikildiğini gördü. Şaşkın bir şekilde, *Ameri-*

kalılar, diye düşündü. Burada ne işleri vardı?

Kaba eller onu tutup ayağa kaldırdı. Adamlardan biri, "Diğerleri nerede?" diye sordu.

"Canımı yakıyorsun..."

"Diğerleri nerede?"

Willy, "Başka kimse yok?" diye haykırdı.

Adamın zalim yumruğu onu sırtüstü yere savurdu. Hareket edemeyecek kadar sersemlemiş bir halde, adamların ayaklarının dibinde çaresizce yattı ve aklının başına gelmesi için çabaladı.

"İşini bitirin."

Willy, *Hayır,* diye düşündü. *Lütfen, hayır...*

Ama yalvarışının fikirlerini değiştiremeyeceğinin farkındaydı. Orada öylece, kendi kendini kucaklayarak, sonunun gelmesini bekleyerek yattı.

Sonra diğer asker, "Henüz değil, faydası dokunabilir," dedi.

Tekrar ayağa kaldırıldı, midesi bulanıyor ve adamların önünde dikildiği yerde sallanıyordu.

Kamuflaj boyalı ifadesiz bir surat ona baktı. "Bizim iyi rahip ne düşünüyor, bir soralım."

ON DÖRDÜNCÜ BÖLÜM

Yolun dörtte üçü kat edilmiş, geriye çok az bir mesafe kalmıştı.

Büyük bir kayanın arkasına uzanan Guy, silahla arasında kalan yirmi metreyi tartıp biçti. Gizlenebileceği tek şey birkaç çalı ve tam orta yolda duran bir ağaçtı. AK-47'nin namlusunun kayanın kenarından uzandığını görebiliyordu, o kadar yakındı ki tükürse silaha ulaşabilirdi ama yine de uzanabileceği kadar yakın değildi.

Yavaşça doğrulup çömeldi ve son bir hamleye hazırlandı.

Yaylım ateşi yamacı dövdü. Guy anında toprağın arkasına çöktü. *Bu çılgınca bir fikir, Barnard. Bugüne kadar aklına gelen en aptalca düşünce.*

Aşağıya göz attı ve Maitland'ın bir şeyler işaret ettiğini fark etti. Ne söylemeye çalışıyordu ki? Guy emin olamadı ancak Maitland sanki ona beklemesini, olduğu yerde kalmasını işaret ediyor gibiydi. Ancak zaman yoktu. Guy, kamuflaj elbiseli adamların sarp kayalığın dibindeki çalılara yaklaşmaya başladığını fark etmişti. İlk bubi tuzağına doğru. *Tanrım, lütfen yavaşlasınlar. Bu bize zaman kazandıracaktır.*

İlk kurbanın tuzağa düştüğünü görmekten ziyade işitti. Yamaç boyunca bir çığlık yankılandı, bu biraz önce kazık demetine düşen bir adamın çığlığıydı. Askerler yaralanan yoldaşlarını güvenli bir yere alırlarken başka bağrışmalar, küfürler, şaşkınlık nidaları da işitilmekteydi.

Guy, amansız bir tatmin hissiyle, *Tadını çıkartın dostlar,* diye düşündü. *Bundan sonra olacakları görene kadar bekleyin.*

Saldırganlar çok gecikmedi. Yüksek sesle verilen bir emir yarım düzine askeri sarp kayalıklardan tırmanmaya yolladı, ikinci tuzağa gittikçe yaklaşıyorlardı: Bir tuzak teli, bir ağaç gövdesini serbest bıraktı. Ama artık saldırganlar dikkatliydi; her adımda kumar oynadıklarını biliyorlar, her kayayı, her çalıyı orman muharebesinde oldukça tecrübe kazanmış adamların antrenmanlı gözleriyle araştırıyorlardı.

Guy, *Neredeyse tek bir çare kaldı,* diye düşündü. *Dua etmek.*

Ardından sesi işitti. Hepsi işitti. Bu herkesin bakışlarını gökyüzüne çevirmesine sebep olan tanıdık bir gümbürtüydü. Helikopterler.

İşte o dakikada, hazır herkesin gözü gökyüzüne odaklanmışken Guy hızla koştu. Bu atılımı, askerleri şaşkına çevirdi, tepki vermeleri için onlara ancak birkaç saliselik zaman bıraktı. Ardından mermiler yeri delerken bir girdap oluştu, havaya bir toz bulutu saçıldı. O dakikada Guy hedefine neredeyse ulaşmıştı, son çalılığın arasından çıktı. Sanki zaman yavaşlamış gibiydi. Her bir adım sonsuzluk gibi geldi. Ayağının yakınında toprak kümelerinin patladığına şahitlik etti, uzaktan gelen bir çığlığı ve ağaç gövdesinin gümbürtüsünü işitti, ikinci tuzak yoldaki askerlere hızla çarptı.

Sıçrayarak havada süzüldü, nişan aldı ve ateş etmeye başladı. Diğerleri hızla ormana çekilmişti. İkisi patikada ölmüş yatıyordu, bunlar son bubi tuzağının kurbanlarıydı.

Taş Devri'ne hoş geldin, Rambo.

Guy, saldırganlar görüş alanından çıkıp ağaçların arasına dalarken ateş etmeyi kesti. Ani bir hareket dalgası, yeni bir saldırı işareti bekleyerek durdu. Geri mi çekilmişlerdi?

Bakışlarını gökyüzüne çevirdi ve helikopterleri aradı. Dehşet içinde uzaklaştıklarını gördü; çoktan küçük birer benek halini almışlardı. Umutsuzluk içinde uçsuz bucaksız mavilikte kayıp gidişlerini seyretti.

Ardından, aşağıdan, Vietnamca bağırışlar işitti ve kayalığın ön cephesinden bir dumanın döne döne yükseldiğini gördü, bu hayatı boyunca gördüğü en siyah, en muhteşem dumandı. Köylüler dağı ateşe vermişti!

Büyük bir hızla gökyüzünü tekrar taradı, umut içinde dua ediyordu. Saniyeler sonra gözü takıldı, ufkun üzerinde hareket eden iki sinek gibiydiler. Bu bir hüsnükuruntu muydu, yoksa gerçekten de yaklaşıyorlar mıydı?

Sarp kayalığın dibinde ufak bir hareket dikkatini çekti. Aşağı bakınca iki kişinin ormandan çıktığını ve yamacın dibine yaklaştıklarını gördü. Nişan almak için namluyu havaya kaldırdı, tam tetiğe basacaktı ki aşağıda kimin dikildiğini gördü.

Bir adam önüne birini siper etmiş duruyordu. Guy her ne kadar beti benzi atmış ve çaresiz bir ifadeye bürünmüş olsa da bu mesafeden bile esirin suratını seçebildi.

"Silahını at Barnard!" Ağaçların arasındaki görünmeyen bir adamın emri dağ yamacında yankılandı. Ses rahatsız edici derecede tanıdıktı.

Guy bir nişancı pozunda dondu kaldı, parmağı tetikteydi, yanağı tüfeğe dayalıydı. Bir plan yapmak, Willy'yi bu işten canlı kurtarmak için kendini zorladı. Bir değiş tokuş olabilir miydi? Bu tek olasılıktı, onun hayatına karşı kendi hayatı. Buna razı olurlar mıydı?

Kime ait olduğu belli olmayan ses, "Silahı *bırak* dedim!" diye bağırdı.

Willy'yi tutsak alan kişi tabancasını kaldırıp kafasına dayadı.

"Yoksa tek bir merminin şu güzel surata neler yapabileceğini görmek mi istersin?"

"Bekleyin!" Guy haykırdı. "Takas yapabiliriz..."

"Anlaşma falan yok."

Namlu Willy'nin şakağına dayanmıştı.

"Hayır!" Guy'ın panikten kabalaşan sesi yamaçta yankılandı.

"O zaman silahı bırak. *Şimdi.*"

Guy, AK-47'nin yere düşmesine izin verdi.

"Onu ileri doğru tekmele. Hadi!"

Guy silaha bir tekme savurdu. Tüfek düzlüğün kenarından kaydı ve aşağıdaki kayalara çarparak düştü.

"Seni görebileceğim bir yere çık. Hadi, hadi!"

Guy olduğu yerde yavaşça dikildi, mermi yağmuruna tutulmayı bekliyordu.

"Şimdi aşağı in. Kayalıklardan in. Sen de Maitland! Tüm günümü harcayacak değilim, hemen *kımıldayın.*"

Guy yamaçtan aşağı indi. Dibe ulaştığında, Maitland orada kendisini bekliyordu, kollarını teslimiyet içinde kafasının arkasına kaldırmıştı. Guy'ın ilk endişesi Willy oldu. Yaralandığını görebiliyordu; gömleği yırtılmıştı ve kanlıydı, suratı korkunç derecede beyazdı. Ancak ona yöneltti̇ği bakışları kalp burkucu derecede cesaret yüklüydü, bu, *Sakın benim için endişelenme. Ben iyiyim. Seni seviyorum,* diyen bir bakıştı.

Onu tutan adam gülümseyip tabancayı başından indirdi. Guy adamın yüzünü hemen o dakika tanıdı: Bu, Bangkok'taki otelin terasındaki adamın ta kendisiydi. Tay katil, yoksa Vietnamlı mıydı?

Şaşırtıcı derecede tanıdık bir ses, "Selam Guy," dedi.

Bir adam güneşin altına doğru çıktı, güçlü omuzları kamuflaj giysilerini tıka basa dolduruyor gibi görünen bir adamdı.

Maitland şaşkınlıkla soluklandı. "Bu o," diye mırıldandı. "Rahip Tuck."

Guy, "*Toby?*" dedi.

Tobias Wolff, gülümseyerek, "İkisi de," dedi. Gelip hemen önlerinde dikildi, yüz ifadesi zafer ve pişmanlık arasında gidip geliyordu. "Seni öldürmek istemedim, Guy. Aslında, bundan kaçınmak için her şeyi de yaptım."

Guy acı acı güldü. "Neden?"

"Sana borçluyum, unuttun mu?"

Guy, Toby'nin tek bir desteği, tek bir koltuk değneği olmadığını fark edince kaşlarını kaldırdı. "Yürüyebiliyorsun."

Toby omuz silkti. "Ordu hastaneleri nasıldır bilirsin. Cerrahlar bana kötü haberi verdiler, yapabilecekleri hiçbir şey olmadığını söylediler ve sırtlarını dönüp gittiler. Beni bir köşeye attılar, unutuldum. Ama ben umutsuz bir vaka değildim. İlk olarak ayak parmaklarımı hissetmeye başladı. Sonra onları hareket ettirdim. Ama, bunu Sam Amca'ya söylemeyi hiç düşünmedim. Bu bana kendi işlerimi yürütme özgürlüğü tanıdı. İşte, engelli olmanın iyi yanı da bu. Hiç kimse senden şüphelenmiyor." Sırıttı. "Ayrıca bir de malul aylığı alıyorum."

"Gerçek bir servet."

"Her şeyin temeli bu. Sam Amca yıllar süren sadık hizmetim karşılığında bana borçlu." Maitland'a baktı. "Beni endişelendiren tek detay oydu, uçuş 5078'in son tanığı. Yaşadığını öğrenmiştim. Sadece onu nasıl bulacağımı bilmiyordum."

Helikopterlerin gürültüsü yaklaşınca başını kaldırıp gözlerini kısarak gökyüzüne baktı. Yaklaşıyorlardı, sarp kayalıklardan yükselen duman dikkatlerini çekmişti. Toby, "Zaman bitti," dedi. Adamlarına dönerek, "Uzaklaşın!" diye emretti.

Askerler sakin, ancak hızlı hareketlerle ormana çekilmeye başladı. Toby kiralık katile baktı ve başını salladı. "Bay Siang, siz ne yapacağınızı biliyorsunuz."

Siang, Willy'yi ileri doğru iteledi. Guy onu tutup kolları arasına aldı; birlikte dizleri üzerine kapaklandılar. Son birkaç kelime etmeye, vedalaşmaya zaman yoktu. Guy kendi bedenini, sanki Willy'ye gelecek mermilere kalkan oluşturmak istercesine beyhude bir girişimle siper etti.

Toby, "İşlerini bitir," dedi.

Guy başını kaldırıp baktı. "Seninle cehennemde görüşeceğiz."

Siang tabancayı kaldırdı. Namlu doğrudan Guy'ın kafasına nişan alınmıştı. Guy, Willy'yi kucaklamaya devam ederek, patlamayı duymayı bekledi. Karanlığı.

Tabanca sesi ikisini de ürküttü.

Şaşkınlık içinde Guy hâlâ dizlerinin üzerinde durduğunu fark etti, hâlâ soluyordu. *Neler oluyor? Hâlâ yaşıyor muyum? İkimiz de hayatta mıyız?*

Kafasını kaldırıp baktığında Siang'ın kanlı gömleğiyle yere kapaklandığını gördü.

Toby, ağaçları işaret ederek, "Orada! Kadın orada!" diye bağırdı.

Ormanın gölgesinde onu gördüler, eski tüfeğe iki eliyle birden sarılmıştı. Lan olduğu yerde hareketsiz dikiliyordu, sanki biraz önce yaptığı şeyin şokundaydı.

Askerlerden biri ona nişan aldı.

Maitland, silahlı adamın üzerine atılarak, "Hayır!" diye haykırdı.

Mermi boşa gitti; Maitland ve asker yere düştü, itişmeye başladılar.

Yukarıdaki kayalıklardan bağrışmalar geliyordu. Aşağı doğru bir ok yağmuru başlayınca Guy ile Willy yere kapaklandı. Toby bir çığlık atıp düştü. Ordusundan geriye kalanlar çil yavrusu gibi etrafa dağıldı.

Arbedede, Guy ve Willy kendilerini koruyacak şekilde emeklemeyi başardılar. Ancak tam bir kayanın arkasına doğru dolanıyorlardı ki, Willy birdenbire babasının onları takip ettiğini fark etti.

"Baba!" diye haykırdı.

Birkaç metre ötede, Maitland kanlar içinde yatıyordu. Willy onu almak için geri dönmeye hazırlanıyordu ki, Guy onu tutup yere doğru çekti.

"Delirdin mi?" diye bağırdı.

"Onu orada bırakamayız!"

"Güvende olana kadar beklemeliyiz!"

"Yaralandı!"

"Yapabileceğin hiçbir şey yok!"

Willy hıçkırmaya başlamıştı, silkinip kurtulmaya çalıştı ancak itirazları yaklaşan helikopterlerin *sesleriyle* bastırıldı. Bir ordu helikopteri tam tepelerinden alçaldı. Pilot helikopteri ağaçların arasındaki açıklığa indirdi. Kızakları yere nazikçe değdi.

Yere değer değmez yarım düzine Vietnam askeri aşağı atladı, birlik komutanları da peşlerindeydi. Adam, Maitland'ı işaret etti ve haykırarak emirlerini sıraladı. İki asker aceleyle yaralı adama yöneldi.

Willy, "Bırak gideyim," dedi ve Guy'ın elleri arasından sıyrıldı.

Guy onun, babasının yanına koşuşunu seyretti. Askerler tıbbi bakım çantalarını çoktan açmıştı, bir sedye de yoldaydı. Guy'ın bakışları, son yolcu aşağı inerken tekrar helikoptere kaydı. Dönen pervanelerin altında eğilen yaşlı adam Guy'a yaklaştı.

Uzunca süre yan yana dikildiler, ikisi de yükselen dumanlar arasında sessizdi. Son köylü de sarp kayalıklardan güvenli bölgeye doğru adım atarken, alevler dağı yutmuş gibiydi.

Bakan Tranh, "Bu çok çarpıcı bir sinyal ateşi," dedi. Guy'a baktı. "Yaralanmadınız, değil mi?"

Guy başıyla onayladı. "Birkaç kişiyi kaybettik... yukarıda, dağda. Ve çocuklar, onlar iyi mi, bilmiyorum. Ama sanırım... Bence..."

Döndü ve Willy'nin babasının sedyesinin yanında helikoptere kadar yürüyüşünü seyretti. Kapı girişinde durdu ve arkasına, Guy'a baktı.

O da ona doğru yöneldi, kolları onu kucaklamak için sabırsızlanıyordu. Guy ona söylemekten korktuğu her şeyi söylemek istedi, bunlar daha evvel hiçbir kadına söylemediği türden şeylerdi. Bunu şimdi, hâlâ ona dokunabiliyor, onu tutabiliyorken söylemeliydi.

Bir asker aniden Guy'ın yolunu kesti ve, "Geri durun!" diye emretti.

Helikopterin pervaneleri dönmeye başlayınca Guy'ın gözleri tozla doldu. Dönen yaprak ve dalların kasırgayı andıran yağmuru arasında, Guy bir askerin Willy'ye bağırarak helikoptere binmesini söylediğini duydu. Son bir kez daha arkasına baktıktan sonra Willy emre uydu. Zaman kalmamıştı.

Açık kapıdan, onun kendisine bakan suratını hâlâ görebiliyordu. Bir keder hissiyle, helikopterin sevdiği kadını alıp gökyüzüne yükselişini seyretti. Helikopter pervanelerinin gümbürtüsü yitip gidene kadar bulutsuz maviliğe bakmaya devam etti.

İç çekti, tekrar Bakan Tranh'a döndü. Ancak o zaman başka birinin, aynen kendisi kadar perişan bir kadının daha helikopterin ayrılışını seyrettiğini fark etti. Lan ormanın kenarında dikiliyordu, gözleri gökyüzüne odaklanmıştı. En azından hayatta kalmayı başarmıştı.

Bakan Tranh, "Sizi canlı bulduğumuza memnunuz," dedi.

Guy, "Bizi nasıl buldunuz?" diye sordu.

"Köyden biri bu sabah erken saatlerde Na Khoang'a ulaştı. Sizin için endişeleniyorduk. Ortadan kaybolduğunuzda..." Bakan Tranh başını iki yana salladı. "Her şeyi zorlaştırmak gibi bir yeteneğiniz var, Bay Barnard. En azından bizim açımızdan."

"Öyle yapmalıydım. Kime güveneceğimi bilmiyordum." Guy diğer adama baktı. "Hâlâ bilmiyorum."

Bakan Tranh bu ifadeyi bir süre düşündü. Sonra alçak sesle, "Hangimiz biliyoruz ki?" dedi.

Dodge Hamilton, otel barına yaslanarak, "Şerefe," dedi. "Verilen iyi savaşa!"

Guy başını eğip karamsar bir tavırla viski bardağına baktı. "Ortada iyi savaş diye bir şey yoktur, Hamilton. Sadece engelleyip kaçamayacağın savaşlar vardır."

"Pekâlâ..." Hamilton sırıtarak bardağını kaldırdı "O zaman kaçınılmaza içelim."

Bu, her ne kadar yapmak isteyeceği son şey olsa da, Guy'ın gülümsemesine sebep oldu. Bunu kutlaması *gerektiğini* düşündü. Zorlu sınav sonlanmıştı ve son günlerde ilk defa kendini tekrar insan gibi hissediyordu. İyi bir gece uykusunun, bir duşun ve tıraşın ardından, tekrar aynada gördüğü yüzüne dayanabilmişti. Guy sevimsizce, *Her ne fark edecekse,* diye düşündü. *O burada değil ki görsün.*

Willy'nin yokluğuna alışmakta oldukça zorlanıyordu. Helikoptere tırmanırken attığı o son üzgün bakışı tekrar tekrar gözünün önüne getirdi. Tek bir kelime edilmeden vedalaşılmış, sadece bakışılmıştı. Bu hatırayı zihninden silebilmeyi dilerdi.

Hayır, hayır, istediği şey bu değildi.

O bir şans daha istiyordu.

Viski bardağını masaya bıraktı ve dudaklarına zoraki bir gülümseme yerleşti. "Her neyse, Hamilton," dedi. "Görünüşe bakılırsa istediğin hikâyeyi elde ettin."

"Pek de beklediğim türden bir şey olmadı."

"Bence tam manşetlik haber, öyle değil mi?"

"Gerçekten! İçinde her şey var. Tekrar canlanan eski savaş hayaletleri. Aynı safta birleşen eski düşmanlar. *Ve* mutlu son! Bu herkesin işitmesi gereken bir hikâye. Fakat..." İç çekti. "Büyük olasılıkla birtakım cıvık kraliyet skandallarına yer açmak için arka sayfaya atılacaktır. Sanki dünyanın kaderi Buckingham'da kim kime ne yapıyora bağlıymış gibi."

Guy başını sallayıp kıkırdadı. Görünüşe bakılırsa bazı şeyler hiç değişmiyordu.

"O düzelecek, öyle değil mi? Yani Maitland?"

Guy başını kaldırdı. "Sanırım öyle. Willy, Bangkok'tan birkaç saat evvel aradı. Maitland yolculuğa çıkabilecek kadar sağlammış."

"Onu Birleşik Devletler'e mi götürüyorlar?"

"Evet, bu gece."

Hamilton başını yana eğdi. "Sen onlara katılmayacak mısın?"

"Bilmiyorum. Halletmem gereken bir iş, birkaç son dakika detayı var. Willy de başka şeylerle uğraşacak..."

Başını eğip viskisine baktı ve yaptıkları son telefon görüşmesini düşündü. Bağlantı zayıftı, çok fazla cızırtı vardı, ikisi de bağırmak zorunda kalmıştı. Willy hastane telefonunu kullanmıştı; Guy ise Vietnamlı yetkilileri karşılamak üzere yoldaydı. Romantik bir sohbetin sırası değildi. Buna rağmen Guy, Willy bu tür şeyler duymak istediğini ima ederse, her şeyi söylemeye hazırdı. Fakat aralarında sadece uygunsuz birkaç nasılsın, kolun iyi mi ve evet iyi, ben de artık kendime geldim türünden sözler sarf edilmiş, sonunda alelacele bir vedalaşma yaşanmıştı.

Ahizeyi yerine bıraktığında Willy'nin gittiğinin farkındaydı. *Belki de böylesi en iyisi,* diye düşünmüştü. Savaş romantizminin hiçbir zaman uzun sürmeyeceğini herkes bilirdi. Siperlerde yan yana sıkışmış ve mermiler tepenizde vızıldamaya başlamışken âşık olmak çok kolaydı.

Ama şimdi gerçek dünyaya dönmüşlerdi. Willy'nin artık ona ihtiyacı yoktu ve Guy da *ona* ihtiyaç duymadığını hissetmekten hoşnuttu. Ne de olsa, daha evvel hiç kimseye ihtiyacı olmamıştı.

Viski bardağını boşalttı. "Pekâlâ Hamilton," dedi. "Sanırım geri döndüğümde herkese anlatacak müthiş bir hikâyem olacak. Nam'da –bu kez karşı tarafla bir olup– nasıl tekrar savaştığım gibi."

"Kimse sana inanmayacak."

"Büyük olasılıkla öyle." Guy duvardaki bir tabloya baktı; Ho Chi Minh, mutlu bir amca gibi gülümsüyordu. "Biliyor musun, bir itirafta bulunmalıyım." İçki arkadaşına tekrar döndü. "Bir ara, o kadar paranoyak bir hal almıştım ki *senin* CIA'den olduğunu düşündüm."

Hamilton kahkahaya boğuldu.

Guy da gülerek, "İnanabiliyor musun?" dedi. "Onca insan arasından senin!"

Hamilton sırıtmaya devam ederek bardağını tezgâha indirdi. Kısa bir duraklamanın ardından, "Aslında," dedi. "Öyleyim."

Uzun bir sessizlik yaşandı. Guy, "Ne?" dedi.

Hamilton ona baktı, yüz ifadesi sevimli ve tamamen ketumdu. "General Kistner saygılarını yolladı. Hayatta ve iyi olduğun için mutlu."

"Seni Kistner mi yolladı?"

"Hayır, o *seni* yolladı."

Guy irkildi. "Yanlış anladın. Ben o insanlar adına çalışmıyorum. Ben başından beri tek başıma..."

"Hâlâ öyle mi düşünüyorsun?" Hamilton'un gülümsemesi çıldırtıcıydı. "Çok büyük bir rastlantı dizini, sence de öyle değil mi, senin ve Bayan Maitland'ın Kistner'in villasında karşılaşmanız yani? Bayan Hamilton'un şoförünün bir anda buharlaşması, senin o dakika şehre geri dönüyor olman."

Guy başını eğip bardağına baktı, viskisini çevirdi. "*Tuzağa düşürüldüm*," diye homurdandı. "Kistner'le ayarlanan o gizemli randevu..."

"Bayan Maitland'la seni bir araya getirmek içindi. Bayan Maitland tehlikeli sularda yüzüyordu, çoktan çırpınmaya başlamıştı. Onun yardıma ihtiyaç duyacağını biliyorduk. Ama bu yardımın Ortaklık'la hiçbir alakası olmayan, Vietnamlıların kesinlikle şüphelenmeyecekleri birinden gelmesi lazımdı. Anladığın üzere, bu *sendin*."

Guy'ın elleri tezgâhın üzerinde yumruğa dönüştü. "Pis

işlerinizi bana yaptırdınız..."

"Sadece Sam Amca'ya bir iyilikte bulundun. Senin Saygon'a gitmeyi planladığını biliyorduk. Ülkeyi bildiğini de öyle. Vietnamcayı da biraz konuşabiliyordum. Ayrıca... nasıl desem, geçmişine dair *savunmasız* bir yanının olduğunun da farkındaydık." Guy'a anlamlı bir bakış attı.

Guy, *Biliyorlar,* diye düşündü. *Büyük olasılıkla en başından beri biliyorlardı.* Yavaşça, "Ariel Grup'un şu ziyareti..." dedi.

"Ah, evet. Ariel. Güzel bir tınısı var, sence de öyle değil mi? Bu General Kistner'in en küçük torununun adı." Hamilton gülümsedi. "Endişelenmene gerek yok, Guy. Biz sır saklayabiliriz. Özellikle de iyi hizmet aldığımız kanaatine varmışsak."

"Ya yanılmış olsaydınız? Ya Toby Wolff adına çalışıyor olsaydım? Willy'yi öldürebilirdim."

"Öldürmezdin."

"Geçmişime dair 'savunmasız' bir yanım var, unuttun mu?"

"Sen temizsin, Guy. Geçmişin de öyle, Washington'daki herhangi bir vatanseverden çok daha temizsin."

"Bunu nasıl bildiniz?"

Hamilton omuz silkti. "Seninle ilgili bildiklerimizi öğrensen küçük dilini yutarsın. Aslına bakılırsa, herkes hakkında."

"Ama benim neler yapabileceğimi önceden tahmin edemezdiniz! Ya da Willy'nin ne yapacağını. Ya bana cehenneme kadar yolumun olduğunu söyleseydi?"

"Bu bir kumardı. Ama o çekici bir kadın ve sen de işini bilen bir erkeksin. Sadece kimyaya bir şans tanıdık."

Guy, *Ve işe yaradı,* diye düşündü. *Lanet olsun, Hamilton, kimya tamamen işe yaradı.*

Hamilton, bara birkaç banknot bırakarak, "Her neyse," dedi. "Arzuladığın suskunlukla ödüllendirileceksin. Korkarım ödül konu dışı; bilirsin işte, şu bütçe açığı falan. Ancak ülkene iyi hizmet verdiğini bilmenin hazzını yaşayabilirsin."

İşte Guy bu noktada engellenemez bir kahkahaya boğuldu. O kadar güldü ki gözleri yaşardı; bunu o kadar yüksek sesle yaptı ki, bir düzine kafa kim bu diye bakmak için ona döndü.

Hamilton saygılı bir tavırla, "Espriyi mi kaçırdım?" diye sordu.

Guy, "Espri," dedi, "benim."

Kapıdan çıkana kadar güldü.

ON BEŞİNCİ BÖLÜM

Babası bir kez daha ondan ayrılıyordu.

Yağmurlu bir sabahın erken saatlerinde, Willy yatak odası kapısının girişinde dikildi ve aynen uzun süre evvel yaptığı gibi onun valizini toplayışını seyretti. Onu çok kısa bir süreliğine, taburcu edildikten sonra sadece birkaç günlüğüne evinde misafir etmişti. Ve babası her anını ailesini anarak geçirmişti, diğer ailesini. Şikâyet etmemiş ya da kırıcı davranmamıştı; ancak Willy onun bakışlarındaki üzüntüyü görmüş, evde dolaşırkenki iç çekişlerini işitmişti. Willy bunun kaçınılmaz olduğunu biliyordu; babası tekrar hayatından çıkıp gitmek üzereydi.

Maitland dolaba son bir kez baktı, sonra şifoniyere döndü.

Willy onun dolabın bir köşesine bıraktığı yeni bir çift makoseni gördü. "Baba, ayakkabılarını almıyor musun?" diye sordu.

"Evde ayakkabı giymiyorum."

"Ah." Willy, *Senin evin burası olmalıydı,* diye düşündü. Oturma odasına yöneldi, pencerenin yanına oturdu ve yağan yağmuru seyretti. Sanki evde geçirdiği son iki haftaya bir ömürlük hüzün sıkıştırılmış gibiydi. Babası askeri bir hastanede tedavi edilirken, birkaç kilometre mesafedeki sivil bir hastanede annesi ölümü beklemişti. İkisi arasında hiç durmaksızın mekik dokumak, babasının gücünü kuvvetini topladığını gözlemlerken annesinin tükenip gittiğine şahit olmak iç burkucuydu. Ann doktorların tahmininden çok daha önce ölmüştü; sanki kocasını son bir kez görmek için hayata asılmış, ardından da sessizce kayıp gitmiş gibiydi.

Kocasını affetmişti elbette.

Tıpkı Willy'nin yaptığı gibi.

Willy, neden sürekli kadınların affetmek zorunda olduğunu merak etti.

Babası, valizini oturma odasına taşıyarak, "Ben hazırım," dedi. "Taksi çağırdım."

"Her şeyini aldığından emin misin? Çocukların oyuncaklarını? Kitapları?"

"Hepsi burada. Ne sevkiyat ama! Benim Noel Baba olduğumu düşünecekler." Valizini yere bıraktı ve koltuğa oturdu. Bir süre konuşmadılar.

Willy sonunda, "Bir daha geri dönmeyeceksin, öyle değil mi?" dedi.

"Bu kolay olmayabilir."

"Seni görmeye gelebilir miyim?"

"Willy, gelebileceğini biliyorsun! Sen ve Guy. Bir dahaki sefere adam gibi bir ziyaret olsun." Güldü. "Güzel, sessiz ve monoton. Guy'ın hoşuna gidecektir."

Uzun bir sessizlik oldu. Babası, "Onunla yakın zamanda konuştun mu?" diye sordu.

Willy gözlerini kaçırdı. "İki hafta önce."

"O kadar uzun mu?"

"Aramadı."

"Sen neden onu aramadın?"

"Meşguldüm. Uğraşmam gereken birçok şey vardı, sen de biliyorsun."

"Ama o bilmiyor."

"Pekâlâ, *bilmesi gerekirdi.*" Birdenbire heyecanlanarak ayağa kalkıp odada dolaşmaya başladı, sonunda pencereye döndü. "Aslında aramamış olmasına şaşırmadım. Ne de olsa küçük maceramızı yaşadık ve artık normal yaşamlarımıza dönme zamanı." Babasına baktı. "Erkekler bundan nefret ediyor, öyle değil mi? Normal yaşamdan."

"Bazı erkekler. Diğer yandan, bazılarımız değişiriz."

"Hadi baba, ben yetişkin bir kadınım. Bir şeylerin bittiğini kolayca anlayabilirim."

"Bunu Guy mı söyledi?"

Willy döndü ve pencereden dışarı baktı. "Söylemesine gerek yoktu."

Babası yorumda bulunmadı. Bir süre sonra, Willy onun yatak odasına gittiğini duydu ama yerinden kımıldamadı. Sadece Guy'ı düşünerek yağan yağmuru seyretti. İlk kez kaçanın *kendisi* mi olduğunu merak etti.

Hayır, bu kaçmak değildi. Bu gerçeklerle yüzleşmekti. Birlikte eğlenceli vakit geçirmişlerdi, bu duyguların kontrolden çıktığı, dehşet ve canlılık dolu, her bir nefesin, her bir kalp çarpıntısının Tanrı'dan gelen bir hediye gibi göründüğü çılgın bir hafta olmuştu.

Tabii ki sonsuza kadar sürmemişti.

Peki bu kimin hatasıydı?

Kendini neredeyse istemdışı bir şekilde telefona doğru çekiliyormuş gibi hissetti. Numarasını çevirirken bile, ona ne diyeceğini bilmiyordu. *Selam Guy. Bunu duymak istemediğini biliyorum ancak seni seviyorum.* Sonra hemen telefonu kapatacak ve onu bu hissin karşılıklı olmadığını itiraf etme sıkıntısından kurtaracaktı. Honolulu'da saatin sabah dört olduğunu bile bile telefonu tam on iki kez çaldırdı, evde *olmalıydı.*

Sonunda telefonu kapatırken gözlerinde yaş vardı. Telefona bakarak ayakta dikildi, bu cansız aletin ona kendisini nasıl olup da bu kadar ihanete uğramış hissettirebildiğini merak etti. *Sana lanet olsun,* diye düşündü. *Bana kendimi rezil etme şansı bile tanımadın.*

Islak sokakta suları etrafa sıçratan lastiklerin sesi pencereden bakmasına sebep oldu. Sağanak yağmur arasında bir taksinin kaldırıma yaklaştığını gördü.

"Baba?" diye seslendi. Babasının yatak odasına gitti. "Taksin geldi."

"Bu kadar çabuk mu?" Bir şey unutup unutmadığını anlamak için etrafına bakındı. "Tamam. Sanırım zamanı geldi."

Kapı zili çaldı. Babası yağmurluğunu üzerine geçirdi ve oturma odasında ilerledi. Kapıyı açtığında Willy ona bakmıyordu ama babasının, "Buna inanmıyorum," dediğini işitti. Döndü.

Guy, "Selam Maitland," dedi.

Yağmurluklu, ellerinde valiz olan iki adam eşikte birbirlerine sırıtıyordu.

Guy saçlarındaki yağmur damlalarından silkinerek kurtuldu. "İçeri girebilir miyim?"

"Aaa, bilmiyorum. Patrona sorsam daha iyi olacak." Maitland kızına döndü. "Sen ne dersin? Bu adam içeri girebilir mi?"

Willy tek bir kelime edemeyecek kadar şaşkındı.

Babası, "Sanırım bu evet demek," dedi ve Guy'a içeri girmesini işaret etti.

Guy içeri girip valizini yere bıraktı. Ardından orada öylece Willy'ye bakarak dikildi. Yağmur saçlarını alnına yapıştırmıştı, yüzü yorgunluk çizgileriyle doluydu ama hiçbir erkek bugüne kadar gözüne bu kadar yakışıklı görünmemişti. Willy kendisine onu görmek istememesinin sebebini, onu dışarı, yağmurun altına atmasını gerektiren onca nedeni anımsattı. Ancak konuşabilecek gibi değildi. Sadece merakla ona bakıyor ve kolları arasında olmanın nasıl bir his olduğunu hatırlıyordu.

Maitland huzursuzca kımıldandı. "Ben... ah... sanırım bir şey almayı unuttum," diye homurdandı ve büyük bir dikkatle yatak odasına girerek kayboldu.

Bir an için, işitilen tek ses Guy'ın yağmurluğundan ahşap zemine damlayan suyun takırtılarıydı.

Guy, "Annen nasıl?" diye sordu.

"Öldü, beş gün evvel."

Guy başını salladı. "Willy, üzgünüm."

"Ben de öyle."

"Sen nasılsın? İyi misin?"

"Ben... iyiyim." Bakışlarını başka tarafa çevirdi. *Seni seviyorum,* diye düşündü. *Buna rağmen işte buradayız, aynen iki yabancı gibi havadan sudan konuşuyoruz.* Sanki son iki haftanın ıstırabının bahsedilmeye bile değmeyecek kadar küçük bir sıkıntı olduğuna onu –ve kendisini– iknaya çalışıyormuşçasına, "Evet, iyiyim," diye tekrarladı.

"Olanlar düşünüldüğünde oldukça iyi görünüyorsun."

Willy omuz silkti. "Sen korkunç durumdasın."

"Hiç de şaşırtıcı bir şey değil. Uçakta uyuyamadım. Ayrıca hemen yan koltukta çığlıklar atan bir bebek vardı, hem de ta Bangkok'tan buraya tüm yol boyunca."

"Bangkok mu?" Willy kaşlarını çattı. "Bangkok'ta mıydın?"

Guy başıyla onayladı ve güldü. "Konu şu içine düştüğüm çılgın iş. Nam'dan eve döndüm, ardından bir hafta sonra benden geri dönmemi istediler... Sam Lassiter için." Durakladı. "Bir kez daha uçağa binmeye istekli olduğumu pek söyleyemeyeceğim, fakat bunun yapmam gereken bir şey olduğunu fark ettim." Durakladı ve alçak sesle, "Hiçbir asker evine tek başına geri dönmek zorunda kalmamalı," diye ekledi.

Willy, Lassiter'i, nehir lokantasında birlikte geçirdikleri o akşamı, plaktan yükselen cızırtılı aşk şarkısını, rüzgârda çırpınan kâğıt fenerleri düşündü. Onun Mekong'da sürüklenen cesedini düşündü ve bir de onu seven o koyu renk gözlü kadını. "Haklısın," dedi. "Hiçbir asker evine yalnız dönmemeli."

Bir sessizlik daha yaşandı. Guy'ın kendisini seyrettiğini hissetti, bekliyordu.

Willy, "Beni arayabilirdin," dedi.

"Yapmayı istedim."

"Ama buna hiç fırsatın olmadı, öyle mi?"

"Epey fırsatım oldu."

"Ama bu zahmete katlanamadın, öyle mi?" Willy başını kaldırıp baktı. Onca incinmişlik, onca öfke bir anda su yüzüne çıkmıştı. "Senden tek bir haber almaksızın geçen iki hafta! Ve şimdi haber vermeden burada boy gösterecek, kapımdan içeri girecek ve o lanet olası valizini oturma odama bırakacak kadar cesursun..."

Cümlesini bitiremedi. Bunu onun yerine Guy yaptı. Willy bir anda kendini sırılsıklam bir kucaklaşmanın içinde buldu ve söylemeyi planladığı her şey, tüm incinme ve öfke kelimeleri, o tek bir öpücükle yok oldu. Çıkartmayı başarabildiği tek ses küçük bir şaşkınlık mırıltısıydı. Ardından vahşi bir arzu girdabına kapıldı. Kendisinin nerede bittiği ve onun nerede başladığı hissini kaybetti. O an için tek bildiği şey onun aslında kendisini hiç terk etmediği, hayatta olduğu sürece de onun bir parçası olmaya devam edeceğiydi. Willy' ye bakmak için geri çekilirken dahi, hâlâ Guy'ın tadından sarhoştu.

"Seni aramak *istedim*. Ama ne diyeceğimi bilmiyordum..."

"Senin aramanı bekledim durdum. Onca gün..."

"Belki de ben... bilmiyorum. Korkmuştum."

"Neden?"

"Bunun bittiğini duymaktan. Aklının başına gelip benim bu riske değmeyeceğime karar vermiş olmandan. Ama sonra, Bangkok'a geri döndüğümde Oriental Hotel'e uğradım. Eski günlerin hatırına terasta bir içki yuvarladım. Aynı günbatımını, nehirde aynı tekneleri gördüm. Ama hiçbir şey sensiz aynı değildi." İç çekti. "Lanet olsun, hiçbir şey sensiz aynı değil."

"Bunu bana söylememiştin, sadece hayatımdan çıkıp gittin."

"Bana... sanki doğru zaman değilmiş gibi geldi."

"Ne için doğru zaman?"

"Biliyorsun."

"Hayır, bilmiyorum."

Guy başını sinirle salladı. "Her şeyi zorlaştıracaksın, öyle değil mi?"

Willy geriye doğru bir adım attı ve ona uzun süre eleştiren gözlerle baktı. Sonra gülümsedi. "Böyle bir şey yapmayı hiç istemedim."

"Ah, Willy." Guy kollarını ona doladı ve Willy'yi göğsüne sımsıkı bastırdı."Seninle birlikte birçok şey yapabileceğimizi görüyorum."

"Mesela?"

"Mesela..." Guy dudaklarını onunkilere yaklaştırdı ve, "Mesela yatağın sağ tarafında kim uyuyacak?" diye fısıldadı.

Willy, dudakları birbirine sürtünürken, "Ah," diye mırıldandı. "Sen."

"İlk doğacak çocuğumuzun ismini kim koyacak..."

Willy onun kollarının arasına iyice sokuldu ve iç çekti. "Ben."

"Peki, ilk 'Seni seviyorum'u kim söyleyecek."

Bir sessizlik oldu. Willy gülümseyerek, "Bu konu," dedi, "müzakereye açık."

Guy, Willy'nin yüzünü kendisininkine doğru kaldırarak, "Hayır, değil," dedi.

Birbirlerine baktılar, her ikisi de bu kelimeleri duyma özlemi içindeydiler ancak inatlaştılar.

Bu eşzamanlı bir teslimiyetti.

Willy, bu iki kelime dudakları arasından kayıp çıkarken, onun da aynı anda, "Seni seviyorum," dediğini işitti.

Kahkahaları da aynı anda yankılandı, neşe dolu ve umut yüklüydü.

Bunu takip eden öpücük sıcaktı, ama kısa sürmüştü; bu Willy'nin daha büyük bir arzu hissetmesine sebep oldu.

Guy, "Bu egzersiz gün geçtikçe daha da güzelleşiyor," diye mırıldandı.

"Seni seviyorum demek mi?"

"Hayır. Öpüşmek."

Willy, "Ya," diyerek mırıldandı. Alçak sesle, "Peki bir daha deneyebilir miyiz?" diye ekledi.

Dışarıda bir korna sesi yankılandı, ses ikisini de gerçek hayata döndürdü. Taksinin kaldırım kenarında beklediğini gördüler.

Willy, hiç istemeden, Guy'ın kolları arasından sıyrıldı. "Baba?" diye seslendi.

"Geliyorum, geliyorum." Babası yatak odasından çıktı, tekrar yağmurluğunu giyiniyordu. Durdu ve kızına baktı.

Guy, diplomatik bir şekilde giriş kapısına doğru dönerek, "Neden siz ikiniz vedalaşmıyorsunuz?" dedi. "Ben valizini arabaya götüreyim."

Willy ve babası içeride yalnız kaldı. Birbirlerine baktılar, bunun tıpkı her seferinde olduğu gibi son vedalaşma olabileceğinin bilincindeydiler.

Maitland, "Guy'la aranızda her şey yolunda mı?" diye sordu.

Willy başını sallayarak onayladı.

Bir sessizlik daha yaşandı. Ardından babası yumuşak sesle, "Peki ikimizin arasında?" diye sordu.

Willy gülümsedi. "O da yolunda." Ardından babasına yaklaştı ve kucaklaştılar. Willy, başı babasının göğsünde, "Evet," dedi. "Seninle benim aramda her şey kesinlikle yolunda."

Babası biraz rahatlamış halde çıkmak için döndü. Kapı

girişinde Guy'la tokalaştılar.

"İyi yolculuklar Maitland."

"Sağ ol. Her şeye göz kulak ol, tamam mı? Ve Guy... çok teşekkürler."

"Ne için?"

Maitland tekrar Willy'ye baktı. Bu bir pişmanlık bakışıydı ve kurtuluş. "Bana kızımı geri verdiğin için," dedi.

Vahşi Bill Maitland kapıdan dışarı çıkarken, Guy içeri girdi. Hiçbir şey söylemedi. Sadece Willy'yi kolları arasına alıp kucakladı.

Taksi uzaklaşırken Willy, *Babam beni terk etti. Yeniden,* diye düşündü.

Başını kaldırıp Guy'a baktı. *Ya sen?*

Guy onun bu dillendirilmeyen sorusunu yüzünü elleri arasına alıp öperek yanıtladı. Sonra kapıyı hafifçe tekmeledi; kapı savrulup gümbürtüyle kapandı.

Ve Willy, adamın bu kez yanında kalacağının farkındaydı.